Ralph Alex

Die
Psy
Company

Über dieses Buch:

Keanu Bennings ist neuer Sicherheits-Chef der Psy Company in Boston, wo 800 Psychologen außer Politikern auch Wirtschaftsbosse und Sportler coachen. Keanu entdeckt, dass der Leiter der Psy Company einen Staatsstreich plant. „Die ersten Amerikaner", die Indianer, sollen die Macht in den USA übernehmen. Zusammen mit der selbstbewussten Isländerin Liv kämpft Keanu gegen die Geheimorganisation. Als er beinahe stirbt, verleiht ihm eine alte Indianerin die Fähigkeit, in andere Leben zu gehen – um die Pläne der Gegner zu entlarven. Keanu wird zum Menschenleser.

„Die Psy Company" ist Band 1 einer mehrteiligen Reihe.

Der Autor:

Ralph Alex, 1963 geboren, wollte seit seinem 15. Lebensjahr das Schreiben einmal zu seinem Beruf machen und Journalist werden. Er begann als Wirtschaftsredakteur bei einer Tageszeitung. Danach arbeitete er mehr als 20 Jahre lang in Chefredaktionen von Zeitschriften in Augsburg, München, Hamburg, Köln und Stuttgart, wo er Chefredakteur des Magazins "auto motor und sport" war. Jetzt widmet er sich dem Schreiben von Romanen. Ralph Alex lebt in der Nähe von Stuttgart. Er hat ein merkwürdiges Hobby: Eisschwimmen bei Wassertemperaturen unter fünf Grad.

Mehr über den Autor: www.ralphalex.de

Ralph Alex

Die Psy Company

Der erste Psychologie-Thriller
mit Keanu Bennings

Der Autor freut sich über jede Rezension, die Sie auf
www.amazon.de zu diesem Buch verfassen.

Kontakt per E-Mail: autor@ralphalex.de
Besuchen Sie die Website: www.ralphalex.de

Bibliografische Information der Deutschen Nationalbibliothek: Die Deutsche Nationalbibliothek verzeichnet diese Publikation in der Deutschen Nationalbibliografie; detaillierte bibliografische Daten sind im Internet über https://dnb.dnb.de abrufbar.

Umschlag- und Layoutdesign: www.4h-digital.de

Kontakt:
Ralph Alex
c/o 4H DIGITAL
Lars Hütz
Fischerstr. 49, 40477 Düsseldorf
info@4h-digital.de

Gedruckt von: Amazon Media EU S.à r.l.,
5 Rue Plaetis, L-2338, Luxembourg

ISBN: 9798353569022

Für Heidi, Sinn meines Lebens

Inhalt

Prolog

Der Leben so viele

Ich bin ein Mörder.
Ich bin die reichste Frau der Welt.
Ich bin ein Arzt, der ein Herz operiert.
Ich bin eine Musikerin, die vor 10 000 Menschen spielt.
Ich bin ein Mann, der Recht spricht im Namen des Volkes.

Denn ich kann jedes dieser Leben haben.

Teil 1:

Der Feind

1

Es gibt nur zwei Arten von Firmen.
Bei den guten ist schon der erste Tag gut.
Bei den schlechten nur der letzte.

Es war ihm bestimmt, ein Unternehmen zu retten und die Zukunft dieses Landes. Er sollte die Liebe seines Lebens kennenlernen und ihr nie vertrauen. Er würde seinen Freunden den Tod bringen und erst dann seinen Feinden. Doch all dies war ihm nicht bewusst. Keanu Bennings begann seinen ersten Arbeitstag in dem Glauben, die berühmte Psy Company in Boston sei eine Firma wie andere auch. Das war Irrtum Nummer eins.

Nachdem er den Wagen geparkt hatte, wanderte sein Blick zum Eingang des ehrwürdigen Gebäudes. Eine Frau bremste ihr hellgrünes Rennrad aus erschreckendem Tempo ab, sprang im Rollen aus dem Sattel, hob den Rahmen wie ein Profi auf ihre rechte Schulter und sprintete die Treppen hinauf. Alles war eine einzige, fließende Bewegung. Sie erinnerte ihn ans Tanzen. „Praktikantin", dachte er, „sehr jung". Irrtum Nummer zwei und drei.

Bennings atmete ein, roch den frühen Herbst und das Wasser des Charles River, auf dem die Ruderteams von Harvard unter barschen Kommandos trainierten. In der Psy Company, die der 30-Jährige nun betrat, arbeiteten über 800 Psychologen, darunter die besten des Landes. Sie verkauften ihr Wissen teuer: an Konzerne, die noch mehr Daten von ihren Klienten wollten, an Profi-Sportler, die siegen mussten und an Antiterror-Einheiten, die nicht eine Sekunde lang die Nerven verlieren durften. Deutschland, wo er aufgewachsen war, kannte keine vergleichbare Firma. In Größe und Auftreten war die Psy Company vollkommen amerikanisch. Was McKinsey und die Boston Consulting Group in ihrem Metier boten, das leistete die Psy Company, wenn es um psychologische Beratung ging.

„Bennings, sagten Sie?" Die Rezeptionistin konzentrierte sich auf den Bildschirm.

„Hier steht Ihr Name. Keanu Bennings, Sicherheits-Chef. Seit wann haben wir einen Sicherheits-Chef?" Die Frau musterte ihn.

„Seit heute", antwortete er und wusste, was als Nächstes kommen würde.

„Keanu, wie der Schauspieler. Sie sehen ihm ähnlich."

„Ja, das höre ich hin und wieder."

„Sie dürfen hochgehen, Mister Bennings. Achter Stock. Vom Fahrstuhl aus nach rechts, das Büro hinten. Dr. Mailer persönlich wird sich Zeit für Sie nehmen."

Keanu zögerte vor dem Lift, entschied sich für die Treppen. Die Frau an der Rezeption nickte anerkennend. Doch dann fragte sie sich, ob der erste Sicherheits-Chef in der 70 Jahre währenden Tradition der Psy Company wohl unter Platzangst litt und deshalb Aufzüge mied.

2

Im achten Stock des alten Sandsteingebäudes im Akademiker-Vorort Cambridge prüfte er seinen Puls mit der Sportuhr. Es war mehr eine Routine als wirklich wichtig. Er konzentrierte sich. Gregory Mailer, der Geschäftsführer, wurde intern PC2 genannt, weil er in der Hierarchie der Psy Company an zweiter Stelle stand. PC1 war die Großaktionärin des Unternehmens, die geheimnisvolle Alexandra Reyes. Mailer konnte ein schwieriger Mensch sein, das hatte Keanu beim Vorstellungsgespräch erfahren müssen.

Zehn Meter vor ihm flog eine Tür auf. Ein Mann stürmte auf den Gang und warf die Tür im Weggehen zu. Sie federte zurück, blieb einen Spalt offen. Deshalb hörte Keanu, wie drinnen jemand mit mühsam unterdrückter Wut sagte: „Und Sie können auch verschwinden, wenn Sie nicht mehr Kompetenz zeigen als er. Ich will den ersten Test der Transferabteilung in zehn Tagen. Zehn, nicht einen später."

Er holte Luft. „Wir beginnen mit dem Virologen. Danach manipulieren wir die anderen Experten. Keiner von ihnen wird etwas merken. Wir stürzen dieses Land in Panik. Verstehen Sie endlich?"

Keine Antwort.

„Und gnade Ihnen Gott, falls Sie reden. Wenn in dieser Firma jemand außer uns Dreien von dem Plan erfährt, dann werde ich Sie grillen."

Keanu hatte den Türspalt erreicht, sah im Vorbeigehen hinein. Es war Mailer, der sprach. Seine Gesichtsfarbe: das Rot des Zorns. Vor ihm stand ein schlaksiger Mitarbeiter in gebeugter Haltung. Er fühlte sich vermutlich, als sei er PC832. In diesem Moment drehte Mailer seinen Kopf zur Tür. Keanu wandte sich sofort ab, ging weiter. Hatte der Geschäftsführer ihn erkannt?

Er betrat den Raum vor Mailers Eckbüro.

Helen Sherr, die Chefassistentin, arbeitete nicht in diesem Vorzimmer; sie herrschte hier. Ihr Blick auf Keanu war skeptisch, ihr Lächeln ein gescheiterter Versuch, ihre Sätze schlecht getarnte Befehle: „Setzen Sie sich, Bennings. Verhalten Sie sich möglichst ruhig, bis er kommt."

In Keanu keimte ein Gedanke. Er stöpselte seine weißen Mini-Kopfhörer ins Ohr, spielte jedoch keine Musik ab. Durch ihre Farbe waren die AirPods gut sichtbar, wichtig für seinen Plan. Die Herrscherin telefonierte in gedämpfter Lautstärke mit dem Empfang. Er lauschte. „Du hast Recht, Eileen, er sieht ihm wirklich ähnlich. Das Resultat einer Affäre, glaubst du?"

Als Miss Sherr ihm zehn Minuten später mit einer gnädigen Handbewegung erlaubte, das Büro von Gregory Mailer zu betreten, beugte er sich vertraulich zu ihr hinunter: „Meine Mutter war Wellenreiterin. Sie hat die Surfszenen in Keanu Reeves bestem Film ‚Point Blank' hundertmal gesehen. Dann wurde sie schwanger. Nicht von ihm, sie hat ihn nie getroffen. Mein Vater war ein Deutscher, der in Mannheim für die US-Army arbeitete. Schönen Tag noch, und richten Sie Eileen meine Grüße aus, wenn Sie gleich mit ihr reden." Im nächsten Moment klopfte er an Mailers Tür und trat sofort ein.

3

Er wartete im Stehen, Dr. Mailer telefonierte.

„Nein, Madam President, betrachten Sie den Auftrag als erledigt." Pause. „Danke, aber dafür ist die Psy Company ja da. Wir sehen uns am Wochenende, wie abgemacht. Ich soll Sie übrigens von Isabella grüßen, sie bewundert Sie." Pause. „Ja, bestimmt möchte sie mitkommen. Danke." Er legte auf.

Sein Besucher nahm die beiden AirPods erst aus seinen Ohren, als er sich gesetzt hatte. Es war wichtig, dass Mailer sie wahrnehmen würde. Das tat er. Keanu hatte sein Ziel erreicht: „Er fragt sich jetzt, ob ich sie schon auf dem Gang getragen habe und seine Sätze deshalb nicht hören konnte."

Mailer gab sich beschäftigt, während er tatsächlich über diese Frage sinnierte. Beiläufig fragte er: „Bennings, Sie wissen, wer das am Telefon war?"

Keanu setzte sich auf den Stuhl vor dem Schreibtisch.

„Sie wollen mich beeindrucken. Daher tippe ich nicht auf die Präsidentin Ihres Golfclubs, Sir. Sondern auf eine Präsidentin, die in einem ovalen Büro in einem weiß gestrichenen Haus sitzt, über dem immer eine Flagge mit 13 Streifen und 50 Sternen weht. Es wird also ein interessantes Wochenende in Washington für Sie und Ihre Frau werden."

Der ausgebildete Psychologe Keanu Bennings registrierte den Schmerz, der als Mikromimik für den Bruchteil einer Sekunde in Mailers Gesicht zu sehen war. Er verstand nicht. Er begriff es erst, als sein Blick auf das Sideboard hinter dem Schreibtisch des Geschäftsführers fiel. Dort stand lediglich ein Foto. Es zeigte zwei Mädchen mit ihrem Vater. Dieser Vater war Gregory Mailer. Eine der Töchter hieß bestimmt Isabella. Und der neue Sicherheits-Chef der Psy Company verfluchte sich dafür, dass er den Hintergrund seines Vorgesetzten nicht sorgfältiger recherchiert hatte.

Es gab vermutlich keine Frau mehr. Sie war gestorben, sonst hätte Mailer nicht mit Schmerz reagiert. Hämische oder wütende Reaktionen auf die Frage nach dem Partner wiesen auf Scheidung hin. Eine Schmerz-Reaktion bedeutete Krankheit oder Tod. An Mailer gewandt, sagte er: „Verzeihen Sie, Sir."

Der Blick des Geschäftsführers war hart. „Ein Sicherheits-Chef muss informiert sein. Ich war übrigens dagegen, Sie einzustellen. Aber Sie haben die anderen mit Ihrer Vorstellung überzeugt. Sogar PC1. Personenschützer in Deutschland plus das Psychologie-Studium hier in Boston. Ich vermute allerdings, den Ausschlag gab Ihr Aussehen." Der neue Mitarbeiter wirkte ruhig und beherrscht, die Provokation perlte an ihm ab.

Mailer reizte das. „Ich beschäftige mich hier mit größeren Fragen, als Sie das jemals werden. Mit wichtigeren Kunden, als Sie sich vorstellen können. Und mit mehr Macht, als gut für Sie ist. Vergessen Sie das niemals."

„Ich habe ein intaktes Gedächtnis, Sir."

Er wusste, was Mailer als nächstes versuchen würde.

4

Das Augenduell war das Kräftemessen der Politiker bei Gipfeltreffen, der Unternehmensführer bei Verhandlungen und der Boxer vor dem ersten Gong, während sie sich in der Ringmitte gegenüberstanden. Wer zuerst blinzelte, war der Schwächere. Mailer bedachte seinen Gegner mit einem drohenden Blick. Tatsächlich hielt er ihn lange Zeit. Doch Keanu kannte dieses Machtspiel gut. Ein Konzernvorstand, für dessen Sicherheit er bei Tarifverhandlungen in Hamburg sorgen musste, hatte ihn eingeweiht, wie man es gewinnt: „Erstens, Sie verfügen entweder von Natur aus über reichlich Tränenflüssigkeit oder Sie benutzen Tropfen vor dem Treffen. Ihre Augen dürfen nicht zu früh brennen. Und zweitens müssen Ihre Gedanken sich auf etwas anderes konzentrieren. Schauen Sie sich einen inneren Film an. Am besten Ihren Lieblingsfilm. Stellen Sie sich Szene für Szene vor. Bis Ihr Gegner blinzelt."

Keanu sah „Der Schakal" an, das Remake mit Bruce Willis. Bis Mailer aufgab. Dessen Augenhaut, die Sklera, war gerötet. Aber er war ein Profi, zeigte seine Enttäuschung keine Sekunde lang. Als sei nichts gewesen, fragte er: „Tragen Sie diese kleinen Ohrhörer oft?"

„Ich bin sie gewohnt, in meinem ersten Job hatten wir immer den Funk im Ohr. Und ich brauche Musik." Gregory Mailer vernahm es mit Interesse.

„Noch etwas. Es gibt eine Frage, die ich jedem Neuen stelle. Welcher Wunsch, den Sie schon lange haben, hat sich bis heute nicht erfüllt?"

Sein Sicherheits-Chef überlegte lange, ob er antworten sollte. Es war eine gefährliche Frage. Sie konnte eine Schwachstelle aufdecken. Doch Mailer hätte ein Schweigen als Feigheit einsortiert.

Deshalb sagte er: „Es ist etwas Existenzielles, Sir. Ich wollte immer wissen, wie sich die Leben anderer Menschen anfühlen."

Gregory Mailer wurde blass.

„Die Liste mit Ihren Aufgaben und Terminen für diese Woche bekommen Sie von Ihrem Assistenten. Sie werden sich mit den Abteilungschefs koordinieren: Liv leitet die Wirtschaftspsychologie, Connor die Politik, Emma die Sportpsychologie, Dexter macht Polizei und Quinn führt die Militärpsychologie inklusive Terrorismusbekämpfung. Fünf Abteilungen also."

Keanu registrierte, dass Mailer die Transferabteilung verschwiegen hatte.

„Meine Abteilungsleiter fordern einen Sicherheits-Chef, seit immer mehr Konzern-Vorstände und Politiker zu den Trainings ins Haus kommen. Die erwarten Schutzmaßnahmen auch von uns. Als würden deren eigene Bodyguards nicht genügen. ‚Gefährdungslage' – ich kann das Argument nicht mehr hören."

Mailer nahm ein blaues Dossier vom Schreibtisch auf. Er blätterte darin. „Und dann diese aggressiven Hackerangriffe gegen uns, Sie kennen das Thema bereits. Kümmern Sie sich darum."

Lange Pause, gezielt eingesetzt. Herablassender Blick, oft verwendet. „Bennings, ich hoffe, Sie sind diesen Aufgaben gewachsen. Ihr Büro liegt im vierten Stock, bei Livs Räumen. Fragen Sie nach ihr."

Er sparte sich das übliche „Viel Erfolg" und griff zum Telefon.

Keanu schritt ins Vorzimmer, wo Miss Sherr demonstrativ durch ihn hindurchsah.

5

Helen Sherr war mit 41 Jahren die älteste Assistentin des Hauses. Sie selbst legte Wert auf die Bezeichnung „Persönliche Büromanagerin des Geschäftsführers". Einige Zeit, nachdem seine Frau gestorben war, bemerkte sie: Mailer schenkte ihr eine andere Aufmerksamkeit, wenn sie Röcke trug. Seitdem sah man Miss Sherr nie wieder in Hosenanzügen. Sie nahm sieben Kilo ab und investierte in straffende Shapewear-Unterwäsche, um auch in engen Kostümen eine passable Figur zu machen. Ihr sorgsam gefärbtes Haar ließ sie bis zu den Schultern wachsen, trug es nur noch offen.

„Was halten Sie von ihm, Helen?", fragte Mailer, als sie sein Büro betrat. Er konzentrierte sich auf den Computer, was sie enttäuschte. Sie fand schon immer, dass ihr Chef gut aussah. Seine Haut war von Natur aus sehr braun. Dichtes, schwarzes Haar mit ein wenig Grau darin. Kantige Gesichtszüge. Die Augen waren nachtblau, doch in bestimmten Situationen verschwand das Blau gänzlich. Mitarbeiter, auf die jener Blick einmal gefallen war, empfanden nicht Respekt vor Mailer. Sondern Furcht.

„Er ist anmaßend. Und seine Umgangsformen sind indiskutabel."

„Inwiefern?"

„Sitzt in meinem Büro, um auf Sie zu warten, und presst sich sofort diese kleinen Kopfhörer ins Ohr. Ignoriert mich einfach."

Endlich sah Mailer hoch. „Er hatte sie nicht schon im Ohr, als er in Ihr Zimmer kam?"

„Nein. Und er gab auch nur vor, Musik zu hören. In Wahrheit belauschte er meine wichtigen Telefonate."

Gregory Mailer schaute seine Assistentin finster an, schüttelte den Kopf.

Nervös überlegte sie, ob mit ihrem Aussehen etwas nicht stimmte, als er sie unwirsch aus dem Büro schickte.

Er hatte nachzudenken. Fünf Minuten später nahm er sein Mobiltelefon aus der Schublade. Die Nummer war nicht gespeichert, aber er kannte sie auswendig.

„Wir müssen reden. Richtig, Abteilung sechs. Jemand kann gefährlich werden. Hat vermutlich etwas von unserem Plan mitbekommen. Kümmern Sie sich um ihn, es muss wie ein Unfall aussehen." Er nannte einen Namen.

Noch ein Anruf. Diesmal bei einer internen Nummer.

„Wir ziehen den Test vor. In fünf Tagen. Sparen Sie sich Ihren Protest." Er legte auf.

6

Keanu Bennings ging über breite Steintreppen hinunter in den vierten Stock. Er mochte dieses Gebäude. Es wirkte uneinnehmbar, mächtig, roch nach Tradition. In Deutschland gab es wesentlich mehr solcher alten, stattlichen Bauten: Gerichtsgebäude, Universitäten, Schulhäuser, sogar echte Schlösser, in denen Ministerien oder andere Behörden residierten.

„Wo finde ich das Büro von Liv?", fragte er einen kleinen Mann, der ihm entgegenkam. Er war Anfang 20, hatte schwarze Locken, wirkte gehetzt.

„Einfach weitergehen." Weg war er.

„Kauziger Typ", fand Keanu.

Ein runder Raum, in dem Sofas und Sessel in Grün, Blau und Orange standen, bildete das Zentrum dieses Stockwerks. Größere Büros grenzten daran an. Vier Gänge führten zu den übrigen Offices. So alt das Gebäude war, so modern wirkte die Einrichtung der Räume. Sie waren verglast und deshalb für alle einsehbar.

„Ich vermute, Sie sind Liv", sprach er eine Frau an, die rechts in einem Zimmer saß. „Sie kommt aus Southie, dem irischen Viertel", mutmaßte Keanu. Rote Haare und mehr Sommersprossen als Flugzeuge über dem Himmel Massachusetts.

„Ich wäre gerne sie. Aber nein, ich bin Sarah", lächelte sie und schaute ihn interessiert an.

„Liv hat heute Vormittag einen Termin außerhalb. Ich bin ihre Assistentin."

„Keanu Bennings, guten Morgen. Der neue Sicherheits-Chef."

„Ich weiß. Und dass Sie aussehen wie der jüngere Bruder eines gewissen Filmstars, hat sich auch schon zu uns herumgesprochen."

„Glauben Sie mir, ich mag es nicht mehr hören."

„Kann ich mir vorstellen", antwortete Sarah.

„Wissen Sie, wo mein Assistent ist?"

„Gianni ist schwer zu fassen. Er rennt immer herum, ständig unter Strom. Ist erst seit kurzem hier. PC2 selbst hat ihn für Sie ausgesucht und die Quote erwähnt."

„Der Geschäftsführer kümmert sich um meinen Assistenten?" Das war ungewöhnlich.

„Welche Quote, Sarah?"

Sie sah ihn ernst an. „Die staatliche Quote für Mitarbeiter mit körperlichen oder intellektuellen Einschränkungen. Bisher hat sie hier keine große Rolle gespielt, aber Dr. Mailer scheint sie plötzlich ernst zu nehmen. Ich rufe Gianni sofort auf dem Handy an. Ihr Büro ist übrigens genau gegenüber. Viel Erfolg, Mister Bennings."

„Danke. Und nennen Sie mich Keanu."

Sein Büro wirkte nüchtern. Dunkelgraue Stahlregale, weißer Schreibtisch, Besucherecke mit drei Designerstühlen. Er sah am Etikett, dass es Originale waren, keine günstigen Kopien. In der Psy Company war Geld vorhanden. Das hatte er auch bei seiner Gehaltsverhandlung gemerkt. Sie zahlten ihm hier 145 000 Dollar. Fast 25 000 mehr, als eine IT-Firma für die Position des Security Chiefs zuletzt überwiesen hatte.

Jemand zupfte ihn am Ärmel. Er drehte sich um.

„Gianni Mora. Bin Ihr Assi", stellte sich der junge Mann vor, den er im Gang nach dem Weg gefragt hatte. Keanu konnte schwer glauben, was er jetzt sah.

7

Im Studium hatten die Dozenten diese Störung einmal erwähnt. Aber er war noch nie einem Wackler live begegnet. Ein Kommilitone hatte den Begriff geprägt, nachdem ihnen im Hörsaal ein Video vorgeführt worden war. Keanu fiel die medizinische Bezeichnung nicht mehr ein. Etwas mit „A."

Gianni übertraf den Wackler in der Uni-Dokumentation bei weitem. Seine Augen schauten mal hierhin, mal dorthin. Der Kopf kippte vor und zurück, nach links, nach rechts. Ohne Unterlass waren die Arme und Hände in Bewegung. Sie zuckten, pendelten, knickten ab, kneteten, ballten sich. Ober- und Unterkörper waren in Unruhe. Vermutlich spielten seine Zehen in den gelben Joggingschuhen gerade Klavier.

Sarah blickte von ihrem Schreibtisch herüber. Was sie wahrnahm, tat ihr unendlich leid. Gianni war es längst gewohnt, dass andere Menschen ihn anstarrten. Doch als ausgerechnet sein neuer Chef ihn so ausgiebig musterte, schämte er sich. Gianni wollte fliehen.

Und er floh. „Geschäftshandy", rief er, warf den Karton auf den Besuchertisch. Er rannte an Sarahs Büro vorbei. Sie sah die Tränen in seinen Augen.

Was dann geschah, prägte ihr Bild von Keanu Bennings für immer. Der kam herüber. Er sagte nicht: „Woher bekomme ich schnellstens einen richtigen Assistenten?" Sagte nicht: „Diesen Typen hat Mailer mir mit Absicht verpasst."

Nein, er beschloss: „Ich hole mir meinen Assistenten zurück. Sarah, wo wohnt er?"

Keanu fuhr sich mit der Hand durchs Haar. „An der Uni haben wir so viel über Störungen gelernt. Aber ich gaffe ihn wie ein Studienobjekt an und überlege, wie dieses seltsame Leiden heißt. Ich muss mich bei ihm entschuldigen."

In Sarahs Augen war Respekt, als sie ihm den Zettel gab.

„Er wohnt bei seinen Eltern im North End. Unten im Haus betreiben sie ein italienisches Restaurant. Viel Glück."

„Danke."

„Akathisie."

„Bitte?"

„Das Wort, das Sie gesucht haben."

Keanu nickte.

8

Raffaela Mora stand in der Hanover Street am Herd und kümmerte sich um die Veggie-Lasagne. Sie und ihr Mann Massimo hatten in Bostons italienischem Viertel ein konventionelles Restaurant betrieben. Vor drei Jahren war die Zeit reif für ein neues Vorhaben: Sie würden einen Teil des Ristorante „Mora & More" nutzen, um die ungewöhnlichsten Burger anzubieten, die ihnen einfallen wollten.

Am spektakulärsten war L'avocado. Entkernte Avocado-Hälften der hellgrünen Sorte Fuerte ersetzten die typischen Brötchen. An ihren Schnittflächen bestrich Massimo sie mit einem Parmesan-Pestoaufstrich. Die Hohlräume füllte der Koch, je nach Wunsch, entweder mit einem Stück vegetarischer Lasagne oder mit sizilianischer Caponata – einem süßsauren Mix aus gebratenem Gemüse.

War es das freche Aussehen der hellgrünen Hälften mit dem bunten Gemüse, das sofort für gute Laune sorgte? Jedenfalls stieg L'avocado in der Caponata-Variante zum meistbestellten Burger auf, obwohl man ihn nur mit Besteck essen konnte. „Mora & More" war nie so erfolgreich gewesen wie in den vergangenen beiden Jahren.

Für den Jungen blieb immer weniger Zeit. Raffaela wusste, dass Einsamkeit sein engster Freund war. Als Gianni jetzt durch die Küchentür kam, sich an den eingemehlten Holztisch mit den Pizzateig-Kugeln warf und seinen Kopf tief in den aufgelegten Armen versenkte, erschrak sie dennoch. Die Mutter setzte sich zu ihrem Sohn, umarmte seinen gebeugten Oberkörper, spürte das Zittern überall. „Tesoro", schluchzte sie. Mein Schatz. Irgendetwas war passiert. Hatte Gianni sich wieder einmal hilflos oder bedroht gefühlt und war ausgerissen?

„Wir haben noch geschlossen", rief sie, als es an der Küchentür klopfte.

Trotzdem wurde sie geöffnet. Von einem Mann in beigefarbenen Anzug und weißem Hemd. Selbst vor 20 Jahren hatte Massimo nicht so attraktiv ausgesehen. Obwohl er, wie der Fremde, damals seine schwarzen Haare einen Tick zu lang trug und seine Koteletten zwar mit dem Rasiermesser kürzte, aber stets einen kleinen Teil stehen ließ. Doch dieser Fremde war wesentlich größer, mindestens 185 Zentimeter. Seine Schultern waren breit, die Hüften nicht, so dass sein Oberkörper ein fast perfektes V ergab. Mit diesem Aussehen könnte er Schauspieler sein.

Der Fremde kam näher. Er bewegte sich wie ein Mann, der ein präzises Gefühl für seinen Körper hatte, jeden Schritt bewusst setzend. Massimo, dachte sie, bewegt sich überhaupt nicht mehr. Jedes Jahr kochte er sich näher an Raffaelas Figur heran – allerdings an jene in den Wochen kurz vor Giannis Geburt.

„Bitte entschuldigen Sie. Ich möchte zu ihm." Er deutete mit dem Kopf zu ihrem Sohn.

„Wer sind Sie?"

„Ich heiße Bennings. Gianni und ich arbeiten seit heute zusammen."

Der Assistent hob vorsichtig seinen Kopf, der unübersehbar hin und her pendelte. Er sagte kein Wort.

Keanu bat die Frau: „Wo könnte ich mit Gianni in Ruhe reden? Es ist wichtig."

Raffaela glaubte ihm. „Er wird Sie in die Speisekammer führen. Dort steht der Tisch, an dem unsere Familie und die Kellner immer essen. Gianni, sei cosi gentile, per favore." Sei bitte so nett. Sie küsste ihn auf die Stirn. Keanu war gerührt, dass sie dies vor seinen Augen tat. Gianni war es peinlich. Schnell ging er voraus in die Speisekammer.

Der Raum war kleiner, als Keanu erwartet hatte. Weiß gekalkte Wände bildeten den Hintergrund für tiefe Holzregale, die auf terrakottafarbenen Bodenfliesen standen. Keanu bemerkte bei jedem Schritt, dass der Boden leicht klebrig war. Vor allem jedoch nahm er die Gerüche in diesem Raum wahr. Es roch nach der frisch angeschnittenen Mortadella, die im ersten Regal lag, nach den San-Daniele-Schinken, die an Haken von der Decke herabhingen, nach den grünen Avocados in einem offenen Jutesack. Es roch nach geschälten Tomaten, nach Rosmarin, Salbei und Basilikum, und vor allem roch es nach lange gereiftem Parmesan-Käse und Grana Padano.

Gianni teilten sich all diese Gerüche nicht mit. Er war unsicher, was kommen würde. Sie setzten sich an den langen Tisch, dessen Blöße ein rot-weiß kariertes Tischtuch nur zum Teil bedeckte.

„Ich möchte Ihnen etwas erzählen, wenn ich darf."

Giannis Kopf bewegte sich weiterhin, doch Keanu konnte darin kein „Nein" erkennen.

„Ich bin in Deutschland aufgewachsen. Mein engster Freund hieß Michael. Sein Vater war Kampfsport-Trainer bei der Army. Er hat uns beide jahrelang in einer Technik unterrichtet, die für Kinder und Jugendliche verboten war. Haben Sie schon mal von Bruce Lee gehört? Es gibt viele Filme mit ihm."

Diesmal war Giannis Kopfschütteln ein klares „Nein". Er hörte gespannt zu.

„Lee hat die besten Kampfstile aller Zeiten zu etwas Neuem kombiniert. Jeet Kune Do. Wir haben immer nur JKD gesagt. Damit konnte Lee alle anderen Kampfsportler schlagen. Ich war wirklich gut und trainiere noch heute. Aber gegen Mike, meinen Freund, hatte ich keine Chance. Darf ich?" Keanu zeigte auf eine Wasser-Karaffe.

Gianni füllte ein Glas und reichte es ihm. Seine Hand war ruhig.

„Kurz nach seinem 16. Geburtstag passierte es. Michael hatte immer weniger Kraft, er veränderte sich. Die Ärzte fanden den Grund." Nachdenklich drehte Keanu das Glas mit den Fingern.

„Es war sein Blut. Er hatte Krebs, Leukämie. Sie behandelten ihn. Der stärkste Junge, den ich kannte, wurde zum schwächsten. Er hatte keine Farbe mehr im Gesicht. Als seine Haare ausfielen, nannten sie ihn nur noch ‚Glatze'. Sie tuschelten in der Schule über ihn. Immer so laut, dass er es hören würde. Sie verprügelten ihn heimlich, er konnte sich nicht mehr wehren." Keanu machte eine Pause, er musste sich sammeln.

„Wenn ich davon erfuhr, habe ich Mike gerächt. Ich habe mir jeden einzelnen von ihnen vorgeknöpft. Mit allem, was sein Vater uns beigebracht hatte. Sie haben mich verpetzt, ich durfte drei Monate lang nicht mehr zur Schule gehen." Wieder eine Pause.

„Wissen Sie, Gianni, dadurch hatte ich Zeit, mich um meinen Freund zu kümmern. Bis er zehn Wochen später starb." Keanu atmete tief ein und langsam wieder aus. Sein trauriger Blick suchte Giannis Augen.

„Ich weiß seit dieser Zeit, wie es ist, wenn sie mit dem Finger auf dich zeigen. Oder wenn sie dich neugierig angaffen. Trotzdem habe ich genau das bei Ihnen getan."

Er reichte Gianni die Hand. „Dafür entschuldige ich mich in aller Form. Ich werde nie wieder respektlos Ihnen gegenüber sein."

Gianni musterte seinen Vorgesetzten. Er schien etwas wahrzunehmen, das ihn beruhigte.

„So hat noch nie jemand mit mir gesprochen", sagte er leise, als er Keanus Hand drückte. „Danke." Er stand auf, sagte „Also, bis morgen" und verschwand.

Die Mutter arbeitete noch immer in der Küche. Keanu ging zu ihr, um sich zu verabschieden. Aber Raffaela Mora hatte gesehen, wie verändert ihr Sohn nach dem Gespräch war. Er wirkte stolz, das war untypisch für ihn. Deshalb wollte sie mit dem Mann reden, der das bewirkt hatte. Er war ein guter Mann. Sie erzählte ihm alles. Oder fast alles.

Es hatte begonnen, als Gianni 13 Jahre alt wurde. Er bekam Anfälle, epileptische Anfälle. Seither musste er Medikamente nehmen. „Neuroleptika", sagte sie. „Ich hasse dieses Wort und was die Psychopillen mit unserem Sohn machen. Dieses Zappeln. Nie kann er ruhig sitzen. Die anderen lachen ihn aus. Sie halten ihn für einen Idioten. Dabei hat er Begabungen, die wertvoll sind."

„Was meinen Sie?"

Die Frau zögerte.

„Das soll er Ihnen selbst sagen, falls er dazu bereit ist. Mögen Sie Lasagne?"

9

Der Sicherheits-Chef hatte heute keine wichtigen Termine mehr. Er entschied, nach New Hampshire in die White Mountains zu fahren. Sein neues Hobby würde ihm helfen, die Konfrontation mit Mailer zu vergessen.

Als er vor dem Restaurant auf die Hanover Street trat, spürte er es. Sein Nacken wurde von einer Sekunde auf die andere warm. Seit der Zeit beim Personenschutz kannte er das Phänomen. Es signalisierte Gefahr. Keanu blieb ruhig. Die Konzentration baute sich auf. Er senkte den Kopf und sondierte unauffällig die Umgebung, während er zu seinem Auto schlenderte. Er entdeckte nichts. Doch sein Nacken brannte jetzt. Er zog sein Sakko aus, bevor er einstieg. Auf dem Fahrersitz drehte er sich nach hinten, um es auf die Rückbank zu legen. Dabei ließ er sich viel Zeit, um noch einmal die Straße abzusuchen. Nichts.

Während er in Richtung Interstate 93 fuhr, entdeckte er keine Beschatter. Doch jeder Profi wusste, wie man einen Miniatur-GPS-Sender nahezu unauffindbar an einem geparkten Auto anbrachte. Ein Verfolger bekam somit die Möglichkeit, großen Abstand zu halten. Wer immer es war, hatte vielleicht auch sein Smartphone gehackt.

Keanu fuhr an den Rand und hielt an. Er schaltete sein privates Handy aus, entnahm die SIM-Karte. Aus dem Handschuhfach holte er den Karton seines neuen Dienstgerätes. Gianni hatte es bereits eingerichtet, eine Notiz mit der PIN haftete an dem Display. Keanu tippte sie ein. „Guter Mann", dachte er, als unter „Kontakte" die Nummern sämtlicher Psy-Company-Mitarbeiter aufzutauchen schienen, denn es waren mehr als 800. Er scherte wieder in den Verkehr ein. Keanu prüfte die Reichweitenanzeige. In den Akkus seines roten Tesla war noch Strom für 320 Meilen, kein Problem also.

Nachdem ihm auf den gesamten 128 Meilen nichts aufgefallen war, bog er in einen kleinen Waldweg ein und parkte. Hier war er fast immer allein. Keanu zerrte seine blaue Sporttasche aus dem Kofferraum. Er wartete 15 Minuten, ob doch noch ein Verfolger auftauchte. Nein, niemand. Erst jetzt marschierte er den Berg hinauf, bis zu seinem Kraftort. So nannte er ihn.

10

Jene, die es schon lange praktizierten, hatten einen schlichten Namen für die Reaktionen des Körpers, für das unkontrollierbare, tiefe Einatmen zu Beginn, dann das Hecheln, Zittern, Herzrasen, die Schmerzen im Gesicht: Kälteschock oder englischer Schock.

Beim ersten Mal war Keanu erschrocken, hatte kurz aufgeschrien. Inzwischen schaffte er es ohne jeden Laut hinein, bekam seinen Atem schon nach Sekunden unter Kontrolle. Er startete den Timer. Zehn Minuten, vielleicht zwölf, waren möglich. Ging er dann nicht wieder zurück, würde er die ersten Anzeichen der Kältestarre spüren. Den Beginn des Sterbens in Zeitlupe.

Acht Grad Celsius betrug die Wassertemperatur. Keanu musste nicht nachmessen; der kleine Bergsee hatte im frühen Herbst immer acht Grad. Im Winter sanken die Werte auf fünf oder vier Grad. Er freute sich schon darauf. Alles unter fünf Grad galt offiziell als Eisschwimmen.

Keanu wollte den Kopf freibekommen, und das ging am besten beim Kraulen in kaltem Wasser. Nur in Badeshorts, kein Neopren. Eisschwimmer verachteten Neopren-Schwimmer, nannten sie „Gummienten".

Während er merkte, wie hart sich das Wasser heute anfühlte, beobachtete er die Graugänse, die wiederum ihn beobachteten. Er kam zur Ruhe. In Wasser von acht Grad Kälte war kein Raum für viele Gedanken. Es ging nur um drei Fragen. Fühle ich meine Hände noch? Spüre ich meine Füße? Oder verlasse ich so schnell wie möglich das Wasser, solange ich noch gehen und nach meinen Kleidern greifen kann?

Keanu musste zurück ans Ufer. 15 Minuten – viel zu lange.

11

Weil er kaum noch Gefühl in den Füßen hatte, tapste er nach vorne gebeugt zu der Bank hinüber, auf der sein Handtuch lag. Sein Körper roch modrig, wie der See. Plötzlich wurde sein Genick warm.

Bamm!

Er hatte den Schlag nicht kommen sehen. In den Bauch.

Bamm!

Der Nächste traf seinen Rücken. Eine Welle des Schmerzes. Er blickte hilflos hoch.

Sie waren zu zweit. Beide trugen Sturmhauben. Der Rechte hielt ein abgebrochenes Paddel in der Hand. Seine Finger waren an den Spitzen seltsam geformt.

Drei Schläge hintereinander. Gegen die Brust. Sie wollten ihn ins Wasser zurücktreiben. Keanu brüllte. Vor Qual, vor Zorn, vor Angst. Er hatte Schmerzen in den gefrorenen Händen und Füßen, die zu langsam auftauten. Er konnte nicht zurückschlagen, sich nicht mit einem Kopfstoß ins Gesicht wehren oder einem Tritt ans Knie des Gegners. Er hatte all das gelernt. Er war ein Kämpfer. Aber wegen des kalten Wassers hatte er noch keine Kontrolle über seinen Körper. Ausgerechnet er, ein Sicherheits-Profi, hatte sich selbst wehrlos gemacht. Wie konnte er? In ihm war jetzt nur noch Wut. Er war wütend auf sich, wütend auf diese Angreifer.

Ein letzter Stoß. Er fiel rückwärts in den See. Der Größere der Männer, die keinen Ton sagten, hielt den treibenden Körper mit dem Paddel vom Ufer fern. Keanu wusste, dass er bald sterben würde. Nicht nur Hände und Füße, die gesamten Arme und Beine konnte er nicht mehr bewegen. Alles ging so schnell.

Die Männer nahmen wahr, dass er tief einatmete und die Luft so lange wie möglich in der Lunge halten wollte, damit der Auftrieb seinen Körper über der Wasseroberfläche hielt. Aber die Atemintervalle wurden kürzer.

„Sie wissen, dass ich bewusstlos werde. Dann atme ich Wasser ein… Kommt in die Lunge… Alles aus." Das Denken fiel ihm schwer.

Keanu Bennings verlor im Alter von nur 30 Jahren an einem Montagnachmittag das Bewusstsein. Er würde es sicher nicht wiedererlangen. Es war eine Seebestattung mit nur zwei Trauergästen, die nicht trauerten.

12

Der Beobachter sah die Angreifer im Wald verschwinden. Die Fahrerin, mit der er gekommen war, hatte ihren Ford hinter Keanus Auto abgestellt. Der Beobachter rief sie an. Sie solle sofort zu ihm kommen und den Verbandskasten mitbringen. Zum ersten Mal seit seinem 13. Lebenjahr war Gianni Mora völlig ruhig. Er bemerkte es nicht einmal.

Er hastete zum See und sprang, ohne anzuhalten, in das eiskalte Wasser. Es nahm ihm den Atem. Der 22-Jährige griff nach unten. Nichts. Sein Kopf tauchte ein, begann wegen der Kälte zu pochen. Nichts. Er schluckte Wasser. Dann bekam er eine Hand zu fassen, verlor sie wieder, tauchte tiefer, spürte die Hand erneut und ließ sie nicht mehr los. Er musste dringend Luft holen.

„Ich schaffe es nicht", fürchtete Gianni. Zu langsam kam der andere Körper nach oben. Er schaffte es.

Gianni sah die Frau ans Seeufer rennen. Er hatte keinen Führerschein. Seit seine Mutter ihm ein Konto bei einem Fahrdienst eingerichtet hatte, nutze er diesen unkomplizierten Service.

Sie half ihm, Keanu ans Ufer zu ziehen. Durch die lange Zeit der Kälte war seine Haut so rot wie die Badeshorts.

„Alter circa 30 Jahre, 185 Zentimeter, 82 Kilogramm, Torso athletisch-muskulös", memorierte sie. „Merkwürdig, das Gesicht erinnert mich an jemanden."

Sie beatmete ihn, massierte sein Herz. Nach 30 Sekunden telefonierte sie. „Helikopter", verstand Gianni. „Dringend." Weil er in seinem Gedächtnis abrief, was Liza Dagger ihm auf der langen Fahrt in die White Mountains erzählt hatte, glaubte er, dass Mister Bennings eine Chance haben und ihm selbst irgendwann nicht mehr so entsetzlich kalt sein würde.

Miss Dagger – keine Kinder, kein Mann, nur der freundliche Witwer im Nebenhaus durfte jeden Samstagabend über Nacht bleiben – arbeitete seit 13 Jahren als Krankenschwester in der Notaufnahme des renommierten Massachusetts General in Boston.

Entscheidend war, dass sie in ihrer Freizeit oft Einsätze im Rettungswagen fuhr, zusammen mit fähigen Notärzten. Liza Dagger hatte nie die Mittel gehabt, um selbst Ärztin zu werden. Doch in den nächsten Stunden verhielt sie sich wie eine. Sie rettete zwei Leben.

13

Gregory Mailer sah aus dem großen Eckfenster seines Büros auf den Fluss, als er telefonierte.

„Engelchen, sollen wir Miss Jackson heute frei geben, und ich koche für uns Drei?" Seine Tochter antwortete.

„Schon wieder Chicken Wings vom Grill mit Honigmarinade? Bist du sicher?" Das war sie.

„Ich muss schnell auflegen, bis nachher. Freu mich auf euch. Küss Lou von mir."

Mailer beendete das Gespräch schweren Herzens, tippte den Anruf in der Warteschleife an.

Aufmerksam hörte er zu. „Gut improvisiert", lobte er am Ende. „Und keiner hat euch gesehen?"

Sie lagen nebeneinander in den Notfall-Betten des Speare Memorial Hospital in Plymouth. Patient Bennings war über den Berg, Patient Mora überglücklich.

„Ich bin noch nie in einem Hubschrauber geflogen, es war unglaublich."

Keanu lächelte. „Ich habe nichts mitbekommen."

Er wurde ernst. „Danke, Gianni. Für alles. Aber ich möchte, dass Sie mit niemandem über die Männer reden. Auch falls die Polizei fragen sollte. Es war ein Badeunfall, nichts weiter."

Sein nächster Satz klang wie eine Drohung: „Ich werde mich selbst um die Beiden kümmern.“

Giannis Nicken war inmitten der anderen Kopfbewegungen nur schwer auszumachen.

„Warum sind Sie mir überhaupt gefolgt?“

Gianni antwortete nicht gleich, er schien nachzudenken. „Ich habe zwei Männer in der Nähe unseres Restaurants gesehen, zwei schwarz-rote Männer. Die haben Sie mit ihrem Auto verfolgt. Ich wollte wissen, was passiert. Aber ich hatte keine Ahnung, dass die Fahrt so lange dauert.“ Seine Zuckungen wurden wieder heftiger.

Keanu verstand nicht. „Schwarz-Rot?“ Ihm war immer noch sehr kalt, trotz der Heizdecke, trotz der Infusionen.

„Schwarz-Rot ist die böse Farbe. Als Sie mich bei meiner Mutter besuchten, waren Sie blau, deshalb habe ich Ihnen vertraut.“

„Gianni, du hast mir das Leben gerettet. Ich finde, wir sollten ‚du‘ sagen. Ich verstehe noch immer kein Wort.“

Der junge Italiener wippte hin und her, bewegte pausenlos Hände und Füße. Sein Reden hingegen wirkte ruhig. „Niemand außer meinen Eltern weiß das, sonst machen sich alle noch mehr über mich lustig. Also, ich bin auch ein Synni.“

„Ein Synästhetiker?“, hakte sein Chef nach. „Du meinst, Töne haben Farben und Wörter auch. Sowas?“

Gianni wand sich. „Ja, das können die meisten Synnis. Aber bei mir ist da noch etwas anderes. Die Ärzte sagen, das geht eigentlich nicht. Aber ich sehe Menschen mit Farben. Ihre Aura. Dann weiß ich, ob sie gut oder böse sind. Oft sehe ich sogar, welche Stimmung sie im Moment haben. Mein Vater ist sehr wütend deshalb.“

„Warum das?“

„Er fühlt sich wie im Röntgenapparat, wenn ich ihn anschaue. Dann ist er Schwarz mit Gelb. Negative Gedanken.“

„Und deine Mutter?“

„Immer Blau oder Weiß. Es sind die Farben der besten Menschen. Sie sind nur für andere da."

„Gianni?"

„Hm?"

„Welche Farbe habe ich jetzt?"

Der junge Italiener grinste ihn an. „Ein Orange, das immer kräftiger wird. Du hast Spaß am Leben, und du brauchst bald Sex."

Beide stiegen in den Rettungswagen, der sie nach Hause fahren würde.

Der Sanitäter musste kurz ins Krankenhaus zurück. Dem Beförderungs-Auftrag fehlte noch die Unterschrift. Gianni schlich nach vorne. Fasziniert von den vielen Funktionen im Cockpit suchte er auf der Mittelkonsole nach einer bestimmten Taste. Irgendwo musste die Sirene sich doch einschalten lassen.

Keanu hatte eine Frage übrig: „Wie hast du mich so schnell gefunden?"

Gianni drehte sich zu ihm. „Ich habe den Ortungsdienst deines neuen Handys für mich freigeschaltet. Und umgekehrt. Ist gegen die Vorschriften. Aber so kannst du immer sehen, wo ich gerade herumrenne. Und ich konnte sehen, wohin du fährst."

Keanu war beeindruckt. Allerdings konnte sein Assistent somit verfolgen, was er abends anstellte. Er würde sich später um dieses Problem kümmern.

„Ich werde es nie missbrauchen, versprochen", schob Gianni hinterher, als habe er seine Bedenken geahnt.

Keanu sah ihn ernst an, vom Kopf bis zu den Füßen. „Ich glaube dir, denn du bist Gelb-Violett."

Sein Assistent war perplex, griff sich hastig an den Kopf. „Du auch? Du siehst es ebenfalls?"

Keanu ließ sich viel Zeit mit der Antwort, schließlich platzte das Lachen aus ihm heraus.

Gianni verstand. Er war erleichtert. Dennoch schlug er seine linke Hand in den gebeugten rechten Ellenbogen – die Geste der Italiener für „du kannst mich mal".

14

Sie lieferten zuerst Gianni bei seiner Mutter ab. Raffaela Mora war überaus erfolgreich in ihrem Versuch, jede Stelle seines Gesichts mit einem Kuss zu stempeln. Der Krankenwagen fuhr zu Keanus Apartment in der Beacon Street.

Wie nach jedem Eisschwimmen warf er alle Decken, die er fand, auf sein Bett. Er kroch unter diesen Daunenberg und wartete. Als würde sein Körper aus vielen Schichten bestehen, fühlten sich die äußeren durch die Zeit im Krankenhaus bereits wärmer an. Doch in die innersten schien der Permafrost eingezogen zu sein, das Klima der sibirischen Tundra. Jetzt begann es. Für die nächsten Stunden fand Keanu etwas, das er seinen Freunden immer als den Schlaf eines frisch gestillten Babys beschrieb.

Er war davon überzeugt, in den mehr als 11 000 Nächten seines Lebens nicht ein einziges Mal geträumt zu haben. Denn er erinnerte sich an keinen Traum. Was in den nächsten Stunden geschah, sollte er hingegen nie vergessen. Es begann damit, dass er Kräuter roch. Würzige Kräuter, als würden sie in einem offenen Feuer verbrannt. Aus weiter Ferne wehte klagender Gesang zu ihm. Er verstummte. Lange war nichts zu sehen, nichts zu hören. Der Kräutergeruch hing schwer in der Luft.

Ein Tierjunges schälte sich aus der Unschärfe. Sein Fell war hell. Es regte sich nicht, atmete prüfend ein. Wieder ereignete sich lange nichts. Keanu verlor jedes Gefühl für die Zeit.

Das Tier wandelte seine Gestalt. Es wurde zu einer alten Frau. Ihre Haut glich dem Leder ihres Kleides. Sie trug Bänder an den Armen. In ihren Augen war Güte und Wissen. Keanu vernahm Worte. Die Stimme, mit der sie zu ihm sprach, schien aus weiter Ferne zu kommen, fast aus einer anderen Zeit. Und doch war sie klar und deutlich, wie ein Flüstern nahe an seinem Ohr.

„Ich bin Pte San Wi, die heilige Frau der Lakota, die zu den Stämmen der Sioux zählen. Mein Name bedeutet ‚Weiße Büffelkalbfrau'. Dein Name hat für uns keine Bedeutung. Ich hatte deiner Mutter einen anderen empfohlen. Sie wusste, dass sie eine Nachfahrin der Lakota-Indianer war. Oft hat sie meinen Rat gesucht, aber über deinen Namen wollte sie allein entscheiden. Und über den Mann, den sie heiraten würde. Auch dies war ein Fehler, ich hatte sie gewarnt. Sie hat dir nie gesagt, dass du von unserem Stamme bist. Sie glaubte, dieses Erbe würde dir nichts bedeuten. Nun muss ich es dir offenbaren. Denn ohne meine Hilfe wirst du sterben, wie du heute in den kalten Wassern beinahe dein Leben gelassen hättest. Ich habe die Verbindung zu dir gesucht, deinen Geist geöffnet. Ich werde dich schützen. Vertrau mir."

Keanu schlief längst nicht mehr. Dies hier war ohnehin kein Traum, er glitt in einen völlig anderen Zustand. Er hatte Ähnliches in einem Neurofeedback-Experiment erlebt, während des Praxissemesters in einer Klinik. Er musste über Stunden hinweg meditieren. Die Geräte zeichneten ungewöhnliche Gamma-Wellen in seinem Gehirn auf, Frequenzen über 30 Hertz. Wie damals spürte er jetzt seinen Körper nicht mehr.

Die heilige Frau hatte einen rauen Gesang angestimmt. Sie sang für sich, nicht für ihn. Keine Worte, nur Töne, scheinbar endlos wiederholt. Ihre Gedanken wurden zu seinen Gedanken, so dass er alles verstand.

Sie hatte nie als Mensch unter den Lakota-Sioux gelebt, denn sie war kein Mensch. Tatsächlich war sie ein Geist. Sie bestimmte, wer sie wahrnehmen durfte. Über Jahrhunderte hinweg war sie ihrem Stamm immer wieder erschienen, überbrachte Botschaften und spendete Rat. Sie ließ Frauen und Männer ihre persönliche Kraft finden und in der Einsamkeit der Natur die Vision suchen, den Sinn ihres Lebens. Jägern gestattete sie, das Wesen eines Tieres anzunehmen. Kriegshäuptlinge durften in Trance die Absichten ihrer Gegner lesen.

Sie wusste um alle Geheimnisse des Gestaltwandels.

Wieder stimmte sie ihren Gesang an. Nun sang sie für ihn. Sie ließ seinen Leib schweben, als läge er auf einer Wolke. Alles geschah sehr langsam. Sie bewegte ihn auf einen anderen Körper zu.

„Gehe jetzt in ihn", flüsterte sie. „Verstehe die Gefahr. Finde seine Geheimnisse."

Er wurde eins mit Dr. Gregory Mailer.

15

Schon früh, auf der Suche nach Identität und seinem Platz im Leben, hatte Keanu sich gewünscht, für eine gewisse Zeit in ein anderes Leben zu schlüpfen. Wie war es, in einer reichen Familie aufzuwachsen? Oder der erste Freund von Yvonne Winter aus der 7b zu sein, die ihn nie beachtet hatte? Oder als Zinédine Zidane mit einem spektakulären Volleyschuss das Champions-League-Finale für Real Madrid zu entscheiden? Oder als Astronaut des Space Shuttles in den Weltraum zu fliegen, um Satelliten ins All zu pflanzen? Wie fühlten sich diese Leben, diese Momente an? Darum ging es ihm.

Keanu spürte nichts. Erst allmählich schien Mailers Körper den Widerstand aufzugeben. Zuerst öffnete sich der Hörsinn für Keanu. Mailer sprach mit einem Mädchen, das aufgeregt plapperte. Dann kam der Tastsinn hinzu. Die rechte Hand hielt etwas aus Metall umklammert. Es roch plötzlich nach gegrilltem Fleisch und Honig – der Geruchssinn. War die enge Verbindung zwischen Augen und Seele der Grund, weshalb Keanu noch immer nichts sehen konnte?

Keanu nahm wahr, dass dieser Körper so anders als seiner war. Schwer, massig, starr. Eher kraftvoll als geschmeidig. Und über 20 Jahre älter. Keanu hatte nicht erwartet, dass sich das Alter so anfühlte.

In Mailers Bewegungen war stets eine Hemmung spürbar, als fürchte er, ein Nerv könnte einklemmen oder ein Wirbel ausrenken. Sein Hals knackte leise, wenn er den Kopf drehte. In den Fingergelenken wohnte ein leichter Schmerz. Der kräftige Händedruck eines Gastes würde ihn verstärken. Keanu merkte sich dies für ihre nächste Begegnung.

Etwas war im Magen. Etwas, das nicht dorthin gehörte, aber niemals freiwillig gehen würde. Es war eine Pein für Mailer, das spürte Keanu. Das, und die volle Blase des Mannes. Er nahm einen Schluck Bier und bewegte sich weg. Treppenstufen. Eine Tür. Ein WC-Deckel, der an die Kacheln schlug. Ein Reißverschluss. „Bitte nicht", dachte Keanu, doch er fühlte schon, wie Mailer etwas Weiches in die rechte Hand nahm und es lange dauerte, bis die Erleichterung vollständig war. Schließlich kamen noch einzelne Tropfen als Nachzügler. „Nicht einmal das Pinkeln ist mit Anfang 50 wie mit 30", merkte Keanu. Prostata-Probleme waren ihm so fremd wie Magengeschwüre. Mailer begab sich auf den Rückweg. Im Gehen drückte er zwei gelbe Tabletten aus einer Blisterpackung und schluckte sie.

„Daddy", schrie ein kleines, blondes Mädchen.

Ab diesem Moment konnte Keanu mit den Augen von Gregory Mailer sehen.

„Daddy, komm endlich."

Die Farbe ihrer wild gelockten Haare erinnerte ihn an die Maiskolben auf dem Grill, die Haut an die leicht gerösteten Zucchini, die Augen an die Kornblumen in der Glasvase auf dem gedeckten Tisch.

„Meine Lou", murmelte ihr Vater, als er sie auf seinen Arm hob und an sich drückte. Lou mochte etwa sechs Jahre alt sein, sie bohrte mit ihrem Zeigefinger in seinen Ohren. Mailer zog ihn sanft heraus und küsste ihn.

Seine Gefühle waren jetzt lesbar für Keanu, wenig später Mailers Gedanken. Liebe und Trauer registrierte er.

Mailer dachte mit viel Zuneigung an Lou und ihre vier Jahre ältere Schwester Isabella, die seinen Platz am Grill eingenommen hatte und mit der Zange hantierte: „Essen ist fertig."

Isabella war es auch, die das Gebet sprach. „Seh ich den Teller vor mir stehn, lieber Gott ich danke schön. Damit ich fröhlich wachsen kann, fang ich jetzt zu essen an. Amen."

Alle drei fassten sich an den Händen. Gemeinsam fuhren sie fort: „Und sag Mum, dass wir sie lieb haben."

In Gedanken gab Mailer ein Versprechen ab. „Lilly, ich vermisse dich jeden einzelnen Tag. Und ich werde dafür sorgen, dass dieser Bastard nie wieder jemanden umbringt. Schon sehr bald."

16

Keanu empfand Scham. Er verletzte die Intimität einer Familie. Er konnte heimlich alles sehen, was Mailer sah, seine Gedanken lesen, seine Gefühle wahrnehmen.

So erfuhr er, wie sehr die große Tochter, die wie ihr Vater einen dunklen Teint und schwarze Haare hatte, ihre Mutter vermisste. Isabella litt. Auch darunter, dass ihr Vater sich mehr mit ihrer Schwester beschäftigte als mit ihr. Keanu fand den Grund in Mailers Erinnerungen, wenn dieser Lou musterte: Sie sah Lilly so ähnlich.

Lange nach dem Essen zogen sich die Kinder für die Nacht um. Ihr Vater hatte Lou noch eine Geschichte vorgelesen und gewartet, bis beide eingeschlummert waren. Er beneidete seine Mädchen um ihren tiefen Schlaf. Sie wachten nachts niemals auf.

Er schon. Dann dachte er, wie jetzt, an Abteilung 6. Seine Transferabteilung. In der Firma wussten außer ihm nur die beiden Wissenschaftler Bescheid. Bennings hatte heute Vormittag wahrscheinlich etwas aufgeschnappt. Aber Bennings war Vergangenheit. Diesen Blender und Schönling hatten sie erledigt.

Keanu war nicht überrascht, dass der Geschäftsführer hinter dem Attentat am See steckte.

Gregory Mailer saß auf dem schweren Ledersofa seines Arbeitszimmers, an dem ein klassischer Jagdbogen lehnte. Mehrere Pfeile mit echten Federn an den Enden lagen auf dem Boden. Er betrachtete das berühmte Foto, das an der Wand gegenüber hing. „Von Hand angefertigter Silberprint aus der Everett Collection" stand auf dem Rahmen.

Mailer hing seinen Gedanken über den Mann auf dem Bild nach. Gokhlayeh, der Gähnende. Seine Eltern hatten den Namen gewählt, weil er als Kind oft müde war. Als Erwachsener wurde er zum Kriegshäuptling. „Geronimo" nannten ihn die Weißen. Er tötete mehr von ihnen als jeder andere Indianer Nordamerikas. Seinen Gesichtsausdruck auf dem Schwarzweiß-Porträt empfand Mailer auch heute Abend als selbstbewusst, unbeugsam. Er verriet aber bereits die Ahnung, dass das Leid seines Volkes noch lange kein Ende finden würde.

Mailer, der eine Zigarre mit einem Holzspan anzündete, erzählte prominenten Kunden der Psy Company gern, er stamme von Geronimo ab. Keanu konnte in seinen Gedanken lesen, dass dem nicht so war. Aber es hatte auf einen Zweig von Lillys Familie zugetroffen, die diesen Fakt jedoch geheim hielt. Zu viele unangenehme Erfahrungen als Indianer, zu viel Ablehnung, zu viel Schmerz.

Keanu nahm wahr, dass es Mailer verletzte, wie erleichtert diese Familie über das Aussehen von Lilly gewesen war, vor allem über die hellen Haare. Wie hatten sie nicht voller Stolz auf ihre Vorfahren blicken können?

Mailers Aussehen wies augenfällig auf seine indianische Abstammung hin, doch haderte er damit, nicht wie Geronimo ein Apache zu sein. Er war ein Nachfahre der Pawnee. Einst ein großer, mächtiger Stamm, schwächten ihn die fremdartigen Krankheiten, die weiße Siedler einschleppten, der Typhus und die Masern. In Mailer schwelte der Hass, als er daran dachte. Stärkere Stämme wie die Lakota vertrieben die Pawnees von ihrem Land.

Keanu war jetzt schon einige Zeit in Mailers Körper, aber noch immer achtete er auf jedes Detail. Der strenge Geschmack des Tabakrauchs auf der Zunge widerte ihn an. Lange behielt Mailer einen

Schluck Bourbon im Mund. Diesem Schluck folgten viele andere. Der Alkohol veränderte seine Stimmung rapide.

Gregory Mailer hing düsteren Phantasien nach. Rache war ihr Leitmotiv.

Rache für das Abschlachten der Büffel durch die Weißen, bis die Indianer kaum noch etwas zu essen fanden. Vergeltung für das Erschießen der wilden Ponys, damit die Krieger nicht mehr wie gewohnt jagen und kämpfen konnten.

Rache für Geronimos Eltern. Als ihr Sohn acht Jahre alt war, luden die Weißen 400 Apachen zu einem Fest. Die Gäste ahnten nicht, dass es nur ein Vorwand war, damit Skalpjäger die wehrlosen Indianer erschießen konnten. Ein neues Gesetz der Regierung zur Ausrottung der Indianer garantierte eine Belohnung von 100 Dollar für die Kopfhaut eines Apachen-Kriegers. 50 Dollar für die einer Frau. 25 Dollar war der Skalp eines Kindes wert.

Mailers Hass nahm weiter zu. Er wollte Wiedergutmachung für die Umerziehungslager, in denen Indianerjungen und -mädchen, weggerissen aus ihren Familien, zu guten Weißen werden sollten. Sie schnitten ihre Haare ab, zwangen sie in kratzende Wollkleider, verbaten ihnen die indianische Sprache, damit keine mündliche Überlieferung mehr weitergegeben werden konnte. Die Lehrer schlugen sie blutig, wenn sie nicht gehorchten. Ihre Eltern verhungerten währenddessen in den abgelegenen Reservaten, auf deren trockenen Böden nichts Essbares wuchs. Mailer verlangte auch hierfür Vergeltung.

Und schließlich schwor er jenem Mann bittere Rache, der seiner Frau vor neun Wochen den Tod gebracht hatte. Lilly Mailer, erst 42 Jahre alt. „Noch ein Weißer, der eine Indianerin umbringt", war das Letzte, was Mailer dachte, bevor er aufstand. Es war Zeit, er hatte alles lange und sorgfältig geplant. Seine Männer würden inzwischen vor Ort sein.

Er warf einen Blick auf das Schwarzweiß-Foto an der Wand. „Du hast genug von ihnen getötet", sagte er zu Geronimo. „Ich noch nicht."

17

In Richtung Tremont Street dimmte ein Stau den Verkehr herunter. Mailer wohnte in einer ehemaligen Backstein-Kirche, die zu Luxuswohnungen umgebaut worden war. Seine dehnte sich über zwei Ebenen und 300 Quadratmeter aus. Sie hatte fast drei Millionen Dollar gekostet. Wo die Orgel residiert hatte, war seine Küche. In der ehemaligen Sakristei kündeten Hantelbank und Rudermaschine vom Vorsatz, der Leibesertüchtigung einen festen Platz im Leben einzuräumen. Keanu spürte im Körper seines Bosses, dass Vorsätze für ihn verhandelbar waren. Gleichzeitig bemerkte er eine Anspannung, die intensiver wurde, je näher er dem Zielort kam. Etwas Großes stand bevor.

Der Verkehr war wieder in Fluss gekommen. Nachdem Mailer an hell erleuchteten Nagelsalons, Barbershops und indischen Restaurants entlanggefahren war, passierte er das Center for the Arts. Lilly hatte es oft besucht. Er nahm die Lincoln bis vor zur Herald Street. Auf dem West Broadway überquerte sein Wagen den schmalen Bass River. Die breiten Gleisanlagen lagen im Dunkeln. Fünf Minuten später hatte er die Fabrik erreicht. Es gab nicht mehr viele hier in South Boston, seitdem Bürgermeister Menino die Straßenzüge bis hinüber ans Ufer des Atlantiks zum „Innovation District" ernannt hatte. Moderne Büros für die Startup-Generation lösten Fabrikhallen ab, in denen es nach Bohrwasser gestunken hatte. Aber diese hier stand noch immer. Zum Leidwesen von Dr. Adam Clement.

Mailer betrat das finstere Gebäude durch eine dunkle, verbeulte Stahltür. Jeff hatte ihm den Schlüssel gestern gebracht. Es roch, als habe ein Fahrer der Bostoner Müllabfuhr seine Ladung in diese Halle gekippt anstatt auf die nahegelegene Deponie von Casella. Mailer hörte Stimmen und ging in ihre Richtung.

Die Männer standen vor großen Holzpaletten, die auf dem Boden lagen. Das heißt: Zwei Männer in schwarzen Anzügen standen, und ein Mann in dunkelblauen Chinos, weißem Hemd und teuer aussehenden Lederschuhen kniete zwischen ihnen. Sie hielten seine seitlich ausgestreckten Arme unerbittlich fest. Die Füße waren mit einem alten Kabel gefesselt. Die Anordnung erinnerte an eine Kreuzigung.

„N'Abend, Chef", grüssten die schwarzen Anzüge. Beide hatten Anweisung, ihn nicht beim Namen zu nennen.

Mailer antwortete nicht. Er sah auf den wimmernden Mann herunter. Das Gesicht trug die Spuren vieler Schläge. Doch gebrochen hatten sie ihm nur die Nase, mehr nicht. Der Kiefer war verschont worden, damit er reden konnte. Dr. Clements helles Hemd erinnerte Keanu an ein Gemälde jener Maler, die Farbe gerne von einem Pinsel auf die rohe Leinwand tropfen ließen. Hier war es Blut. Dicke, dunkelrote Flecken auf weißer Baumwolle.

Mailer dachte nicht an Kunst. Sein Inneres war ein Gletscher. Es herrschte eine Kälte, die Keanu von sich selbst nicht kannte. Psychologische Untersuchungen an Mördern in den Staatsgefängnissen hatten ergeben, dass den meisten jegliche Empathie fehlte. Keanu wusste aus den Stunden bei den Kindern, dass Mailer nicht ohne Mitgefühl war. Aber jetzt und hier war keines.

„Bitte", flehte Clement. „Ich konnte doch nichts dafür, Dr. Mailer, ich…"

„Sie haben meine Frau umgebracht." Mailer zog einen Gegenstand aus seiner Jacke. „Aus Unfähigkeit. Das ist für einen Chefchirurgen so schlimm wie Vorsatz", sagte Mailer vollkommen beherrscht.

Dann stellte er den Gegenstand so auf eine Kiste, dass alle ihn sehen konnten. Der kniende Mann, von dessen grauem Haar der Schweiß troff und sich mit dem Blut aus der Nase vermischte, sackte zusammen. Das gerahmte Foto, das ein Trauerband zierte, zeigte Lilly Mailer in all ihrer Schönheit und Lebensfreude.

Der Arzt konnte nur kurz hinsehen. „Ich haben den Stent sauber mit der Aorta vernäht. Es hätte nicht passieren dürfen."

Mailer ging in die Hocke. Der Mann vor ihm blickte in Augen, die vollkommen schwarz schienen. Jedes Blau war aus ihnen verschwunden. Der Chirurg hatte verstanden. Er begann zu weinen. Zuerst wenig, dann hemmungslos.

„Es musste passieren, Dr. Clement, weil der Stent für die Hauptschlagader meiner Frau zu kurz war. Ihr kleines Rohr aus Draht und Kunststoff reichte nicht tief genug hinein, um der Belastung standzuhalten. Der Druck des Blutes wurde zu groß. Die Naht musste reißen. Stimmen Sie mir zu, Dr. Clement?"

Keine Antwort.

Plötzlich brüllte Mailer mit aller Kraft: „Stimmen Sie mir zu, Dr. Clement?"

Clement zuckte zusammen. Er zitterte heftig.

„Ich weiß inzwischen", sagte Mailer mit unheimlicher Ruhe, „dass Sie während der OP den Vorschlag ihres Oberarztes abgelehnt haben, einen Tag zu warten. Zu warten, bis ein längerer Stent besorgt werden konnte. Wollen Sie das bestreiten, Dr. Clement?"

Clement witterte seine Chance und antwortete trotzig: „Er hätte prüfen müssen, ob alle Längen vorrätig waren. Vor der Operation. Es war sein Job."

„Sie Feigling. Er wird dafür bezahlen, Dr. Clement. In derselben Währung wie Sie jetzt."

Er nahm das Foto seiner Frau vorsichtig auf. Dann hielt er es vor das Gesicht des Chirurgen.

„Schauen Sie sie an."

Clement weigerte sich, den Kopf zu heben. Er konnte einfach nicht.

„Schauen Sie meine Frau an."

Keine Reaktion.

„Schauen Sie die Frau an, deren Leben Sie genommen haben."

Keine Reaktion.

Es geschah wie aus dem Nichts. Mailer schlug seinen Handballen von unten ins Gesicht des Mannes, zermalmte den Rest der gebrochenen Nase, trieb ihm Knochensplitter bis hinter die Stirn. Clement verlor das Bewusstsein. Doch zu seinem persönlichen Unglück war er nicht tot. Das hatte Mailer auch nicht vorgehabt.

Mehr als zehn Minuten lang versenkte sich Mailer in den Anblick seiner Frau, den Bilderrahmen vorsichtig haltend. So lange dauerte es, bis Clement aus seiner Ohnmacht erwachte. Die schwarzen Anzüge zogen ihn vom ölverschmierten Boden hoch, zwangen ihn wieder auf die Knie.

Mailer hielt ihm das Foto seiner Frau erneut vors Gesicht.

„Schauen Sie sie an."

Clement gehorchte. Er hatte sich jetzt aufgegeben.

„Bitten Sie sie um Verzeihung."

„Ich bitte um Verzeihung."

Die Männer in Schwarz rissen seine Arme nach hinten. Mit Kabelbindern fesselten sie die Handgelenke aneinander.

Sie legten ihn mit dem Bauch nach unten auf eine der großen Holzpaletten. Sie sorgten dafür, dass zwar sein Oberkörper auf ihr zu liegen kam. Doch Hals und Kopf ließen sie gezielt über den Rand hinausragen. Dann schoben sie eine zweite Palette an den Kopf heran – aber so knapp, dass sie nur die Stirn des Arztes abstützte, nicht seinen Hals. Der lag frei. Als wäre die Palette zu kurz, wie der Stent bei der OP. Einer der Männer hielt den Kopf mit beiden Händen fest. Keanu kannte diese Hände. Ihre Fingerspitzen waren unnatürlich breit.

Nein, dachte Keanu. Er ahnte, was geschehen würde. Nein, nicht das. Er wollte raus aus Mailers Körper, wollte alles tun, um es zu verhindern. Doch er war so hilflos wie der gefesselte Chirurg. Er war nur als Beobachter in dem anderen Leben, zur Passivität verdammt. Er wollte sich aus dem Körper herauskämpfen, ihn von innen zerreißen, um ins Freie zu kommen. Eine lächerliche Vorstellung.

Keanu fand noch immer keine Gefühle in Gregory Mailer. Das Innere des Witwers war emotionales Brachland.

Es war Clements letzter Versuch, ohne Hoffung: „Ich habe Kinder, ich habe eine Frau."

„Ich weiß, wie das ist. Auch ich hatte eine Frau."

Mailers rechter Fuß traf das Genick mit voller Wucht.

Die Halswirbelsäule brach. Die obersten Wirbel drangen in das verlängerte Rückenmark ein. Sie durchtrennten den Hirnstamm mit dem Atemzentrum. Vermutlich hätte Dr. Clement den Fachterminus „Medulla Oblongata" bevorzugt, wäre er noch am Leben.

18

Die heilige Frau der Lakota schloss ihre Augen. Sie richtete ihre Kraft auf den jungen Mann, der Keanu genannt wurde. Für sie war das ein Name ohne Inspiration. Es kam kein Tier darin vor und keine Pflanze.

Sehr langsam und vorsichtig löste sie ihn aus dem Leben des gefährlichen Mannes heraus. Sein eigenes war unverändert weitergegangen. Er hatte unter vielen Decken auf seinem Bett gelegen und geschlafen. Die heilige Frau hatte seinen Geist zweigeteilt. Die eine Hälfte war in seinem Körper geblieben, die andere hatte sie in das Leben des Fremden gegeben.

„Warum hast du…?" Er war erwacht, sprach sehr leise, denn er fühlte sich erschöpft.

Die alte Frau lächelte ihn an. „Warum ich dir geholfen habe?"

Sie ließ sich Zeit. „Weil ich möchte, dass du überlebst. Weil ich will, dass du diesen Mann aufhältst, denn er plant etwas Furchtbares. Dank deiner Mutter bist du einer von uns. Deine Bestimmung ist es, ein Krieger zu sein."

Keanu verstand nicht wirklich, was die Frau sagte. Er war kraftlos wie nie zuvor.

„Du musst dich ausruhen", sagte sie. „Aber bedenke, dass du etwas Besonderes bist."

Keanu schüttelte den Kopf.

„An welchem Tag nach eurer Zeitrechnung bist du geboren, mein Sohn?"

„Im Juni. Am 25."

„Für unser Volk ist das ein wichtiger Tag. Vor einem Jahrhundert und einem halben gab es den letzten großen Kampf unserer Stämme gegen die Weißen. Den letzten, in dem wir gesiegt haben. Die Soldaten haben unsere Stärke noch einmal gespürt. An einem Fluss vereinten wir Lakota uns mit den Brüdern der Dakota, mit den Cheyenne und den Arapaho. Sitting Bull war unser Häuptling. Unsere Krieger vernichteten 650 Weiße und ihren Häuptling Custer."

„Welcher Fluss?" Keanu war fast eingeschlafen.

„Der Fluss des kleinen Bighornschafs. Ruh dich jetzt aus, mein Sohn."

„Wann kommst du wieder?"

„Wenn du das nächste Mal dem kalten Wasser begegnet bist. Wir haben stets die Hitze der großen Feuer in den Schwitzhütten benutzt, um den Geist zu öffnen. Aber du brauchst die Kälte, damit du mich findest."

19

Aus Deutschland hatte Keanu die Gewohnheit mitgebracht, seinen Kaffee nach klassischer Art mit einem Porzellanfilter aufzubrühen. Die Tasse in der Hand, ging er am frühen Morgen in seinem Apartment den Flur entlang. Dem Police Department in Plymouth, Massachusetts war er noch einen Anruf schuldig. Er erklärte dem diensthabenden Officer, dass bei seinem Badeunfall gestern kein Fremdverschulden vorgelegen hatte. Ja, er sei wie ein Anfänger einfach zu lange im Wasser geblieben. Nein, er wolle niemanden anzeigen. Ja, es gehe ihm wieder gut. Sicher, er werde sich melden, falls ihm noch etwas einfalle.

Er kontaktierte denselben Fahrdienst, den Gianni immer nutzte. Vor der Psy Company nahm der Mann am Steuer den Autoschlüssel von Keanus Wagen entgegen und verband seinen Kunden mit der Zentrale. Keanu erteilte den Zusatz-Auftrag, sein Auto am See in den White Mountains abzuholen.

Gianni lief vor dem Eingang hin und her. Als er seinen neuen Chef aus einem roten Van aussteigen sah, rannte er ihm entgegen. „Das große Meeting. Vor fünf Minuten gestartet. Sie müssen in Saal 2. Sofort."

„Ich wünsche ebenfalls einen guten Morgen, Gianni. Welcher Stock?"

„Fünfter."

„Gut. Und Gianni, lass uns beim ‚du‘ bleiben, ja?“

Keanu wusste: Wer zu spät in ein Meeting mit vielen Teilnehmern kam, hatte nur eine Möglichkeit, um nicht peinlich zu wirken. Er musste mit maximaler Dynamik zu spät kommen.

Er riss die Tür zum Sitzungssaal auf.

Er ging zielstrebig zu dem großen, runden Tisch.

Er setzte sich und hob den Kopf: „Guten Morgen.“

Gregory Mailer starrte ihn ungläubig an. Wieso war Bennings nicht tot?

Es dauerte, bis er sich gefasst hatte und in seine Richtung sagte: „Ich hoffe, der neuer Sicherheitschef hat eine gute Begründung für seine Unpünktlichkeit.“

Keanu sah in die Runde. Etwa 100 Kollegen waren gespannt auf die Antwort des Neuen.

„Es ging um eine Frage von Leben und Tod. Ist das gut genug für Sie, Dr. Mailer?“

Viele neugierige Blicke begleiteten Keanu, als er den Sitzungssaal verließ, um in sein Büro zu gehen. Er war gespannt auf Liv. Doch ihr Büro war leer, das ihrer Assistentin ebenfalls. Wo war eigentlich Gianni?

Es klopfte an seine Glastür. „Mister Bennings?“

Draußen stand ein kleiner, dünner Mann. Seine Haare waren ein einziges Wirrwarr, die schwarzen Schnürschuhe offensichtlich nie geputzt worden, die weiten Hosen kariert. Pullunder und Hemd entsprachen dem modischen Standard der frühen 50er Jahre. Dabei dürfte der Mann kaum älter als Keanu sein, der ihn hereinbat.

„Danke. Ich bin Oliver Avery. Und ich bin beeindruckt.“

„Warum das?“

„Die Art, wie Sie mit PC2 umgegangen sind. Mailer ist sowas nicht gewohnt.“

„Ist was nicht gewohnt, Mister Avery?"

„Dass jemand nicht vor ihm kuscht. Keine Angst zeigt. Das haben die Kollegen heute registriert."

„Mir ist nicht klar, warum Sie mir das sagen, Mister Avery."

„Weil ich etwas weiß. Vielleicht sind Sie der Mann, mit dem ich dieses Wissen teilen möchte. Es betrifft Mailer."

„Schießen Sie los."

„Nicht hier. Wenn Sie später Ihren großen Rundgang machen, um sich vorzustellen, dann planen Sie etwas mehr Zeit für Raum 214 im zweiten Stockwerk ein. Der Eingang zum großen Archiv."

Beim Hinausgehen hörte Keanu ihn rufen: „Hallo, Liv."

20

Keanu sah sich als einen Könner, wenn es um Gesprächs-Ouvertüren ging. Traf er eine interessante Frau, bemühte er sich um einen ersten Satz, der sich ihr einprägen würde. Nichts auswendig Gelerntes. Nichts vorher Zurechtgelegtes. Der erste Satz musste überraschend, individuell und spontan sein.

Zu Liv Sigmarsson sagte er sehr spontan: „Was, Sie waren das?" Auf der Ouvertüren-Skala von Eins (sehr schlecht) bis Zehn (sehr gut) war dies eine Null. Liv war ähnlicher Ansicht.

Schuld war ein Gegenstand, der neben ihrem Schreibtisch an der Wand lehnte: ein italienisches Rennrad. Die 28-jährige Liv musste die Frau gewesen sein, die er gestern früh auf dem Parkplatz beobachtet hatte, die „sehr junge Praktikantin". Und dies war ihr Rad.

Der neue Sicherheits-Chef versuchte zu retten: „Wenn Bianchi, dann unbedingt in diesem typischen Grün. Sie haben gut gewählt."

Liv Sigmarsson, die Leiterin der Wirtschaftspsychologie-Abteilung übernahm die Gesprächsführung. „Mister Bennings, Farben sind offenbar nicht ihre Stärke. Mein Rad war das Geschenk eines Mannes. Er ist ein bekannter Maler, deshalb hätte er diese Farbe niemals als Grün bezeichnet, denn es ist ein Türkis. Er wusste sogar, dass dieser Ton bei Bianchi seit mehr als 100 Jahren ‚Celeste' genannt wird."

Sie hatte sich an die Vorderkante ihres Schreibtisches gelehnt. Sehr lässig und gleichzeitig sehr selbstbewusst, beide Hände in den Taschen ihres eng anliegenden Jumpsuits. Zu diesem dunkelblauen Overall, dessen Hosenbeine nur dreiviertellang waren, trug sie rohweiße Wildleder-Pumps mit acht Zentimeter hohen Absätzen. Nur wenn sie abends ausging, erlaubte sie sich zwölf Zentimeter. Neben ihrem Rennrad standen orangefarbene Sneaker.

Keanu wusste, dass er genau das nicht tun sollte, aber er konnte die Augen nicht von ihr lassen. Sie war hellblond, die Haare in dem langen, asymmetrischen Bob der erfolgreichen Business-Frauen geschnitten. Seitlich fiel das glatte Haar lang herunter, doch hin zum Nacken wurde es stetig kürzer. Sobald sie den Kopf bewegte, schwangen die Haare mit. Ihre Haut war dezent gebräunt. „Exakt der richtige Kontrast zu ihrem hellen Haar", dachte Keanu. „Sicher kein Zufall."

Doch das war es nicht, was ihn am meisten faszinierte. Auch nicht ihre Körpergröße von 175 Zentimetern. Oder ihre offensichtlich trainierte Figur. Weil er sich ohnehin schon zu weit aus der Deckung gewagt hatte, hielt er sich jetzt nicht zurück: „Sie haben Husky-Augen, Miss Sigmarsson. Die hellblauesten Augen, die ich je an einer Frau gesehen habe. Obwohl ich gerade einen Rest von Wissen über die Augenfarbe der Huskys in meinem Gedächtnis finde, sage ich jetzt nichts über Genmutation oder den Mangel an dunklen Pigmenten."

Livs gefiel die spontane Selbstironie, auch wenn sie sicher nicht seine Lieblingsdisziplin war.

„Sie hatten mal einen Siberian Husky, nur deshalb kennen Sie den Grund für die hellen Augen."

„Fast richtig. Ich kannte mal jemanden, der einen hatte."

Es war jetzt ein rasches Ping-Pong von Sätzen, dessen Niveau und Schlagfertigkeit beide genossen.

„Ich übersetze ‚jemand‘ mit ‚eine Frau, mit der ich zusammen war‘.“ Sie stieß sich von der Schreibtischkante ab und setzte sich auf das weiße Besuchersofa. Eine Geste ihrer Hand lud ihn ein, sich zu ihr zu setzen. „Dass Sie meine Frage nicht beantwortet haben, werte ich als ein Ja.“

„Ich konnte keine Frage wahrnehmen“, korrigierte Keanu. „Sie haben eine Vermutung angestellt. Eine Frage wäre zum Beispiel: ‚Wo haben Sie gelernt, ein Rennrad so zu bewegen?‘ Ich habe Sie gestern früh bei Ihrer Ankunft beobachtet.“

„Jetzt verstehe ich Ihre Gesprächseröffnung, Keanu. Darf ich Keanu sagen?“

„Unter einer Bedingung.“

„Akzeptiert, nennen Sie mich Liv.“

„Also, wo haben Sie das gelernt?“

„Sie werden es nicht glauben“, klärte Liv ihn auf. „Ich kannte mal jemanden, der Radprofi war.“

Keanu verstand. „Etwas sagt mir, dass Sie viele Menschen mit Talenten kennen.“

Liv drehte ihr Gesicht voll in seine Richtung. Gegen ihre Augen würde er jedes Blickduell verlieren, er versuchte es nicht einmal.

„Warum haben Sie Psychologie studiert, Keanu?“

„Aus demselben Grund, warum auch alle anderen Psychologie studiert haben. Weil ich mehr über mich selbst erfahren wollte.“

Ihr Blick senkte sich.

Er ergriff die Chance: „Liv, was halten Sie von einem gemeinsamen Lunch?“

Sie stand auf. „Wir werden sehen. Aber ich muss Sie warnen. Ich gehe nur in die besten Restaurants. Ich esse mehr, als Sie sich vorstellen können. Und Sie zahlen.“

21

Zwei Stunden lang war der neue Sicherheits-Chef durch die einzelnen Abteilungen getourt, hatte sich vorgestellt, Hände geschüttelt, über seinen Werdegang gesprochen, Anregungen mitgenommen und nur 14 Mal die Bemerkung ertragen müssen, er sehe aus wie ein gewisser Schauspieler, mit dem er den Vornamen teile.

Es war fast Mittag geworden. Er durchquerte die hohen Räume des alten Gebäudes und betrat das Treppenhaus, um in den zweiten Stock zu gelangen. Zu Oliver Avery, dem Archivar. Der junge Mann mit dem Habitus eines alten Professors saß alleine in einem Doppelbüro. Dieser 30 Quadratmeter große Raum erweckte den Eindruck, er beinhalte das gesamte Archiv der Psy Company. Avery und seine sämtlichen Vorgänger hatten Großartiges geleistet, um die maximale Anzahl von Büchern, Zeitschriften, Computern, Scannern, Fotos und leeren Sandwich-Verpackungen in dieses Zimmer zu pressen. Keanu war überzeugt, dass kein Gegenstand, der hier Aufnahme gefunden hatte, jemals wieder verabschiedet worden war.

„Wir haben hier zwei Ordnungsprinzipien", unterbrach Avery seine Gedanken. „Ein Improvisations-basiertes in diesem Raum, sehr anspruchsvoll." Er grinste. „Und ein Klassifikations-stringentes im Archiv selbst, leicht verständlich." Avery deutete hinter sich. Ein riesiger Saal mit mehr deckenhohen Schieberegalen als in den meisten Staatsbibliotheken öffnete sich. Es mussten Zehntausende von Büchern sein, Hunderttausende von Fachmagazinen aller psychologischen Richtungen. Hier herrschte penible Ordnung. Temperatur und Luftfeuchtigkeit sicherten den Bestand gegen die Widrigkeiten der Zeit ab.

„Die größte Psychologie-Fachsammlung der Vereinigten Staaten, Mister Bennings. Und wenn Sie wüssten, welches Wissen die Server-Farm im hinteren Teil des Saales beherbergt, würden Sie sich vermutlich bei mir um eine Stelle bewerben und den ganzen Tag lang lesen wollen. Chorizo-Aioli oder Gruyère-Coleslaw?"

„Bitte?"

„Sie haben sicher genauso Hunger wie ich." Er öffnete einen kleinen Kühlschrank in der Ecke. „Welches der beiden Sandwiches wollen Sie? Chorizo aus Spanien ist meine Lieblingswurst, der Schweizer Gruyère einer der besten Käse."

Keanu entschied sich für die Schweiz. Er zeigte auf die vielen Kunststoff-Dreiecksverpackungen hinter Averys Schreibtisch. „Sie ernähren sich ausschließlich davon, vermute ich."

„Beinahe. Ich bin dem 4. Earl of Sandwich für seine Erfindung sehr dankbar."

„Sie wollen mich verschaukeln", entgegnete Keanu kauend. Es schmeckte erstklassig.

„Sicher nicht. Der Earl war nach einem endlosen Kartenspiel-Abend so hungrig, dass er seinen Koch einfach ein Stück Rindfleisch zwischen zwei getoastete Brotscheiben legen ließ, damit es schnell ging."

„Steht das auch in Ihrem Archiv?" spottete Keanu.

„Schauen Sie unter dem Jahr 1762 nach", konterte Avery.

Keanu bedankte sich für das Essen und wählte Giannis Nummer: „Liegt etwas Wichtiges an?"

Sein Assistent verneinte.

„Ich bin im Archiv. Es dauert noch ein bisschen."

Der Archivar stand auf, um die Tür in den Gang zu schließen. „Ich bin mit Sarah zusammen. Sie wissen schon, Livs Assistentin. Sarah hat mir erzählt, wie gut Sie mit Gianni umgehen. Das freut mich wirklich."

„Sie wollten aber nicht darüber mit mir reden, oder?"

„Nein. Aber es zeigt mir, dass Sie anderen helfen, anstatt ihre Schwächen auszunutzen. Es hilft mir, Ihnen zu vertrauen, obwohl wir uns noch kaum kennen. Wir hatten bisher keinen Sicherheits-Chef und auch sonst niemanden, an den ich mich hätte wenden können."

„Sie haben ein Problem mit Mailer, Avery?"

„Es ist umgekehrt."

„Und es betrifft eine Sicherheitsfrage?"

„So sieht es für mich aus." Der Archivar legte beide Hände vors Gesicht. Es dauerte etwas, bis er sie wieder nach unten nahm. Er hatte eine Entscheidung gefällt. „Sie wissen, wir haben fünf Psychologie-Abteilungen. Wirtschaft, Politik, Sport, Polizei und Militär."

„Ja."

„Auf unserer Serverfarm hat jede Abteilung einen eigenen Bereich, auf den sie zugreifen kann. Dort finden sich alle Projekte der Abteilung, alle Daten, Protokolle, Konzepte und Ziele."

„Nachvollziehbar."

Der Archivar konzentrierte sich. „Es gibt aber etwas, das ich nicht nachvollziehen kann. Das macht mir Angst."

22

Nervös erhob sich Oliver Avery von seinem Schreibtischstuhl. Er ging zum Eingang des Archivsaales und winkte Keanu zu sich. Mit schnellen Schritten führte er ihn an das Ende des Saals. Dorthin, wo die vielen Server standen und leise summten wie eine Gruppe tibetischer Mönche, die ein Mantra beteten.

„Fünf Abteilungen, Sie erinnern sich?"

„Avery, nicht noch einmal", drängte Keanu.

Der Archivar zeigte auf einen Server weit hinten. „Auf ihm existiert eine Abteilung 6. Ich weiß nicht, seit wann. Ich weiß auch noch nicht, was ihr Zweck ist. Ich kenne nur einen Dateinamen und weiß, wer ihn gespeichert hat. Es war Mailer persönlich."

„Welcher Dateiname?"

„Transfer."

Keanu nickte. Es passte zu den Sätzen, die Mailer gestern früh gebrüllt hatte, als Keanu an der leicht geöffneten Tür vorbeigegangen war: „Ich will den ersten Test der Transferabteilung in zehn Tagen. Zehn, nicht einen später. Wir beginnen mit dem Virologen." Er erzählte es Avery.

„Mailer", berichtete der Archivar, „unterstellt mir, etwas über den Server zu wissen. Ich habe einen Fehler gemacht."

„Ich ahne, welchen."

„Bennings, auch wenn ich mich normalerweise mit schwarzer Tinte auf toten Bäumen beschäftige, ich kenne mich mit Computern aus."

Keanu gab seine Diagnose ab: „Sie konnten sich nicht beherrschen. Sie waren auf dem Server, haben Spuren hinterlassen. Mailer hat Ihre Witterung aufgenommen und Sie gestellt. Was haben Sie ihm gebeichtet?"

„Nichts. Ich habe den zerstreuten Bücherwurm gespielt, der bei Computern gern die falschen Tasten drückt. Aber ich glaube nicht, dass er mir alles abgenommen hat."

„Kenne ich gut, das Gefühl. Also sind wir schon Zwei, die nicht zum Gregory-Mailer-Fanclub gehören. Aber wir wissen: Wenn du dich und den Feind kennst, brauchst du den Ausgang von hundert Schlachten nicht zu fürchten."

„Bitte nicht. Sun Tsu und ‚Die Kunst des Krieges'. Jeder mittelmäßige Manager will Eindruck schinden, indem er den chinesischen General zitiert. Sie haben das hoffentlich nicht nötig."

„Avery, ich werde dafür sorgen, dass wir unseren Feind so gut wie möglich kennen." Die alte Indianerin würde helfen.

„Ich wüsste gerne, was mit ‚Transferabteilung' gemeint ist", sagte der Archivar. „Will er einen Virologen in die Psy Company holen? Dafür wäre kein geheimer Server nötig."

Keanu hatte einen schlimmeren Verdacht. Er behielt ihn noch für sich.

23

Am Morgen seines dritten Tages in der Psy Company wurde Keanu der Zutritt zu seinem Büro verwehrt. Eine Fremde blockierte den Eingang. Besser gesagt, sie lag unverrückbar vor der Tür. Sie sprach in seltsamen Tönen zu Keanu, der die Botschaft nicht entschlüsseln konnte. Also verlegte sich die Fremde darauf, mit einer unmissverständlichen Geste zu arbeiten.

„Mae", rief eine gut gelaunte Frau. „Mae, wo steckst Du?"

Als sie um die Ecke bog, einen Kaffeebecher in der linken, einen Alukoffer in der rechten Hand, begann sie zu lachen. Sie ertappte den aparten Sicherheits-Chef, von dem sie schon gehört hatte, bei einer innigen Umarmung.

Mae, die ungewöhnlich große, cremefarbene Golden-Retriever-Hündin der blonden Frau, hatte sich auf ihre Hinterbeine gestellt, damit sie ihre Vorderpfoten auf Keanus Schultern legen konnte. Denn nur so kam sie nahe genug an sein Gesicht, um es liebevoll zu beschnüffeln. Er roch wirklich gut, fand sie. Nach den Wäldern, in denen sie Stöckchen kaute.

„Mae, runter da! Sorry, Mister Bennings, ich konnte ihr bis heute nicht beibringen, ihre Zuneigung weniger aufdringlich zu zeigen. Hallo, ich bin Kay."

Keanu liebte Hunde, und Hunde liebten ihn. Das war schon immer so. Mae war ein bezaubernder Goldie. Sie gab lustige, jaulende und brummende Töne von sich, als würde sie mit ihm sprechen. Er nahm ihre Vorderläufe von seinen Schultern und setzte sie vorsichtig auf dem glatten Parkettboden ab.

„Mae und Kay? Das klingt wie ein Popduo." Er gab der Frau lächelnd die Hand. „Oder wollen Sie mich auch lieber umamen?"

Kay wäre nicht Kay, wenn sie nicht genau das tun würde, dazu Küsschen rechts und Küsschen links. „Hab' lange in Frankreich gelebt, da macht man das so. Herzlich willkommen hier. Ich glaube, wir sehen uns nachher bei dem Meeting mit dem stinkreichen Konzern-Boss. Mae, hopp."

Im Glasbüro gegenüber war sich Liv mit ihrer Assistentin Sarah einig, dass Keanu den beiden etwas zu lange nachschaute. Dem verspielten Hund, der beim Gehen fröhlich mit dem Schwanz wedelte, und der blonden Frau in der weißen Jeans, die einen offensichtlich perfekten Hintern betonte. Liv verdrehte theatralisch die Augen. Es sollte witzig wirken.

Da er ihn nirgends entdecken konnte, rief Keanu auf Giannis Handy an. Er meldete sich sofort.

„Guten Morgen, Gianni. Sag mal, wer ist eigentlich Kay?"

„Eine Motivations-Trainerin, freiberuflich. Ich liebe sie. Bin gleich da."

Liv hatte ihm die Briefing-Unterlagen zu dem hochkarätigen Meeting heute gemailt. Er las gerade in ihrem Dossier über den Konzernchef Charles K. Gardoni, als sie von ihrem Büro herüberkam. Sie trug eine sehr kurze, dunkelrote Lederjacke zu einem schieferfarbenen Bleistift-Rock und Springerstiefeln. „Biker-Braut trifft Business-Lady", ordnete Keanu ihren Look ein.

Neben ihr ging ein Mann, der wie der geglückte Versuch von David Copperfield aussah, einen Wandschrank in einen Menschen zu verwandeln. Selbst sein Gesicht war starr wie Eiche massiv.

„Keanu, ich möchte Ihnen Jeff Pierson vorstellen. Mister Pierson ist der Bodyguard von Mister Gardoni und bat darum, mit Ihnen noch einige Details zum Aufenthalt seines Chefs bei uns zu klären."

„Ich bitte nicht. Ich sage, was ich will."

Liv reagierte nicht auf den Affront. Keanu schon.

Er stand betont langsam auf. Schloss den mittleren Knopf seines Sakkos. Blieb erst 20 Zentimeter vor dem Bodyguard stehen. Er behielt ihn die gesamte Zeit im Blick. Er gab ihm nicht die Hand.

Seine Stimme war eine einzige Drohung. „So sehe ich das auch, Pierson. Sagen Sie doch, was Sie wollen…"

Der Wandschrank verstand die Botschaft. Bennings war ein Profi. Seine Körpersprache war die eines gut trainierten Mannes. Einschüchtern ließ er sich nicht. Dies war sein Territorium. Also bestimmte er die Regeln. Außerdem wollte der Bodyguard auf keinen Fall eine Beschwerde bei seinem Chef riskieren. Es würde den Plan stören, den er heute verfolgte.

Liv registrierte, was gerade geschah. Wie bei den Gorillas maßen zwei Silberrücken ihre Kraft. Und ihr Gorilla war stark.

„Ich sehe Sie beide in 20 Minuten im Konferenzraum", sagte sie. „Lebend, wenn es sich einrichten lässt."

In einer Atmosphäre sorgfältig dosierter Geringschätzung gelang es Keanu und Pierson tatsächlich, die wichtigsten Sicherheitsaspekte zu besprechen: die Abschirmung des Konzernchefs auf seinem Weg vom Heliport bis in den Konferenzraum und während der gesamten Besprechung, die Profile der Teilnehmer inclusive eines Golden Retrievers und den Ablauf des Business-Lunchs in einem Nebenraum.

„Touchdown in sieben Minuten", sagte der Wandschrank nach einem Blick auf sein Handy. Es war groß und klobig, wirkte wie eine Sonderanfertigung. Als Pierson sah, dass Bennings das Gerät studierte, steckte er es sofort weg.

Sie gingen gemeinsam zum Hubschrauber-Landeplatz auf dem Firmengelände. Zuvor steckte Keanu seine SIG-Sauer-Pistole hinten in den Hosenbund unter seinem Jackett. Pierson trug seine deutlich größere Waffe in einem Schulterholster – unübersehbar für jeden, der genauer hinsah. Vermutlich die israelische Desert Eagle für 44er Patronen. Eine zwei Kilogramm schwere Waffe für Angeber.

Im Gehen schrieb Keanu eine Mitteilung an Gianni: „Brauche deine Hilfe. Komm bitte in 20 Minuten in den Konferenzraum 5. Tu so, als müsstest du mir etwas bringen."

Die Antwort kam umgehend: „ok".

24

Der prächtige Konferenzraum 5, in dem bereits mehrere US-Präsidenten und Kongress-Vorsitzende zu Gast gewesen waren, Box-Weltmeister und Oscar-Preisträger, hatte die Form einer Rotunde. Ein runder Raum, über dem sich eine kleine Kuppel wölbte. An den Wänden standen maßgefertigte Mahagoni-Regale, in denen schwere Lederfolianten sich gemütlich aneinander lehnten. Auch der gewaltige, runde Konferenztisch war aus Mahagoniholz, die Sessel und Stühle galten als wertvolle Antiquitäten. Die Atmosphäre dieses Raumes vermittelte jedem Besucher die Botschaft: Es ist eine Ehre für dich, hier zu sein.

Auch Konzernchef Charles Kelvin Gardoni, den Keanu und Pierson jetzt hereinführten, schien dies zu empfinden. Der schlanke, mittelgroße Mann Ende 50 mit grauen, welligen Haaren, blauer Brille und auffallend kariertem Anzug blieb kurz stehen, um die Wirkung dieser Stätte in sich aufzunehmen. Die rund 30 Mitarbeiter der Psy Company, die heute dabei waren, hatten diese Reaktion schon oft erlebt.

Keanu merkte, dass Gardoni nichts ohne Absicht tat. Er verstand sich auf die subtile Kunst der Manipulation. Dass er sich von diesem Raum und der Tradition der Psy Company beeindruckt zeigte, nahmen die anwesenden Psychologen als ein Kompliment. Dass er vor Liv leicht den Kopf neigte, bevor er sie auf die Wange küsste, zeigte erst Respekt und dann Vertrautheit. Beides ließ Liv über die anderen herausragen. Diese anderen wiederum nahm er mit zwei Sätzen für sich ein: „Ich bin Charles. Und ich bin stolz, dass ich bei Ihnen sein darf, den besten Psychologie-Coaches der USA." Er erhielt den Beifall, den er erwartet hatte.

„Und damit du stets sympathisch sein kannst, hast du genügend Unsympathen um dich geschart, die alle fiesen Parts übernehmen", analysierte Keanu die Show und musterte den Bodyguard. Pierson ging plötzlich in Alarmbereitschaft. Der Grund war ein gewaltiges, sirenenhaftes Jaulen. Mae hatte sich von ihrer Besitzerin losgerissen. Gut gelaunt schwänzelte die Hündin zu Gardoni und bot ihm in den höchsten Tönen ihre Freundschaft an. Bevor Pierson auf die Idee kam, einen Golden Retriever in Notwehr zu erschießen, und ehe die Hündin dem neuntreichsten Mann der Vereinigten Staaten ihre Vorderpfoten auf die Schultern legen konnte, schnappte Keanu sie am Halsband. Gardoni ging in die Hocke und lachte.

„Du hast bestimmt die hier gerochen." Aus der Außentasche seines Kaschmir-Sakkos holte er zwei Trockenfleisch-Happen und hielt sie Mae in der flachen Hand vor die Schnauze. Im Bruchteil einer Sekunde hatte sie die Leckerli inhaliert.

„Sie sind es sicher gewohnt, dass man Ihnen aus der Hand frisst." Kay nahm ihre Hündin an die Leine und entschuldigte sich. „Ich bringe sie doch lieber nach draußen."

„Nein", bat Gardoni, „lassen Sie sie bitte hier. Hunde sorgen für gute Laune. Vielleicht sollte ich das nächste Mal meinen Labrador mitbringen, aber er hasst Helikopter-Flüge. Er bevorzugt den Jet."

Mae legte sich seufzend neben seinen Sessel, als der mächtige Konzernchef schließlich Platz nahm. „Benimm dich", flüsterte Kay ihr ins Ohr.

Von der ersten Sekunde an war es Livs Meeting. Sie stellte die Tagesordnung vor. Sie bestimmte das Tempo. Sie definierte – während sie langsam um den großen runden Tisch herumging und ihr alle Blicke folgten – die entscheidenden Punkte des Auftrags.

„Die Gardoni Beef Company ist die Nummer drei unter den Rindfleisch-Produzenten der USA. Damit meine ich Produktionsvolumen und Umsatz, nicht die Qualität des Produkts. In diesem Kriterium gilt sie nach unseren Recherchen als Nummer eins."

Charles Gardoni reckte den Daumen seiner rechten Hand in die Höhe.

Liv fuhr fort. „Selbst diese Qualität und ein Werbebudget von 680 Millionen Dollar jährlich können die Entwicklung nicht aufhalten. Imagewerte und Verkaufszahlen sind rückläufig. Uncle Sam und seine Family wollen nach wie vor ihre Steaks und ihre Burger-Pattys. Aber immer häufiger sind sie nicht aus Fleisch, sondern aus Erbsenproteinen. Oder Soja, Weizen, schwarzen Bohnen, machmal auch Jackfruit. Wer hier im Saal hat schon mal welche probiert?"

Alle streckten, mit Ausnahme von Gardoni, seinem Bodyguard und Keanu.

„Charles?" Liv sah ihn skeptisch an.

„Okay, aber nur zu Marktforschungs-Zwecken." Er hob verspätet seine Hand.

Liv richtete ihren Blick auf Keanu.

Der schüttelte den Kopf. „Ich mache mir nichts aus Marktforschungs-Zwecken."

Livs linke Augenbraue hob sich in gespielter Strenge. Dann drehte sie, wie eine gut eingeworfene Roulettekugel, weiter ihre Runde um den Konferenztisch. Bis sie an einer bestimmten Stelle zum Halt kam.

Charles Kelvin Gardoni kannte das Parfüm nicht, das er roch, als Liv sich neben ihm mit beiden Armen auf dem Mahagonitisch abstützte und seinen massigen Bodyguard zwang, nach rechts zu rücken. Der seltene Duft mischte sich mit dem feinen Ledergeruch ihrer Jacke.

„Ich wette, Sie verkaufen noch immer gut in Virginia, in Michigan, Indiana, Kansas, Nebraska und natürlich in Texas. Aber überall, wo Cowboys nicht so gefragt sind, nimmt der Veggie-Trend stark zu: Kalifornien, Washington D.C., Vermont und Oregon. Selbst wenn sie diesen Menschen ein Wagyu-Beef von handmassierten Rindern aus Japan auf den Teller legen würden, fragen sie nach einem Soja-Bagel."

Gardoni nickte wissend. „Und diese Entwicklung wird weitergehen, Liv. Gardoni Beef sitzt in der Falle, weil wir extrem langfristige Lieferverträge mit unseren Rinderzüchtern und sogar eigene Herden haben. Wir kommen da nicht raus."

„Also müssen Sie vor allem am Storytelling arbeiten. An der Wahrnehmung Ihres Produkts da draußen." Die Wortmeldung kam von Steve Cornings, einem 24-jährigen Marketing-Psychologen aus Livs Team. Seine Haut war so ungesund blass, dass für Gardoni die Vermutung nahe lag, der Jüngling sei in seinem gesamten Leben noch nie einem kräftigenden, halbrohen Ribeye-Steak begegnet.

„Todesversicherung", warf Beth Natham provozierend ein Wort auf den Tisch.

Gardoni wirkte ratlos, was sicher nicht oft der Fall war.

„Ja, Todesversicherung müsste es eigentlich heißen", fuhr die Sprachpsychologin fort, während sie einen schwarzen Bleistift mit der flachen Hand hin- und herrollte. „Wenn Sie, Mister Gardoni, für den Fall Ihres Todes vorsorgen, damit Ihre Angehörigen zwar ohne Sie, aber nicht ohne Geld auskommen müssen, dann wäre die Bezeichnung ‚Todesversicherung' korrekt. Aber es heißt ‚Lebensversicherung'. Was glauben Sie, weshalb?"

Charles Gardoni antwortete der Frau. „Danke. Ich verstehe die Botschaft."

Liv übernahm wieder die Zügel. „Dann bin ich sicher, dass Sie auch die Botschaft unserer Video-Präsentation goutieren werden. Beth und Steve? Fangt an."

25

Als die Präsentation startete, kam Gianni lautlos in den Raum. Er hatte einige Ausdrucke in der Hand und legte sie vor Keanu auf den Tisch.

„Setz dich ganz hinten an die Wand, Gianni", flüsterte ihm Keanu zu. „Sieh dir den Boss und seinen Aufpasser genau an. Ich muss wissen, welche Farben du bei ihnen siehst."

Gianni nickte und ließ sich auf einem der Reservestühle nieder.

Auf der großen Leinwand waren Leichen zu sehen. Massen von Tierleichen, die in Zerlegefabriken gezerrt wurden, wo gnadenlose Maschinen sie zerstückelten. Arbeiter in Gummistiefeln wateten durch die blutigen Abfälle. Die Hintergrundmusik des Films klang apokalyptisch.

Die vortragenden Psychologen der Psy Company gingen in ihren Videos nicht zimperlich mit dem neuntreichsten Mann der USA um. „Fleisch ist Todes-Food", sagte eine kalte Stimme aus dem Off. Das Video stoppte.

Liv schaltete sich ein. „Das war sozusagen die Todesversicherung, Charles. Und jetzt machen wir daraus eine Lebensversicherung – mit den Instrumenten der Psychologie."

Der nächste Film begann kurz nach Sonnenaufgang auf einer Ranch. Das Licht fiel in sanften Streifen auf das Stroh eines Stalles. Es roch gut in diesem Stall, da waren sich die Zuschauer einig. Ein

71

Junge und ein Mädchen saßen auf dem Boden und beobachteten fasziniert, wie ein Hereford-Kalb zur Welt kam. Sehr vorsichtig zogen zwei Männer es an seinen Vorderläufen aus dem Leib der Mutterkuh. Mit feuchter Haut und neugierig blinzelnd lag es auf dem Stallboden. Die Menschenkinder gingen zu ihm. Schnitt.

Die nächste Szene zeigte das Kalb einige Wochen später. Glücklich stakste es über eine Wiese. Die Kamera schwenkte hinüber zu einer großen Herde. Glückliche Hereford- und Black-Angus-Rinder, bis zum Horizont. Ranch-Mitarbeiter auf Pferden dirigierten die Herde in langsamem Tempo über die Weiden. Schnitt.

Für einen kurzen Moment wurde jedes einzelne Rind, einschließlich des Kalbs, abgesoftet. Die Tiere waren nicht mehr scharf zu erkennen. Eine sanfte Frauenstimme, natürlich, stellte Suggestivfragen.

„Wäre es nicht schade, wenn diese Tiere nie gelebt hätten? Wenn wir sie nie auf die Welt geholt und großgezogen hätten? Wenn sie niemals diese Freiheit und das Leben in einer großen Familie erlebt hätten? Nie das Gras dieser weiten Prärie geschmeckt?" Schnitt.

Wieder Bilder endloser Weiten. Herumtollende Jungrinder. Lachende Menschen, die Tiere streichelten.

Die Stimme der Frau setzte von Neuem an.

„Unsere Zuchttiere haben ein ungewöhnlich langes, glückliches Leben. Unter freiem Himmel, auf grünen Weiden. Umsorgt und behütet von Menschen, die Tiere lieben."

Dann der Schlusssatz. „Gardoni Beef. Wir schaffen Leben. Bestes Leben."

Ein hellbraunes Kälbchen blickte aus großen Augen in die Kamera. Vermutlich war es gerührt.

Dies war die letzte Szene. Schnitt und Stille.

Es war Gardoni, der sie schließlich unterbrach. Er stand von seinem Platz auf und klatschte langsam und deutlich in die Hände. Jedes Klatschen ein „Bravo".

Er umarmte Liv mit einer Intensität, die man als unsittliches Verhalten klassifizieren könnte. Die Leiterin der Wirtschaftspsychologie wand sich gekonnt aus seinen Armen.

„Gardoni Beef wird nie wieder Kälber im Alter von 20 Wochen schlachten, Charles. Das muss eure Botschaft sein. Jedes Tier soll deutlich mehr als die 22 Monate Lebenszeit haben, die für erwachsene Zuchtrinder heute üblich sind."

„Das sagt mir eine Frau, die eine italienische Jacke aus feinstem Kalbsleder trägt."

Liv blickte ihn an wie das glückliche Video-Kalb in der Schlussszene. „Sie war ein Geschenk, Charles. Von jemandem, den ich seit langem gut kenne."

„Freut mich, dass du sie noch immer trägst."

Sie beschlossen, eine Pause einzulegen. Danach sollte es um die praktischen Konsequenzen gehen, die aus einem Wandel der Geschäftspolitik von Gardoni Beef erwachsen würden.

Dr. Mailer betrat den Raum, ging sofort auf Charles Gardoni zu und begrüßte ihn im Namen der Geschäftsführung der Psy Company.

„Ich hoffe, die Arbeit von Liv und ihrem Team entspricht Ihren Erwartungen."

„Sie übertrifft meine Erwartungen. Aber genau das hatte ich erwartet."

„Eine typische Gardoni-Antwort. Immer mit Esprit garniert."

„Sie schmeicheln mir, Dr. Mailer. Ich habe von der Präsidentin gehört, dass Sie am Wochenende auch in Washington dabei sein werden."

„Ja", antwortete Mailer und versuchte, sich seinen Stolz keinesfalls anmerken zu lassen. Er führte Gardoni durch den Raum, um ihn mit den ältesten Büchern der Sammlung zu beeindrucken.

„Dies hier ist unser wertvollster Schatz, eine überaus großzügige Spende aus der Tabak-Branche."

Liv trank, neben Keanu in einer Ecke stehend, einen Espresso.

„Jetzt kommt seine Vogel-Show", raunte sie ihm zu, als Mailer aus einem Wandsafe vier sorgfältig in Wachstuch eingewickelte Bände hervorholte.

„Er gibt mit der Erstausgabe von ‚Birds of America' an", fuhr sie fort. „Ein Mann namens Audubon hatte sich um das Jahr 1830 vorgenommen, alle Vögel in Amerika zu dokumentieren. Verrückte Idee."

Sie stellte ihre Tasse auf einen Servierwagen. „Aber die kolorierten Illustrationen sind noch heute beeindruckend. Der Preis auch."

Keanu sah sie fragend an.

„13 Millionen Dollar. Und gleich kommt der Moment, in dem Mailer ihm diese Zahl nennt."

Sie sahen zu den beiden Männern hinüber. Gardoni runzelte gerade erstaunt seine hohe Stirn.

Mailer blätterte scheinbar unbeeindruckt in den Seiten des ersten Bandes herum. Liv wusste, dass dies Teil seiner Inszenierung war.

„Keanu, ich hab was." Gianni stand plötzlich neben ihnen, er wirkte zappelig wie immer und besorgt wie selten. Ungeduldig führte er die beiden in die Teeküche nebenan, schloss rasch die Tür.

„Der Big Boss ist in Ordnung, bei ihm sehe ich vor allem Neugierde. Aber der Bodyguard ist grundsätzlich völlig Schwarz, aktuell sogar mit extrem viel Dunkelgrün."

„Gianni, wovon redest du?", hakte Liv ein.

„Dass der Typ von Natur aus bösartig und unberechenbar ist. Und dass er gerade jetzt was richtig Fieses am Laufen hat."

Keanu merkte, dass Liv Fragezeichen in den Augen hatte.

„Gianni kann Menschen analysieren, auf seine Art. Ich erkläre es Ihnen später. Falls ich darf, Gianni."

„Aber wirklich nur Liv", murmelte der junge Italiener.

Er konzentrierte sich. „Es sind zwei Sachen. Der Bodyguard hat was Schlimmes mit seinem Chef vor, das ist ganz deutlich, wenn er ihn ansieht. Dann wird das Grün noch dunkler. Der Chef muss furchtbar aufpassen, aber er checkt das nicht."

„Darum kümmern wir uns gleich", antwortete Keanu. „Und die zweite Sache?"

„Ich komme gerade aus der IT, die haben einen Brute Force-Angriff festgestellt. Der Bodyguard hackt alle Daten. Die von seinem Chef und von uns allen. Der hat irgendwas bei sich, was brutal unsere Server und Geräte kapert. Um die Daten zu klauen reicht es schon, dass er im Gebäude ist. Das scheint völlig automatisch zu laufen. Irre."

„Sein Handy sieht sehr merkwürdig aus. Er wollte nicht, dass ich es sehe", informierte ihn Keanu. „Aber was du beschreibst, klingt nach Militär. Oder nach Geheimdienst."

Liv war in Gedanken versunken. „Gianni, wie sicher seid ihr? Es würde enorm peinlich für unsere Firma werden, wenn euer Verdacht nicht stimmt."

„Ich kenn mich mit so Sachen aus, die IT erst recht. Wir sind 100 Prozent sicher. Wenn wir nicht schnell was machen, sind die Daten weg."

„Was immer er außerdem mit Gardoni vorhat", überlegte Keanu weiter. „Vielleicht will er, dass es hier stattfindet und uns als die Schuldigen hinstellen."

Sie mussten handeln. Sofort.

26

Keanu ging direkt auf den Bodyguard zu. Er ließ ihn spüren, dass er in Sorge war.

„Pierson, kommen Sie mit. Wir haben ein Problem. Ich brauche Ihre Hilfe."

Die Schrankwand, soweit ihre begrenzte Mimik eine solche Aussage zuließ, wirkte misstrauisch, folgte der Aufforderung jedoch. Keanu führte den Mann in die Teeküche, wo Liv und Gianni ans Ende des Raumes zurückwichen.

„Zeigen Sie mir Ihr Handy." Keanus Tonfall hatte sich komplett geändert.

„Warum?" Pierson nahm sofort Körperspannung auf. Seine rechte Hand wanderte etwas höher, näher an das Pistolenholster heran.

Keanu hatte es registriert. „Weil ich es sehen will."

Pierson reagierte nicht.

„Wenn Sie es mir nicht geben, werde ich es mir holen."

„Versuchen Sie's." Nur ein kurzer Satz. Doch bevor er zu Ende war, hatte Pierson seine stattliche Pistole gezogen. Der Bodyguard richtete den Lauf nicht auf den Sicherheits-Chef. Er nahm Liv ins Visier.

„Lady, Sie kommen jetzt langsam zu mir."

Liv sah zu Keanu, der nickte. Sie ging los.

Sobald sie in seine Reichweite kam, riss Pierson sie an ihrer Lederjacke zu sich und legte seinen linken Arm brutal um ihren Hals. Mit der rechten Hand drückte er die Mündung seiner Waffe an ihre Schläfe. „Bleiben Sie ruhig. Dann passiert Ihnen nichts."

Keanu und Gianni immer im Blick, ging er rückwärts durch die Tür. Er zog Liv mit sich, deren hellblaue Augen ihre Panik verrieten.

Im Sitzungsraum, in dem die Teilnehmer laut redend ihre Pause verbrachten, hatte bisher niemand etwas bemerkt. Jetzt wurde es still.

„Bleiben Sie alle, wo Sie sind", rief Keanu ihnen zu. Er wirkte beherrscht und ruhig. „Pierson, ich gebe Ihnen jetzt vorsichtig meine Waffe, einverstanden?"

„Dort auf den Tisch."

Keanu drehte ihm den Rücken zu, damit Pierson sehen konnte, wie er seine SIG mit zwei Fingern aus dem Hosenbund zog. Er drehte sich um. Als er die Waffe vorsichtig auf den Konferenztisch gelegt hatte, ging er langsam auf den Geiselnehmer zu. Keanus Arme waren angewinkelt, seine Handflächen nach oben gerichtet. Dies sollte Pierson zeigen, dass ihm von Keanu keine Gefahr drohte. Alle im Saal beobachteten ihn und Pierson, der Liv am Hals noch fester an sich presste. Sie keuchte, bekam kaum noch Luft.

Keanu sah kurz zu ihr, dann richtete er seine Augen auf Pierson.

Und dann tat er das Letzte, womit sein Gegenüber gerechnet hatte. Er reichte ihm resignierend die rechte Hand, als wollte er zum Sieg gratulieren. Im Saal begann Gemurmel. Mailer hoffte insgeheim, dass der Sicherheits-Chef nicht lebend aus dieser Situation herauskam. Gardoni wiederum verstand nicht, was sein eigener Bodyguard hier aufführte. Aber er wagte nicht, sich einzumischen.

Noch immer bot Keanu seine Hand an. „Lassen Sie Liv gehen, Pierson. Verschwinden Sie einfach. Ich werde Sie nicht verfolgen, Sie haben mein Wort."

Pierson schien nachzudenken. Sicher würde er nicht einschlagen. Er vermutete einen Trick und traf eine Entscheidung. Langsam löste er seinen linken Arm von Livs Hals und schob die Geisel vorsichtig zur Seite. Dabei war seine Aufmerksamkeit konsequent auf Keanu gerichtet, seine Waffe auch. Trotzdem sah er nicht, was jetzt geschah. Niemand im Saal sah es. Für das menschliche Auge war es nicht nachvollziehbar.

Als Liv später davon erzählte, nannte sie es unbegreiflich. Der Schlag fand in einer Geschwindigkeit statt, die nicht menschlich wirkte.

Als würden die Gesetze der Biodynamik für ihn nicht gelten, als könne er Zeit und Raum nach Belieben für sich nutzen, ließ Keanu seine Handfläche nach vorne schnellen. Es waren nur wenige Zentimeter bis zu Piersons Brust. Eigentlich eine zu kurze Distanz, um Tempo und Wucht aufzubauen. Doch der Schlag, der selbst in Zeitlupe noch schnell gewirkt hätte, fällte den Bodyguard sofort. Er krachte auf den Boden, die Pistole schlitterte über das gebohnerte Parkett.

Nicht nur Liv und Gianni erschraken, als sie die Veränderung an Keanu beobachteten. Sein Blick war hart. Eine Schulter hatte er nach hinten gezogen. Sein linker Fuß stand versetzt vor dem rechten. Die Knie waren gebeugt. Er war bereit für den nächsten Schlag. Er wirkte wie ein gespannter Bogen. Gleich würde seine Hand erneut nach vorne schnellen. Pierson lag hilflos auf dem Rücken, er wagte keine Bewegung.

„Legen Sie Ihr Handy auf den Boden." Pierson gehorchte.

„Gianni."

Der Assistent trat näher, hob es vorsichtig auf. Nach einem Blick auf das Display hielt er es schnell vor Piersons Gesicht. Das Gerät entsperrte sich. Gianni tippte mehrere Befehle.

„Er hat 35 Prozent unser Server-Daten geladen. Ich stoppe das jetzt. Aber da ist noch was. Warte kurz."

Fünf Cops der Boston Police in schwarzen Uniformen betraten mit gezogenen Dienstwaffen den Konferenzraum. Einer trat langsam neben Keanu. „Sir, wir übernehmen jetzt."

Er legte Pierson Handschellen an, zwei Beamte nahmen ihn mit druckvollem Körperkontakt in die Mitte. Der Festgenommene war ein Holzstück in einer Schraubzwinge. Keanu entspannte sich endlich.

„Wer hat Sie gerufen?", fragte er den Officer.

„Ein Mister Mora. Gianni Mora."

Keanu zeigte auf den Bodyguard. „Lassen Sie ihn bitte noch einen Moment hier."

Gianni wurde hektisch. Er hielt Keanu das Handy von Pierson hin. Ein langer Chatverlauf war geöffnet.

„Das musst du unserem Besucher zeigen. In drei Stunden soll er tot sein."

27

In Mailers Konferenzraum im achten Stock, dekoriert mit Indianer-Porträts in Schwarzweiß, erfuhr Charles Kelvin Gardoni von seinem geplanten Ableben. Der Nachrichtenverlauf in dem mysteriösen Spezialhandy seines Bodyguards zeigte, dass der Unternehmer beim Verlassen der Psy Company von einem Attentäter erschossen werden sollte. Pierson würde leicht verletzt werden, um nicht verdächtig zu wirken.

Captain Dennis Roach leitete die Ermittlungen für das Boston Police Department. Er hatte das Gelände abriegeln lassen. Piersons Schütze wagte es nicht, aufzutauchen.

Weil Pierson bisher geschwiegen hatte, war das Warum des geplanten Mordes noch nicht geklärt. Etwas anderes schon. Als gesicherte Erkenntnis durfte gelten, dass er bei der Planung der Aktion eng mit einem Insider der Psy Company kooperiert hatte. Seine Identität war noch fraglich. Sie würde sich vielleicht nie ermitteln lassen, überlegte Keanu, während Mailers Assistentin allen außer dem Sicherheits-Chef kolumbianischen Kaffee servierte. Liv lächelte verstehend und schob ihm ihre Tasse zu. Sie sah Keanu lange an. Er hatte ihr heute das Leben gerettet, auf beeindruckende Weise. Und dabei sein eigenes riskiert.

„Wer in der Psy Company könnte ein Interesse daran haben, dass hier ein Attentat stattfindet?" Captain Roach richtete die Frage an Keanu.

„Ich weiß es nicht, Captain. Noch nicht."

Charles Gardoni fand, er habe die anderen lange genug reden lassen.

„Gregory", sagte er zu Mailer, „ich gratuliere Ihnen zu diesem Mann." Er legte Keanu anerkennend seine Rechte auf die Schulter. „Wo haben Sie ihn nur gefunden?"

Mailer verzog keine Miene. Die 17 Muskeln, die in einem Gesicht ein Lächeln erzeugen können, blieben arbeitslos.

Nun wandte sich Gardoni direkt an Keanu.

„Danke. Mister Bennings, Sie haben heute nicht nur viel für Ihr Unternehmen getan, sondern auch für meines – und für mich persönlich. Aber eines würde ich gerne wissen."

„Das wäre?"

„Warum beherrschen Sie den One-Inch-Punch in solcher Perfektion?"

„Sie kennen ihn?"

„Mir selbst fehlt jedes Talent für die Kampfkunst. Aber ich kenne alle Bruce-Lee-Filme auswendig. Heute war allerdings das erste Mal, dass ich seinen schwierigsten Schlag in natura beobachten durfte."

„Ich erzähle es Ihnen unter vier Augen, Sir. Aber jetzt sollten wir unseren Workshop fortsetzen. Was meinen Sie, Liv?"

„Ja", nahm sie den Ball auf, „wir haben viel Zeit verloren."

Am Abend, als das Meeting vorbei, Gardoni zufrieden und Keanu wieder in seinem Büro war, klopfte es vorsichtig an die Glastür.

„Darf ich?", fragte sie dezent.

„Natürlich."

Sie wirkte müde. Doch selbst jetzt bewegte sich Liv wie ein junges Reh. Sie ließ sich auf einen der drei Besucherstühle gleiten.

„Ich brauche etwas Stille. Aber ich ertrage sie nicht alleine."

Keanu verstand. Er setzte sich behutsam neben sie. Fünf lange Minuten schwiegen sie gemeinsam.

In welcher Minute sie ihre Hand auf seine gelegt hatte, wusste er später nicht mehr.

28

Romantisch veranlagte Menschen legen manchmal, um die passende Atmosphäre im Schlafzimmer zu schaffen, ein Stofftuch in warmen Farben über die eingeschaltete Nachttischleuchte. In Boston sorgte die Abenddämmerung gerade für einen ähnlichen Effekt. Die Lichtstimmung wurde sanfter, und damit änderte sich die Wirkung dieser Stadt am Atlantik. Keanu fuhr nachhause in die Beacon Street. Als er die Eliot Bridge passierte, die vierspurig über den Charles River hinwegsetzte, war im Cambridge Boat Club noch Licht zu sehen. Jaydon, ein Studienfreund von ihm, arbeitete dort als Bootswart. Keanu musste unbedingt einmal wieder mit einem Skiff auf den Fluss, an dem ihn die Soldiers Field Road noch fünf Meilen entlang führte.

Er hatte schon immer ein gutes Gefühl für die kippeligen Rennruderboote gehabt und im Einer ein Tempo auf dem Wasser erreicht, das Jaydon anerkennend als „halbprofessionell" einstufte.

Keanu öffnete das Fenster auf der Fahrerseite. Er wollte das Meer riechen. Am Fisher College bog er zweimal rechts ab, parkte sein Model 3 vor einem großen Backsteingebäude. Es war sein Zuhause, seit er in Boston lebte, seiner Meinung nach die europäischste Metropole der USA.

Denn wie viele Städte in Deutschland, Frankreich und Italien hatte Boston eine jahrhundertelange Geschichte. Sie war einst zum Ausgangspunkt für den Kampf der Auswanderer gegen ihre alte Heimat England geworden. Ohne den Unabhängigkeitskrieg gäbe es die mächtigste Nation der modernen Welt nicht. Ohne die damals 75 Millionen Siedler hätte es allerdings auch das Leid der Ureinwohner nicht gegeben.

Auch die vielen roten Backsteinhäuser erinnerten an England oder die norddeutschen Städte. Bostons Straßen waren nicht rechteckig angelegt, wie meist in Nordamerika. Sie schlängelten sich recht unlangweilig mal hierhin, mal dorthin. So durchzogen sie die Viertel der Botschafter europäischer Lebensweise, der Iren, der Polen, der Italiener.

Selbst der Fahrstil der Bostoner war irritierend europäisch. Die Einwohner dieses Ortes voller Reichtum und, dank der Weltklasse-Universitäten, voller Wissen hatten es stets eilig. Für das Halbschlaf-ähnliche Verhalten, das die Autofahrer anderer US-Metropolen am Steuer zeigten, hatten sie wenig übrig. Keanu auch nicht.

Liv begann sich in seine Gedanken zu schleichen. Sie war ihm nah und fern zugleich. Als sie in sein Büro gekommen war und seine Gesellschaft gesucht hatte, war sie ihm vertraut erschienen. Und kurz danach sehr fremd. Sein Angebot, noch etwas trinken zu gehen, hatte sie kurz angebunden wegen Müdigkeit abgelehnt. Natürlich war es ein harter, sogar gefährlicher Tag gewesen. Sie hatte alles Recht, müde zu sein. Aber das war es nicht. Sie hatte aus einem anderen Grund abgelehnt. Er vermutete, sie wollte die Distanz wahren. Sie waren Kollegen, mehr nicht.

Keanu kannte dieses Verhaltensmuster. In allen Beziehungen war es sein Part gewesen. Er war der Schwierige, er dosierte die Nähe, er brach die Verbindung irgendwann abrupt ab. Nie umgekehrt.

Seine Mutter konfrontierte ihn oft damit. „Wenn du mit deinen Freundinnen überraschend Schluss gemacht hattest, riefen sie meistens bei mir an. Weißt du, was eine mal gesagt hat? Sie fühle sich wie eine Mieterin in deinem Leben, der du ohne Vorwarnung eine Räumungsklage in die Hand gedrückt hast."

Ausgerechnet seine Mutter warf ihm das vor. Sie hatte die Folgen falscher Nähe kennengelernt.

Keanus Lieblingsnachbarin öffnete sachte die Tür, als er an ihrer Wohnung vorbeiging. Sein Apartment lag einen Stock höher.

„Ich wünsche dir einen guten Abend, Mister Bennings." Sie sprach Deutsch mit ihm.

„Lori, geht es dir gut?", fragte er in ihrer gemeinsamen Muttersprache zurück. Lori Primmer, die auf die 70 zuging, war seine engste Vertraute. Nebenbei war die vermögende Witwe seine Vermieterin.

„Mir geht es gleich noch besser, wenn du mit mir zu Abend isst. Ich habe mal wieder zu viel gekocht."

Lori, die eigentlich Lore hieß, hatte ein schönes Ritual etabliert, nachdem Keanu in ihr Haus eingezogen war. Beide hatten manchmal Heimweh. Er nach Mannheim, sie nach Stuttgart, wo sie bis zu ihrem 46. Lebensjahr gewohnt hatte. Etwa alle zwei Wochen behauptete Lori, sie habe zu große Mengen gekocht, weil sie sich nach dem Tod ihres Mannes nicht an das Zubereiten kleiner Portionen gewöhnen könne. Keanus Part in ihrem Ritual war, überzeugend so zu tun, als glaube er diese Begründung. Im Laufe der gemeinsamen Abende musste er darauf achten, ihr gegenüber seine Lieblingsgerichte der deutschen Küche zu erwähnen –damit sie das nächste Menü planen konnte.

Sie sprachen, aßen, und sie tranken deutsch an ihren gemeinsamen Abenden, meist einen fruchtigen Weißwein. Dazu spielte Lori alte Schallplatten ab und gab sich manchmal den Gedanken hin, was bei diesem oder jenem Lied einst zwischen ihr und Gerry geschehen war, der großen Liebe ihres Lebens.

Keanu sagte dann nichts. Er wartete einfach, bis Loris Gedanken von ihren Ausflügen zurückkehrten.

„Trinken wir auf Leopold Ziegenbein", prostete sie ihm zu. Keanu mimte den Empörten.

„Es gibt außer mir noch einen Mann in deinem Leben?"

29

Lori war als Erzählerin so gut wie als Köchin. Sie hatte als Professorin gearbeitet und wusste die Aufmerksamkeit anderer zu gewinnen, aber auch zu halten. Der höchste Zweck einer Geschichte war in ihren Augen die Vermittlung von Wissen.

„Leopold Ziegenbein, mein Lieber", tadelte sie Keanu, „war Kapitän auf Schnelldampfern, die er von Deutschland nach Amerika steuerte. Es gelang ihm zweimal, das Blaue Band für die schnellste Atlantiküberquerung zu gewinnen."

Lori ging in die Küche. Sie trug ein kornblumenblaues Kleid, reichlich Schmuck und niemals eine Schürze. „Beim zweiten Mal", erzählte sie einfach weiter, „wollte er das Blaue Band gebührend feiern. Sein Schweizer Koch bekam den Auftrag, etwas Ungewöhnliches zu kochen, aber unbedingt mit Käse."

Ihre Stimme kam wieder näher. „Der Koch hatte aber schon Kalbfleisch in großen Mengen eingekauft. Also platzierte er den Käse in dem aufgeschnittenen Fleisch und panierte es. Und jetzt weißt du, was wir heute essen. Das einzige Gericht, das ‚Blaues Band' heißt."

„Lori, ich liebe Cordon bleu."

Sie stellte die Teller auf die altmodischen Tischsets. „Vor allem mit Kartoffel-Gurken-Salat, richtig?"

Er beugte sich zu ihr und küsste sie temperamentvoll auf die Wange. Ihre Augen wurden feucht. Sie hatte nie Kinder gehabt, deshalb betrachtete sie Keanu als eine Art Adoptivsohn. Ihm schien das zu gefallen. Das Cordon bleu, in das außer Käse auch eine Scheibe Schinken eingelegt war, schmeckte wie damals in Germany.

Beim Nachtisch, Schokoladenpudding mit Mandeln, legte der Gast sein Geständnis ab.

„Ich habe zwei Frauen kennengelernt.“

Sie sah ihn wissend an. „Und jetzt kannst du dich nicht entscheiden.“

„Nein, das ist es nicht. Eine der Frauen ist sehr alt.“

„Ich bin sehr alt, Keanu.“

„Du bist die schönste ältere Frau, die ich kenne, Lori, und das meine ich so. Du bist schön von innen und von außen. Du bist herzensgut, hast dein Gewicht seit 30 Jahren gehalten und weniger Falten als ich. “

„Charmeur. Und Lügner, was die Falten betrifft.“ Aber sie hatte rote Bäckchen bekommen. Einem niveauvollen Flirt war Lore Else Primmer, geborene Hohstadt, ihr Leben lang nie abgeneigt gewesen. Gerry, Gott hab ihn selig, hatte es mit Demut und Toleranz hingenommen.

Keanu setzte erneut an. „Die alte Frau, von der ich rede, ist Hunderte von Jahren alt. Ich habe von ihr geträumt. Nein, sie ist mir im Schlaf erschienen, aber es war kein Traum. Sie war wirklich da. Sie hat mir etwas gezeigt.“

Er suchte nach den richtigen Worten. „Lori, glaubst du an Übersinnliches?“

„Aber natürlich, mein Lieber. Wenn du 20 Jahre lang mit einem der führenden Versicherungs-Mathematiker verheiratet warst, dann weißt du um die Unzulänglichkeit von Logik und Zahlen und Fakten. Dann willst du daran glauben, dass es zwischen Himmel und Erde noch etwas anderes gibt, das unser Dasein bestimmt. Etwas Metaphysisches.“

Keanu war in tiefes Nachdenken versunken, nachdem sie das gesagt hatte.

„Sie wollte mir helfen. Du ahnst nicht, wozu sie fähig ist."

Und dann erzählte er Lori, gegen jede Vorsicht, wie die alte Indianerin ihn in ein fremdes Leben geleitet hat. Nur den Mord an dem Chirurgen sparte er aus. Solche Themen duldete seine Gastgeberin nicht beim Essen.

Als er geendet hatte, blickte Lori ihn fasziniert an. „Meine handgefertigten Möbel, meinen Schmuck, und sogar dieses Acht-Parteien-Haus würde ich dafür geben, so etwas zu erleben, Keanu. Ich möchte so gerne noch einmal einen jungen Körper haben, selbst wenn es nur für eine Stunde ist."

„Du glaubst mir also?"

Die alte Dame ging in die Küche, schenkte handgebrühten Kaffee in zwei Porzellantassen, legte Silberlöffel auf die Unterteller. Mit leichtem Zittern balancierte sie die Tassen zum Tisch.

„Es fällt mir nicht schwer. Weißt du, ich habe viel über die Indianer geforscht. Sie hatten mein Mitgefühl. Außer den Juden ist kein Volk von der Geschichte schlimmer behandelt worden. Ihnen galt aber auch meine Bewunderung. Nicht nur spirituell waren sie in ihrer alten Welt zu Dingen fähig, die uns bis heute nicht möglich sind, trotz aller Technik. Sie kreierten individuelle Heilmittel für jeden einzelnen Kranken, damit beginnen unsere Pharmakonzerne erst jetzt. Der personalisierten Medizin gehöre die Zukunft, sagen sie."

Lori nahm einen Schluck Kaffee.

„Über Umweltschutz wussten sie vieles, er war entscheidend für ihr Überleben. Niemals hätten sie unseren Planeten so ruiniert wir wir jetzt. Manche ihrer spirituellen Führer konnten in die Zukunft sehen. Sitting Bull soll die siegreiche Schlacht am Little Bighorn in ständigem Kontakt mit den Geistern gelenkt haben und den Armeesoldaten dadurch immer einen Schritt voraus gewesen sein. Die Weißen konnten nicht verstehen, was da geschah."

Noch ein Schluck Kaffee.

„Und ja", sagte sie, „einige der heiligen Männer und Frauen konnten laut der Überlieferungen ihre Gestalt wandeln. Deine weise Indianerin zählt offenbar zu ihnen. Sie gingen in andere Leben, oft in die von Tieren. Oder sie erlaubten ihren Stammesangehörigen diesen Schritt. Allerdings nur, wenn es einen sehr wichtigen Grund dafür gab."

Sie beugte sich zu ihm hinüber, legte ihre Hand an seine Wange. „Du kannst stolz sein, Keanu Bennings. Es gibt jetzt zwei alte Frauen, denen du etwas bedeutest."

30

Keanu entschuldigte sich, er musste kurz ins Bad. Wie immer, wenn er durch ihre 150-Quadratmeter-Wohnung ging, wirkte sie auf ihn wie die Napoleon-Suite jenes Pariser Nobelhotels, in dem er als Personenschützer einen prominenten Gast bewacht hatte.

Wo in seinem eigenen Apartment rohe Backsteinwände und Industrieparkett für eine nüchterne Atmosphäre sorgten, hatte ihre Innenarchitektin nach dem Tod von Gerry die Wände mit schweren Stofftapeten in Ocker, Bordeauxrot und Moosgrün verkleidet. Man ging über hochflorigen Teppichboden oder handgeknüpfte Läufer und Brücken aus Persien. Stuck zierte die Decken, von denen Kronleuchter in unterschiedlichen Größen hingen.

Während Lori ihre Garderobe ausschließlich aus Frankreich bezog – meist von Balmain –, bestand sie bei Marmor auf italienische Provenienz. Keanu schätzte, dass eine Monatsproduktion der Steinbrüche von Carrara in ihren Badezimmern versammelt war.

Die Gastgeberin hatte den Tisch bereits abgeräumt, als er zurückkehrte.

„Du hast zwei neue Frauen in deinem Leben erwähnt", sagte sie betont beiläufig. „Wir haben aber nur über eine gesprochen."

Keanu griff nach seinem Handy. Er googelte „Liv Sigmarsson" zusammen mit „Psy Company". Eines der Fotos tippte er an und zeigte es Lori.

Sie nahm ihm das Telefon aus der Hand. „Du lieber Himmel, was für eine Schönheit. Diese hellen Augen. Sie sieht skandinavisch aus. Ein Model?"

„Nein, Lori. Sie leitet die wichtigste Abteilung in der Firma. Liv ist klug, selbstbewusst, unabhängig. Vor allem aber ist sie schwierig."

„Hallelujah. Endlich mal eine Herausforderung für dich."

Als Keanu weiterreden wollte, hob sie abwehrend ihre Hand. „Erzähl mir beim nächsten Mal bitte mehr von ihr. Ich bin jetzt müde. Alte Ladys müssen um 22 Uhr im Bett sein."

Sie begleitete ihn zum Ausgang. An der Tür umarmte sie ihn länger als sonst.

„Danke für den Abend, Keanu."

Er stieg die schwarze, glänzende Holztreppe hinauf. Die Stufen waren mit einem beigefarbenen Teppich belegt, den dünne Stangen aus Messing fixierten. In seiner Wohnung gab es ein Regalfach, in dem seltene Vinyl-Schallplatten standen. Keanu verbrachte viele Samstagvormittage bei „Good Ol' Records" am Faneuil Hall Marketplace, um ungewöhnliche Platten zu finden, die Lori gefallen könnten.

Diesmal wählte er den deutschen Bariton Max Raabe, der mit seinem Palast Orchester meist Lieder aus den 1920er Jahren sang – in deutscher Sprache. Sorgfältig packte er die Langspielplatte in Geschenkpapier ein, auf das kleine Musiknoten gedruckt waren. Leise ging er die Treppe nach unten und lehnte das Geschenk an Loris Tür.

Seit ihrem ersten Abendessen war das seine Art, ihr zu danken. Denn über Blumen, sagte seine Nachbarin immer, werde sie sich frühestens zu ihrer Beerdigung freuen.

Er sah, dass seine Mutter versucht hatte, ihn zu erreichen. Er würde sie morgen zurückrufen, sie ging immer früh schlafen. Eine Gewohnheit aus ihrer Zeit als Surfergirl, das die ersten Wellen des

Morgens reiten wollte. Rasch zog er sich aus, duschte und zog Boxershorts und ein altes T-Shirt der Boston Red Sox an. Der Riesling von Lori und der turbulente Tag hatten ihn müde gemacht. Er lag mit offenen Augen auf dem Rücken, die Hände hinter dem Kopf verschränkt.

Wer hatte den Bodyguard angestiftet? Was hatten sie mit den Daten vorgehabt? Warum ein Attentat auf den Fleischkonzern-Chef Gardoni? Vor allem aber, wer war der Insider in der Psy Company, der bei den Planungen geholfen hatte?

Kurz bevor er einschlief, sah er in seinem Gedankenkino einen seltsamen Film. Es waren schnell wechselnde Szenen: Die alte Indianerin kniete mit Gregory Mailer in einer Wüste. Mailer wollte nach ihr greifen. Sie hob beide Arme. Wie in Zeitlupe versank der Geschäftsführer in einem Loch voller Treibsand, der dunkelrot war. Liv stand nackt vor einem Kleiderschrank, wischte die Bügel von rechts nach links. Doch auf den Bügeln hingen keine Hosen oder Blusen, sondern Männer. Neben ihr stand Keanus Mutter, in einem feuchten Surfanzug, mit nassen Haaren. Sie sah Liv erstaunt zu. Am Schluss sah er Lori, die über eine breite Gangway ein Luxus-Kreuzfahrtschiff der White Star Line betrat. Es stammte aus längst vergangenen Zeiten. „Der größte Ozeandampfer der Welt" war auf Loris Ticket zu lesen. Die acht Männer des Bordorchesters spielten traurig die Pastorale, Beethovens sechste Sinfonie. Oben wartete Gerry, ihr Mann.

Alle an Bord trugen Trauerkleidung.

Teil 2:
Das Geheimnis

31

Vor neun Uhr musste sie heute nicht im Büro sein, sie hatte also noch zwei Stunden Zeit. Liv benötigte drei Minuten im Bad und weitere zwei, um in ihre mintfarbenen Jogging-Tights, ein ebenso enges weißes Top und die gelben Laufschuhe zu schlüpfen. Sie trank ein großes Glas Wasser und machte sich auf den Weg in ihre Bostoner Lieblingsparks. Der Public Garden war der kleinere der beiden. Er lag direkt neben dem Boston Common, dem ältesten Stadtpark der Vereinigten Staaten.

Liv war nicht nur auf dem Rad ein Bewegungstalent. „Gazelle", nannte ihr Personal Trainer sie gern. Ihre Fußballen berührten kaum den Boden, gerade wenn sie schnell lief, und sie lief fast immer schnell.

Doch jetzt, im Public Garden, war sie noch in der Aufwärmphase. In lockerem Trab ließ sie das Ether Monument links liegen. Ein Denkmal für den Äther – die Mediziner hatten markante Spuren in Boston hinterlassen. Kurz danach wünschte sie George Washington auf seinem Bronzepferd einen guten Morgen und nahm die alte Fußgängerbrücke über die Lagune. Sie wechselte in den Boston Common Park.

Es war noch zu früh, erst ab zehn Uhr würden die kleinen Jungen und Mädchen auf die hölzernen Pferde des altmodischen Karussells am Frog Pond klettern. Ging Liv am Wochenende erst am späten Vormittag joggen, dann blieb sie hier mehrere Minuten lang stehen. Wie eine Kamera nahm sie die glücklichen Kindergesichter in sich auf, speicherte sie in ihren Erinnerungen.

Sie sah ihn, nachdem sie den Froschteich umrundet hatte. Er stand abseits unter einem Baum am Denkmal für die Soldaten und Seeleute. An Gedenktagen steckten die Bostoner hier Tausende von kleinen Papierwimpeln mit der Nationalflagge in die Erde, ein flatterndes Meer der Vaterlandsliebe. So ehrten sie jene Frauen und Männer, die für sie gekämpft hatten.

Keanu war ganz bei sich, in sein Inneres versunken. Er trainierte eine erst langsame, dann immer schnellere Abfolge von Bewegungen. Es schien eine festgelegte Choreografie zu sein: Schläge mit der Kante seiner Hand, ohne jeden Ansatz geführt. Extrem hohe Fußtritte, bei denen sein Oberkörper sich elastisch in die Waagrechte bog. Ein Punch mit dem Handrücken nach hinten, ohne den Kopf dorthin zu drehen. Und, ein Knie tief gebeugt, die wischende Bewegung mit dem ausgestreckten anderen Bein gegen mögliche Gegner – wie eine Sense, die unaufhaltbar durchs Gras fährt.

„Ein Ballett des Kampfes", so empfand es Liv, die nicht wegsehen konnte. Es war erschreckend und faszinierend zugleich, sie hatte die Wirksamkeit gestern bei ihrer Befreiung aus dem Griff des Bodyguards erlebt.

Am Schluss legte sich der Athlet auf den Rücken. Aber nur für einen sehr kurzen Moment. Wie eine Feder, die maximal gespannt wird, zog er seine angewinkelten Beine eng an die Brust. Mit den Armen stützte er sich am Boden ab. Katapultartig schnellte er aus dieser liegenden Position direkt in den Stand. Die Schwerkraft musste heute ihren freien Tag haben.

Bevor Keanu sie entdecken konnte, lief sie weiter und verließ den Park. Es war nicht seine Kraft, die sie am meisten beeindruckt hatte, nicht seine Körperspannung oder Geschwindigkeit. Es war seine Hingabe, die Fähigkeit, sich vollkommen zu zentrieren. Keanu konnte im Geiste einen langen Tunnel betreten; aber er verbat allen Gedanken, ihn zu begleiten. Er nahm lediglich die Intuition mit auf seinen Weg.

In Livs Augen gab es keine größere Macht als innere Stärke.

32

Nach dem Duschen machte sich Keanu auf den Weg in die Firma. Er holte sich im „Linking Cup" einen Flat White, der mehr Koffein als ein Cappuccino hat, dazu einen Bagel mit Cream Cheese, Rucola und Räucherlachs. Er frühstückte während der Fahrt ins Büro. Der Radiosender WMEX 1510 spielte „Somewhere down the crazy river" von Robbie Robertson. Der Moderator hatte ihn als kanadischen Halbindianer vorgestellt, der Stammesmusik in sein erstes Soloalbum integriert hatte.

Er dachte an die heilige Frau. Er musste sie wiedersehen, ihr so viele Fragen stellen. Also würde er wieder an den Bergsee fahren. Aber auf keinen Fall alleine. Für einen Moment stellte er sich Liv in einem weißen Bikini vor, wie sie ihre Fußspitzen ins Wasser tauchte, um die Temperatur zu prüfen. Ein hupender Autofahrer riss ihn aus diesem Gedanken. Die Ampel zeigte schon lange Grün.

Als er sein Büro betrat, lag ein großes, weißes Blatt Papier auf dem Schreibtisch. Jemand hatte einen roten Pfeil darauf gemalt und dazu geschrieben: „Sehen Sie jetzt in diese Richtung." Also schaute er dorthin. Der Pfeil zeigte auf das Büro von Liv und Sarah, ihrer Assistentin. Beide winkten ihn zu sich herüber.

Liv hielt einen schwarzen Karton in den Händen, auf dem „Yamazaki" stand. Asiatische Schriftzeichen zierten die Verpackung.

„Ich möchte mich noch einmal bei Ihnen bedanken, Keanu. Der hier" – sie zeigte auf den Karton – „hat mir gestern Abend geholfen, einzuschlafen. Ich finde, Sie sollten auch einen haben."

Sie überreichte ihm das Geschenk, das er vorsichtig auspackte. Es war eine bernsteinfarbene Flasche.

„Für meinen Geschmack machen nicht die Schotten den besten Single Malt, sondern die Japaner", erklärte Liv.

„Zwölf Jahre lagern auch andere Whiskys in Holz, aber der Yamazaki verbringt diese Zeit in drei unterschiedlichen Eichenfässern. Ich hoffe, Sie mögen ihn."

„Sie machen mir damit eine große Freude. Danke."

„Die Idee hatte ich heute früh beim Joggen. Waren Sie auch laufen?"

„Nicht wirklich."

Sie registrierte, dass er nicht mit seinem Kampftraining angab.

„Liv, waren Sie schon einmal Eisschwimmen?", fragte er stattdessen.

Sie stöhnte kurz auf. „Keanu, die Sigmarssons kommen aus Island. Dort schwimmen die Menschen das ganze Jahr über in fünf Grad kaltem Wasser. Und hinterher setzen sie sich in 38 Grad heiße Quellen."

„Ich habe heute acht Grad zu bieten. Würden Sie mich begleiten?"

Sie ließ sich Zeit mit ihrer Antwort.

„Ja, das werde ich. Aber ich brauche unbedingt einen neuen Badeanzug."

Keanu lachte. „Schaffen Sie das in der Mittagspause? Wir fahren um 17 Uhr in die Berge."

Jetzt war sie es, die lachte. „Sie sind schnell, Keanu Bennings. Aber ich auch. 17 Uhr."

Livs Assistentin passte ihn beim Hinausgehen ab: „Oliver Avery würde Sie gerne sprechen, es ist dringend. Am besten bei ihm im Archiv."

„Sagen Sie Ihrem Freund, dass ich gleich da bin."

Sarah wurde rot, was gut zu ihren Haaren passte. Woher wusste er das?

33

Gianni wartete in seinem Büro auf ihn.

„Keanu, das war stark gestern. Alle sind begeistert von deiner Aktion."

„Nicht übertreiben, Gianni. Du hast mir mit deinen Informationen sehr geholfen. Sonst hätte ich nicht so schnell gemerkt, wie gefährlich der Typ ist. Hast du was Neues für mich?"

Gianni erzählte ihm, was die IT der Psy Company und die Spezialisten der Polizei herausgefunden hatten. Für den Datendiebstahl hatte der Bodyguard tatsächlich ein militärisches Gerät benutzt, allerdings keines der neuesten Generation. Die gestohlenen Daten waren auf einem Cloudserver gelandet, den die Cybercrime-Abteilung der Boston Police entdeckte. Der Inhaber des Servers ließ sich bisher nicht ermitteln. Auch die Gründe für das geplante Attentat auf den Fleischkonzern-Chef Gardoni blieben im Dunkeln.

„Gianni, kann es sein, dass du erstaunlich viel über Computer und das Netz weißt?

Keine Antwort.

„Was hast du gemacht, bevor du hier angefangen hast?"

„Ich hab meinem besten Kumpel geholfen."

„Und was macht dein bester Kumpel so?"

„Nichts Besonderes. Er leitet die IT der Psy Company."

Keanu schmunzelte. „So etwas Ähnliches habe ich mir gedacht."

„Sprichst du nachher mit Oliver?", fragte Gianni am Schluss.

„Ich gehe gleich zu ihm. Warum?"

„Er kann dir vermutlich sagen, wer aus unserer Firma dem Bodyguard geholfen hat."

Gianni zeigte auf eine große Papiertüte, die neben Keanus Laptop stand. „Das ist von meiner Mutter. Tagliatelle con gamberi e pomodorini. Dein Tiramisu hab ich Sarah geschenkt. Die braucht das jetzt dringender."

Keanu sah ihn fragend an.

Gianni presste seine Lippen zusammen. Mit einer Geste seiner Finger verschloss er den Mund symbolisch und tat so, als werfe er den Schlüssel weg. Keanu verstand die Anspielung: Omertà, das Mafiagesetz des Schweigens.

Als er sich auf den Weg zu Oliver Avery machte, kam er an Sarahs Büro vorbei. Er sah zwei Tiramisu auf ihrem Schreibtisch stehen, daneben lag ein leerer Pizzakarton. Mit der rechten Hand wickelte sie gerade Spaghetti aus einem Aluminiumteller um eine Gabel, in der linken hielt sie den Telefonhörer. Sie hob entschuldigend ihre Schultern, als sie Keanus Blick auffing.

Aus dem Büro des Archivars trat ein Mann, den Keanu noch nie gesehen hatte. Er war groß, nahezu zwei Meter. Sehr schlank, was ein gut geschnittener Nadelstreifen-Anzug noch betonte. Beim Schuhwerk hatte er sich für schwarze Budapester entschieden, die altmodischste Wahl.

Sein hellblondes Haar trug er an der Seite gescheitelt, doch es war so dünn, dass es immer wieder in die Stirn fiel, was der Mann mit einer nervösen Geste zu korrigieren versuchte. Dabei fiel der protzige Siegelring auf, den er trug. Aus der Brusttasche seines Jacketts ragte die Kappe eines wuchtigen Kolbenfüllers und vervollständigte das Bild eines konservativen Snobs.

Keanu grüßte. Kein Gruß zurück. Der Mann ignorierte ihn. Er tat es mit Absicht, das war offensichtlich.

In manchen Situationen hatte Keanu Bennings eine sehr kurze Zündschnur. Diese hier zählte dazu. Er stellte sich dem Mann in den Weg.

„Vater oder Mutter? Oder waren es beide?", fragte er interessiert. Der Mann stutzte.

„Bitte?" Seine Augen waren grau, Falschheit nistete in ihnen.

„Wovon reden Sie?"

„Von Ihrer Kinderstube. Wer hat vergessen, Ihnen das Grüßen beizubringen?"

Nur langsam fand der Mann in seine Arroganz zurück. Um Zeit zu gewinnen, zog er die Manschetten seines weißen Hemdes unter den Anzugärmeln hervor, bis exakt 1,5 Zentimeter zu sehen waren. Dann wischte er seine Haare aus der Stirn. Und schließlich goss er aus sieben Sätzen das Fundament für eine stabile Feindschaft.

„Bennings, der Kung-Fu-Schläger, richtig? Mein Chef hat Recht. Sie sind ein Kretin, der sich mit Kunden prügelt. Ohne Format. Ohne Substanz. Sie sind eine Peinlichkeit. Und zu Ihrer Frage: Meine Eltern haben mir untersagt, unter Niveau zu grüßen."

Einigermaßen perplex sah Keanu ihm nach, als er im Treppenhaus verschwand.

34

Oliver Avery saß mit finsterem Gesicht vor dem Modell eines japanischen Gartens. Es hatte etwa die Größe eines Schuhkartons. Betont langsam zog der Archivar einen Miniatur-Holzrechen durch
ein Sandfeld, bemüht um präzise Linien. Es half nichts, seine Laune blieb auf Halbmast.

Er blickte auf, als der Sicherheits-Chef eintrat.

„Avery, wie heißt der Unsympath, der gerade hier war?"

„Vorname ‚Drecks', Nachname ‚Kerl'."

Er versuchte, sich zu konzentrieren.

„Richtig heißt er Dr. Christian Bellarmon und braucht kein
Büro, denn er wohnt im Anus von Mailer. Reicher Ostküsten-
Adel. Er wird von PC2 protegiert, soll später Mitglied der Ge-
schäftsführung werden."

„Sie sehen nicht gut aus. Was war los?"

Oliver Avery stemmte seine Ellenbogen auf den Tisch und faltete die Hände vor dem Kinn.

„Er hat mir gedroht. Ich soll gefälligst meine Finger von allem
lassen, was mit der Abteilung 6 zu tun hat. Ich soll mich von Ihnen
fernhalten, Bennings. Vor allem soll ich den Mund halten."

„Sonst?"

Avery schüttelte angewidert den Kopf. „Sonst könne es sein, dass ich ihn womöglich für immer halte. Oder meine schwangere Freundin. So hat er sich ausgedrückt."

Der Archivar versank in zorniges Schweigen. „Ich weiß genau, warum die jetzt Druck ausüben."

Es war ein trauriger, aber auch entschlossener Blick, den er auf Keanu richtete.

„Weil ich ihr Geheimnis knacken konnte. Ich weiß jetzt, was sie vorhaben."

35

Avery, 27 Jahre alt, konnte nicht verschweigen, was er entdeckt hatte. Sonst brachte er möglicherweise viele Menschen in Gefahr. Gleichzeitig konnte er nicht ausgerechnet die zwei Menschen einer Bedrohung aussetzen, die ihm am meisten bedeuteten: Sarah und das Baby.

Er sah nur eine Lösung dieses Konflikts. Er würde sein Wissen bei Bennings deponieren. Und dann würde er sich nicht mehr darum kümmern, nicht weiter recherchieren, keine alten Serverdaten exhumieren, nie wieder über den Zweck der Geheimabteilung sprechen. Bennings musste ohne ihn weitermachen.

Also schloss er die Tür zum Archiv von innen ab. Er forderte strikte Vertraulichkeit ein. Erst dann begann er, dem Sicherheits-Chef diese Geschichte von Verrat und Machtstreben erzählen.

Ihr jüngstes Kapitel war geschrieben worden, als sie den Bodyguard Jeff Pierson beim Diebstahl von Firmendaten ertappten. Avery analysierte zusammen mit dem IT-Chef die bereits gestohlenen Daten.

Dabei entdeckten sie den Verräter, weil auch ein Teil seiner eigenen Daten und verräterische Mails plötzlich einsehbar waren. Sie identifizierten den Mann, der für Pierson die Hände zu einer Räuberleiter gefaltet hatte, damit der Bodyguard sich hochstemmen und über die Firewall klettern konnte. Den Mann, der zum Zuhälter von Passwörtern geworden war, die er nur einem einzigen, sorgfältig ausgewählten Freier anbot.

Dieser Mann war Gregory Mailer.

Zwei Mails verrieten sein Motiv. Avery reichte die Ausdrucke über den Tisch. Keanu las und verstand. Für einen Moment war er fassungslos.

36

In der ersten Mail hatte Mailer an den großen Unbekannten gemeldet, dass er alles tun werde, damit die Existenz von Abteilung 6 geheim bleibe. „Alles" war in Großbuchstaben geschrieben. Ein neuer Mitarbeiter habe sich verdächtig gemacht. „Für diesen B. muss eine Ex-Order in Kraft gesetzt werden", schrieb der Unbekannte zurück.

Die zweite Mail befasste sich mit der Umsetzung der Ex-Order. Keanu schüttelte den Kopf, während er sie laut las.

Verfasser war erneut der Unbekannte. Ein Befehl an Mailer: „Ex-Order splitten. Ex-Order 1 an externem Subjekt ausführen, für das B. aktuellen Schutzauftrag hat. Bei Eingreifen von B. umgehend Ex-Order 2 ausführen."

Jetzt verstand Keanu. Das Attentat auf Gardoni, den Konzernchef, hatte nur als Vorwand dienen sollen. In erster Linie ging es darum, ihn selbst zu eliminieren, während er versuchte, Gardoni zu schützen.

Keanu und Avery sahen sich an.

Der Archivar sagte: „Ich werde Ihnen jetzt alles sagen, was ich weiß. Aber dann ist für mich Schluss. Ich beabsichtige, ab sofort ein braver Mitarbeiter zu sein, der keinen Ärger macht und sich mit seiner Freundin auf das Baby freut. Das war's für mich, Bennings."

Keanu nickte. Avery meinte es ernst.

Christian Bellarmon, Mailers liebster Mitarbeiter und Keanus jüngster Feind, hatte sich ebenfalls in seinem Büro eingeschlossen. Er trug Kopfhörer. Er war nicht nur ins Archiv gegangen, um Avery mit seinen Drohungen einzuschüchtern. Er wollte auch unbemerkt eine elektronische Wanze unter dessen Tischplatte kleben. Mailer hatte ihm gegenüber angedeutet, dass Avery seinen Wissensdurst aus Quellen stillte, die tabu waren. Er solle ihn beobachten.

Gespannt verfolgte Bellarmon deshalb den Vortrag des Archivars.

„Für die geheime Abteilung 6, die Transferabteilung, wurde Wissen gesammelt, das sich mit einem speziellen Thema befasst. Wer außer Mailer auch immer dahintersteckt, hat wertvolles Material aus Forschungslaboren, Museen, Bibliotheken und Universitäten beschafft. Ein Großteil wurde gestohlen, weil es keine andere Möglichkeit gab. Sie haben sogar Gräber aufgebrochen, um an Aufzeichnungen und Grabbeigaben zu gelangen."

Er hörte Bennings ungeduldig fragen: „Welches Thema, Avery?"

„Sie begannen mit den Religionen. Bei den Buddhisten wurden sie überhaupt nicht fündig. Der sibirische Schamanismus war ein besserer Ansatz. Da gab es Verwandlungszauber, eins werden mit den gejagten Wildtieren, mit der Natur überhaupt. Beim Voodoo-Kult fand sich einiges von Interesse. Doch die indianische Kultur bot am meisten Material. Die Skinwalker, die sich die Haut anderer Menschen überzogen oder das Fell von Tieren. Das erklärt sogar den Ursprung der Werwolf-Erzählungen. Stammes-Heilige konnten sich transformieren. Die Beschreibungen erinnern ein wenig an Telepathie. Sogenannte ‚Two-spirit-people' schlüpften in das andere Geschlecht. Indianische Männer wurden Frauen und Frauen wurden Männer. Oder sie waren gleichzeitig beides. Heute nennen wir solche Menschen ‚divers'."

Avery schien seine Gedanken zu sammeln. „Was immer die Verantwortlichen der Abteilung 6 entdeckten, das holten sie sich.

Sie beschäftigten sich auch mit der Empathie-Lehre. Besonderes Augenmerk richteten sie auf einen Aspekt der Psychoanalyse: die konkordante Gegenübertragung."

Der heimliche Lauscher Christian Bellarmon hatte seinen Doktortitel an der juristischen Fakultät erworben, nicht an der psychologischen. Es bereitete ihm einige Mühe, den Ausführungen des Archivars zu folgen.

„Therapeuten experimentierten damit, sich in den Patienten hinein zu fühlen. Freud selbst hingegen wollte keine eigenen Emotionen in der Psychoanalyse zulassen. Es war ein Konflikt. Das Thema, über das wir reden, hat die Menschen immer bewegt. Bis hin zu Kinofilmen wie „Being John Malkowich."

Wieder war Bennings zu hören. „Zum letzten Mal, Avery, über welches Thema reden wir hier wirklich."

„Worüber wohl?" Der Archivar klang ehrlich erstaunt. „Wir reden darüber, in den Körper und somit in das Leben eines Anderen zu wechseln."

„Darum geht es in Abteilung 6?"

„Sicher. Um den Transfer. Als sie alle spirituellen und psychologischen Ansätze durch hatten, verlegten sie sich auf rein technische Lösungen. Dabei scheinen sie auf etwas Großes gestoßen zu sein."

„Auf was?"

„Ich konnte es nicht mehr verifizieren. Aber etwas anderes weiß ich mit Gewissheit. Morgen findet der erste Transfer-Test statt. Es geht um einen Virologen. Aber er soll nur der erste von vielen wichtigen Experten sein."

„Nicht morgen, Avery. Ich hatte an meinem ersten Tag aufgeschnappt, dass dieser Test in zehn Tagen sein soll. Morgen ist erst der fünfte Tag."

„Sie haben ihn vorgezogen, Bennings. Morgen um 11 Uhr. Hier im Gebäude, in einem großen Kellerlabor."

„Welcher Raum?"

„K17. Aber er wird hermetisch abgeriegelt sein."

„Nicht für mich, Avery."

Bellarmon hörte eine Tür zufallen, der selbstverliebte Sicherheits-Chef schien gegangen zu sein. Er nahm den Kopfhörer ab und begann einen Plan zu entwerfen. Das meiste, was er gehört hatte, würde er erst einmal für sich behalten. Möglicherweise als Druckmittel gegen Mailer, man konnte nie wissen.

Doch falls er, Dr. Christian J. Bellarmon der Zweite, diesen Bennings morgen beim Spionieren erwischte, würde das sein eigenes Ansehen bei Geschäftsführer Mailer nochmals steigern. So wie Mailer diesen ominösen Test vorgezogen hatte, könnte er auch seine Ernennung zum Co-Geschäftsführer beschleunigen.

Bellarmon begab sich auf den Weg in den Keller. Er musste sich einen Eindruck von den Örtlichkeiten machen.

37

Sarah fühlte sich schlecht. Dafür konnte es in ihrem Fall nur zwei Gründe geben: die Schwangerschaft an sich, Sarah war jetzt in der 14. Woche. Oder die Tatsache, dass sie die Schwangerschaft als willkommenen Anlass betrachtete, möglichst viel und möglichst durcheinander zu essen.

Wie auch immer, sie bürstete ihre langen, roten Haare rasch durch. An Liv, die in einem langen Meeting saß, schrieb sie eine Entschuldigungs-Mail. Sie verließ die Psy Company um 15.26 Uhr und ging an den Backsteingebäuden vorbei in die Quincy Street. Mit etwas Glück würde sie den 86er Bus um 15.33 Uhr noch erreichen, um am Sullivan Square in die U-Bahn der Orange Line zu wechseln.

Zehn Minuten später wäre sie schon in dem Städtchen Malden, wo sie ein Zweizimmer-Apartment bewohnte. Auf dem Weg vom U-Bahnhof zu ihrer Wohnung kam sie jeden Tag an einem Makler-Plakat vorbei, das ein landesweites Wahlergebnis aus dem vergangenen Jahr zitierte: „Malden (Massachussetts) – Best Place to Raise Your Kids!" Ihr Kind würde also am perfekten Ort groß werden.

Sarah musste Oliver Avery Bescheid geben. Während sie die Straßenseite wechselte, nahm er ab. „Ich bin schon auf dem Heimweg, mir war nicht so gut. Nein, nichts Schlimmes, mach dir keine Sorgen…"

Sie konnte ihren Freund nicht mehr hören. Der Lärm war infernalisch, er klang nach einem Motorrad. Sie drehte sich abrupt zu ihm um. Das war der Grund, warum der Fahrer des vierrädrigen Quads sie nicht im Rücken traf, sondern nur an der Seite streifte. Die Wucht des massigen Fahrzeugs war allerdings so groß, dass Sarah mehrere Meter über die Straße schleuderte. Das Quad fuhr weiter und verschwand.

Max Grench, der Fahrer eines Busses der Linie 86, hatte in 30 Dienstjahren noch keinen Vorfall an die Zentrale melden müssen. Heute würde sich das ändern. Nur 40 Zentimeter vor der am Boden liegenden Frau gelang es ihm, seinen mehr als 12 800 Kilogramm schweren Bus quietschend zum Halten zu bringen. Vier Passagiere trugen Platzwunden davon, als ihre Köpfe ploppend gegen Trennscheiben oder Haltestangen schlugen. Eine alte Frau auf einem Stehplatz fiel hilflos in den Mittelgang und prellte sich das Hüftgelenk. Schreie übertönten den Verkehrslärm, gemischt mit dem Weinen von Kindern.

Hilfsbereite Fahrgäste kümmerten sich sofort um die Verletzten. Grenchs schweißnasser Körper zitterte unter Schock. Er schaffte es kaum, aus seinem Bus auszusteigen.

Was war mit der Frau, die so ein kreischendes, reptilienartig aussehendes Gefährt angefahren hatte, gesteuert von einem Mann mit schwarzem Helm? Ihre roten Haare breiteten sich wie ein Fächer von Blut um ihren Kopf aus, der sich nicht bewegte. Ein junger Radkurier kniete neben ihr.

„Atmet sie?", fragte ihn der Busfahrer.

„Ich glaube nicht." Er wählte den Notruf 911.

Eine Großmutter trug vorsichtig ein Handy zu ihnen, das ihr Enkel von der Straße aufgehoben hatte. Die Verbindung war noch intakt. Am anderen Ende schrie ein Mann immer wieder dasselbe Wort: „Sarah!"

38

Es war einer der seltenen Momente, in denen sich Keanu und sein Assistent gemeinsam im Büro aufhielten. Keanu gefiel es, und doch musste er gleich aufbrechen.

„Gianni, ich bin kurz im Keller, etwas überprüfen."

„Ich fürchte, das muss warten, Chef. Gerade kam eine Mail. Du sollst sofort zu Mailer kommen."

„Steht da auch, warum?"

„Da steht nur ‚Austausch'."

Keanu steckte sein Handy ein und lächelte in Giannis Richtung.

„Dann bin ich mal gespannt, ob er sich mit mir austauschen will. Oder ob er mich austauschen möchte."

Gianni sah beunruhigt aus.

Helen Sherr, das Drachenweibchen im Vorzimmer, war nicht anwesend. Keanu klopfte kurz an und ging in Mailers Büro. Dabei erinnerte er sich an die ständigen Schmerzen in den Fingergelenken, die er im Körper des Geschäftsführers wahrgenommen hatte. Keanu reichte ihm die Hand. Er drückte kräftig zu. Mailer zog die Luft ein. Sein Blick wechselte von „neutral" zu „böse" und kehrte mühsam zu „neutral" zurück.

Sie nahmen auf Sesseln Platz. Mailer blickte auf die Uhr.

„Ich soll Sie von Charles Gardoni grüßen, wir haben vor einer Stunde telefoniert."

Keanu nickte kurz, sagte aber nichts.

„Er ist der Psy Company sehr dankbar, besonders Ihnen. Ich möchte mich diesem Dank für das, was Sie gestern geleistet haben, anschließen." Erneut ein kurzer Blick auf die Uhr.

Keanu wartete ab.

„Allerdings würde ich es grundsätzlich bevorzugen, wenn solche Probleme im niveauvollen Gespräch mit unseren Kunden geregelt werden und nicht ad hoc im Stil einer Kneipenschlägerei. Haben wir uns verstanden?"

Der Geschäftsführer wartete nicht auf eine Antwort. Während des Aufstehens fragte er: „Gibt es schon weitere Erkenntnisse bei den Ermittlungen?"

Keanu verzichtete darauf, ihn nochmals zu einem Händeschütteln zu animieren.

„Keine, die Ihnen neu wären, Sir."

39

Mailer hat es aus gutem Grund eilig gehabt, sagte sich Keanu, als er im Treppenhaus rasch nach unten ging. Sicher war noch einiges zu organisieren vor dem großen Tag morgen, dem ersten Transfer-Experiment. Keanu würde hautnah dabei sein. Denn heute Abend, nach dem Eisschwimmen mit Liv, wollte er die alte Indianerin darum bitten, ihn wieder in Mailers Körper zu lassen. So könnte er alles beobachten, ohne dass jemand seine Anwesenheit registrierte.

Die Gabe der weisen Indianerin hatte sein Leben schon jetzt verändert. Aber er ahnte, dass die indianischen Wurzeln seiner Mutter – und damit seine eigenen – ihm weitere Chancen bieten könnten. Neue Fähigkeiten, neue Erfahrungen, von denen er noch nichts wusste.

Er betrat den vierten Stock. Keanu bemerkte sofort, dass etwas passiert sein musste. Es war ein spezielles Gefühl, das er von jenen gefährlichen Einsätzen kannte, bei denen er fremde Leben mit seinem Körper, seinen Waffen und seinen Instinkten beschützen musste.

Menschen unter voller Anspannung luden die Atmosphäre um sich herum auf, Menschen in Angst verströmten einen scharfen Geruch, Menschen voller Verzweiflung sandten starke, aber widersprüchliche Schwingungen aus. In diesem Moment nahm Keanu genau das wahr: Anspannung, Angst, Verzweiflung. Die Quelle fand er im Büro von Liv, die aufgewühlt mit Oliver Avery sprach.

„Was ist los?", fragte Keanu beim Betreten des Raumes. Gianni und Kay saßen am Besprechungstisch, die Hündin der freien Mitarbeiterin lag zwischen ihnen. Sie konnte riechen, wie schlecht es den Menschen um sie herum ging und war still.

„Sarah", antwortete Liv. „Sie hatte einen furchtbaren Unfall."

„Ich habe alles am Telefon gehört, sie hatte mich kurz vorher angerufen", ergänzte Avery. Er bemerkte seine Tränen nicht einmal, sie tropften von seinen Wangen traurig zu Boden. „Ich muss sofort zu ihr. Und zu unserem Baby." Wie ein Stromstoß schüttelte ihn der Schmerz, sein Oberkörper krampfte. Liv nahm ihn in ihre Arme, ihr dünner Pullover saugte seine letzten Tränen auf.

„Oliver", sagte Keanu und nannte ihn erstmals beim Vornamen, „in welchem Krankenhaus ist sie?"

Gianni antwortete für den Archivar: „Mount Auburn in Cambridge, Emergency Department. Der Unfall war ganz in der Nähe, der Rettungswagen kam ziemlich schnell. Sie untersuchen sie gerade."

Keanu fasste Avery vorsichtig an den Schultern, ein kurzer Blick zu Liv genügte. „Wir fahren sofort zu ihr. Liv und ich begleiten dich."

Gianni und Kay würden hierbleiben, falls Anrufe kamen.

„Sollen wir die Geschäftsleitung informieren?", fragte Kay.

Avery reagierte unmittelbar: „Auf keinen Fall."

Keanu verstand, Kay und Liv nicht, doch das war im Moment unwichtig.

„Wir kümmern uns um alles", sagte er schnell. Gianni drückte ihm einen Zettel mit der Adresse des Krankenhauses in die Hand: 330 Mt. Auburn Street. Aus dem Archiv bargen sie Averys Jacke und Tasche. Keanu schloss das Büro zweifach ab. Dann stiegen sie in den Tesla.

Während der Fahrt verriet Oliver, dass Sarah und er seit gestern verlobt waren. Danach erzählte er, was er am Telefon von dem Unfall mitbekommen hatte.

Es klang nicht gut.

40

Im Mount Auburn Hospital, dem fast 150 Jahre alte Lehrkrankenhaus der Harvard Medical School, erhielt Sarah Walsh bei ihrer Ankunft in der Notaufnahme die höchste Dringlichkeitsstufe. Avery hatte die Polizei, als sie am Unfallort Sarahs letzten Anruf zu ihm zurückverfolgte, über die Schwangerschaft informiert. Das Emergency-Room-Team wusste also: Es galt, zwei Leben in einem Körper zu retten.

Keanu meldete am Empfang, dass sie da waren und bat um Auskunft über Sarahs Zustand. Ein Cop sprach ihn an.

„Meinten Sie Sarah Walsh, Sir?"

„Ja. Kennen Sie die Details des Unfallhergangs, Officer?"

So erfuhr Keanu vom Bus der Linie 86, von dem Quad, von der Fahrerflucht. Vor allem erfuhr er von den Zeugenaussagen. Einige stimmten darin überein, dass der Pilot des Quads bewusst auf Sarah zielte, sie habe sich im letzten Moment aus Schreck umgedreht. Andere Beobachter waren der Überzeugung, er habe nur die Beherrschung über das Fahrzeug verloren. Bereits im Krankenwagen sei Miss Walsh reanimiert worden.

Keanus Augen scannten das Namensschild des Polizisten. „Halten Sie Vorsatz für wahrscheinlich, Officer Kochinsky?"

„Offiziell gebe ich keine Antwort. Inoffiziell weiß ich, dass er erstaunlich erfolgreich darin war, auf seiner Weiterfahrt von keiner Verkehrsüberwachungs-Kamera erfasst zu werden."

Oliver Avery saß zusammengesunken neben Liv auf einer Bank im Gang, der mit einem Vinylbelag in depressivem Dunkelbeige ausgekleidet war. Über diesen Boden rollten 24 Stunden je Tag die Liegen und Rollstühle von Menschen, die beinahe überleben oder beinahe sterben würden. Sarah war jetzt eine von ihnen, Sarah und ihr ungeborenes Kind.

Zwei Ärzte kamen an den Empfang. Kurz redeten sie mit Officer Kochinsky, nickten dabei mehrmals und unterschrieben ein Formular, das der Polizist an sich nahm. Dann wies er mit dem Arm auf Keanu. Die Ärzte traten näher. Oliver sah aus, als erwarte er das Schlimmste.

Der Leiter der Notaufnahme hieß Dr. Phil Tender. „Mister Avery", sagte er, „würden Sie bitte mitkommen? Ich möchte das nicht auf dem Gang besprechen."

„Doktor, wir wären gerne dabei," bat Liv.

„Von mir aus ist es okay, aber darüber muss Mister Avery entscheiden."

Die Stimme des Archivars klang brüchig: „Ja, unbedingt."

Die bequemen Stühle in dem kleinen Raum waren mit bunt gemustertem Stoff bezogen, die Wände in aufmunterndem Grün gestrichen, auf dem Tisch stand eine Box mit Papiertüchern. Sie war fast leer. Heute waren schon viele traurige Nachrichten überbracht worden.

Dr. Tender verkörperte die ideale Mischung aus Gemeindepfarrer und Nachrichtensprecher. Er erklärte alles mit der richtigen Dosis an Mitgefühl, aber sehr präzise.

„Ihre Partnerin, Mister Avery, hat großes Glück gehabt. Sie erlitt durch den Aufprall des Fahrzeugs einen Beckenbruch. Die gute Nachricht: Es ist ein stabiler Bruch. Keine Knochenverschiebungen, keine Absplitterungen. Das dauert, und sie muss sich schonen, aber es wird komplett ausheilen. Gleiches gilt für einige Prellungen und die Hautabschürfungen, die entstanden, als sie über den Asphalt gerutscht ist. Des Weiteren liegt eine Schultergelenks-Luxation vor, das renken wir wieder ein. Das linke Handgelenk ist verstaucht. Miss Walsh hat zusätzlich ein Schleudertrauma und eine Wunde am Kopf, die gerade genäht wird. Ein Schneidezahn ist herausgebrochen, das lässt sich leicht mit einem Implantat lösen. Ihre Freundin wird also wieder völlig genesen."

Oliver Avery zog bereits das dritte Papiertuch aus der Box. Die Tränen liefen erneut, diesmal vor Erleichterung. Doch im nächsten Moment wurde sein Gesicht starr.

„Und unser Baby? Sie haben nichts zu unserem Kind gesagt."

„Dr. Kapoor", stellte sich der indische Arzt vor, der mit Dr. Tender gekommen war. „Ich bin Gynäkologe. Um es salopp zu sagen, der Fötus hat sich von dem Unfall nicht sonderlich beeindrucken lassen. Herztöne und Lage des Kindes sind so, wie wir das in der 14. Woche haben möchten. Auch sonst konnten wir keine Anomalien feststellen."

Dr. Tender übernahm wieder. „Wir werden Miss Walsh noch ein paar Tage zur Beobachtung und für weitere Untersuchungen hierbehalten. Aber Sie müssen sich keine Sorgen machen. Sie ist in guten Händen. Und morgen dürfen Sie Ihre Freundin besuchen, aber nicht zu lange und bitte nur Sie. Mehr Besuch dann erst ab dem dritten Tag."

Oliver protestierte: „Ich will Sarah jetzt sehen."

„Ich möchte ihr nach dem Nähen der Kopfwunde sofort ein Schlafmittel verabreichen, ihr Körper braucht jetzt Ruhe. Und ich vermute Sie, Mister Avery, auch." Er schenkte ihm ein Gemeindepfarrer-Lächeln.

Die Ärzte verabschiedeten sich. Liv zog Oliver tröstend an sich. Nur aus den Augenwinkeln nahm sie wahr, dass Keanu den Raum verließ. Was hatte er vor?

Er holte Dr. Tender und Dr. Kapoor nach wenigen Metern ein.

„Bitte entschuldigen Sie. Ich möchte Ihnen für alles danken. Doch ich habe noch eine Frage, die ich vor den anderen nicht stellen wollte."

„Fragen Sie."

„Wenn dieses Quad Miss Walsh nicht an der Seite getroffen hätte, sondern zentral im Rücken – welche Verletzungen hätte sie dann davongetragen?"

Die Ärzte zögerten.

„Ich kenne die Regeln, ich war Polizist. Sie wollen nicht spekulieren. Doch mir genügt eine grobe Einschätzung. Bitte."

Es war Tender, der ein Einsehen hatte und ihm die Antwort gab. „Wenn die Patientin auch bei dieser Hypothese soviel Glück gehabt hätte wie jetzt, wäre sie vielleicht nur querschnittsgelähmt gewesen."

41

Sarah war für Liv mehr als eine Assistentin, fast eine Freundin. Sie wusste, welche Bedeutung das Baby für sie hatte, nachdem sie schon früh ohne Eltern leben musste. Sie würde wieder eine Familie haben, endlich. Liv wusste aber auch von den Zweifeln an Oliver. In ihrer Beziehung musste Sarah die Starke sein, denn Oliver war oft schwach. Sarah wünschte sich, es wäre anders. Das hatte sie Liv nach einer langen Nacht im irischen Viertel verraten, die in einer profunden Suche nach dem besten irischen Whiskey mündete. Teeling gewann äußerst knapp vor Tyrconnell, falls Liv sich korrekt erinnerte.

Sie verließen das Mount Auburn durch den Hauptausgang. Es war ein sehr warmer September-Tag, fast 25 Grad. Liv atmete tief ein, hielt ihr Gesicht in die Sonne, dankbar für das Leben. Für das von Sarah, das weitergehen würde. Aber auch für ihr eigenes, das ihr umso wertvoller erschien. Sie merkte, dass Keanu den erschöpften Archivar studierte. Das tat er sehr häufig bei anderen Menschen. Er schien sie gut lesen zu können. Es war sicher nicht vergleichbar mit Giannis Gabe, aber Keanu hatte auf andere Art feine Antennen. Es gefiel ihr.

„Oliver, wir bringen dich jetzt nach Hause, ja?"

„Danke, Keanu." Er straffte sich. „Aber ich muss ein paar Schritte gehen. Allein sein. Das war alles ein bisschen viel."

Als er ihren Blick auffing, sagte er: „Keine Sorge, ich komme klar. Wirklich. Ich melde mich, wenn ich etwas von Sarah höre."

Liv stand neben Keanu auf den hellgrauen Steinfliesen vor dem Krankenhaus und nahm alles sensibel wahr. Rechts und links die makellosen Rasenflächen. Über ihnen, an einem weißen Mast, die amerikanische Flagge, die im Wind knatterte. Vorne der rote Food Truck, an dem schnatternde Kunden auf ihre Salat Bowls und Falaffel warteten. Ein blonder Junge, der mit einem Cruiser-Fahrrad auf dem Gehweg fuhr, die Kette quietschte bei jeder Umdrehung. Eine blinde, junge Frau, die auch ohne Stock den Weg zum Hospital fand. Sie summte ein Lied. Und dann eine Hand, die sich sanft auf ihre Schulter legte und ein Mund an ihrem Ohr: „Erde an Liv…"

Sie fühlte sich, als sei sie geweckt worden.

„Sie waren ganz weit weg", sagte der Mund, der leider nicht mehr an ihrem Ohr war.

Sie sah in seine Augen. „Nein, im Gegenteil. Ich war schon lange nicht mehr so sehr im Hier und Jetzt. Ich weiß nicht, was los war."

„Doch", korrigierte er sie sanft. „Das wissen wir beide. Wenn der Tod nahe kommt und doch wieder abdreht, dann erfüllt uns die neue Lust am Leben, als würden wir alles zum ersten Mal sehen und fühlen und schmecken."

Warum auch immer, es geschah einfach. Sie legte die langen Finger ihrer rechten Hand an seine Wange, ihr Daumen fuhr sanft seine Augenbraue nach. „Dann bin ich gespannt, wie sich der erste Kuss meines neuen Lebens anfühlt."

Er hatte ungewöhnliche Lippen. Sie waren anfangs fest, sehr männlich. Doch sie wandelten sich, als würde er ihnen erlauben, nachzugeben. Sie wurden weicher, voller. Selbst ihr Geschmack änderte sich.

Erst war es der Geschmack der Männer an sich. Langsam wurde es der Geschmack nur dieses einen Mannes, etwas Persönliches und deshalb Intimes. Er schmeckte gut. Noch nicht nach Leidenschaft. Aber nach Neugierde, nach Überraschung, nach... ja, irgendwie auch nach Räucherlachs.

Noch nie hatte sie erlebt, dass allein die Lippen – ganz ohne die Zunge – so aufregend sein konnten. Sie hatte ihre zu Beginn auf seine gelegt. Er war es, der daraus ein Spiel machte. Seine Lippen fassten mal nur ihre Unterlippe, dann die obere, sie erkundeten ihre Mundwinkel, sie stupsten vorsichtig, und dann streichelten sie lange Zeit die ihren. Sie seufzte sehr leise, aber er hörte es. Seine Lippen begannen zu lächeln. Kein stolzes Lächeln, vielmehr ein dankbares.

„Kommst du mit?", fragte er.

Sie kniff ihre Husky-Augen amüsiert zusammen. „Im Sinne von ‚zu dir oder zu mir'?"

Er senkte den Kopf etwas, als er „Nein" sagte. „Du wolltest doch mit mir in die Mountains", setzte er vorsichtig an. „Ich weiß, dass es ein schlimmer Tag war, dass uns das alles beschäftigt, aber ich muss heute an den See und schwimmen."

„Ja", sagte sie. „Natürlich komme ich mit, ein Versprechen ist ein Versprechen."

Sie sah, dass ihre Antwort ihn rührte. Sie gingen in Richtung Parkplatz. En passant sagte sie: „Aber wir holen mein Auto aus der Tiefgarage. Ich kann kein neues Leben in einem Elektrowägelchen beginnen, das keinen Ton von sich gibt. Mein Auto muss mit mir reden. Ich brauche Lärm."

42

Keanu stellte seinen Wagen vor der Psy Company ab. Liv nahm den Aufzug in die Tiefgarage. Aus dem Kofferraum holte er seine Sporttasche, außerdem die Essenstüte von Giannis Mutter und den Karton mit dem japanischen Single Malt von Liv. Beides hatte er eingepackt, als sie zur Klinik aufgebrochen waren.

Er beschloss, kurz seine Mutter anzurufen, während er auf Liv wartete. Carly Bennings, geborene Hanson, nahm erst nach dem siebten Klingeln ab und war außer Atem.

„Ist das schön, dass du anrufst. Hallo, Liebe meines Lebens."

„Mom, du sollst doch nicht immer…"

„Ach, hör auf. Du bist das Einzige, das ich richtig gut hinbekommen habe. Natürlich außer der Big Wave damals in Nazaré. Erinnerst du dich an die Wellen in Portugal?"

„Sicher. Und daran, dass die einheimischen Jungs mir immer gesagt haben, du seist ‚a maior mae do mundo', die coolste Mutter der Welt."

„Und, bin ich das nicht mehr?"

„Das wirst du immer für mich sein. Sorry übrigens, dass ich erst jetzt anrufe, aber im neuen Job war einiges los. Erzähl du zuerst: Wie geht's dir?"

„Er hat sich wieder gemeldet." Ihre Stimme veränderte den Klang. Keanu merkte, dass Carly jetzt angespannt war.

„Er möchte zurück zu mir."

„Niemals wirst du ihn zurücknehmen. Da sind wir uns einig, oder?"

Er bemerkte die Pause.

„Keanu, er hat es doch nur zwei, drei Mal getan. Und es ist lange her."

Er atmete heftig aus. „Mom, er hat es ein halbes Dutzend Mal getan, und nach dem letzten Mal musste ich dich zum Arzt bringen."

Sie blieb stumm.

„Und er hat erst aufgehört, als ich…"

„Ich weiß, was du getan hast. Aber Thomas hat jetzt andere Freunde, er scheint sehr viel Geld zu verdienen, und er will immer wissen, was du gerade tust. Wie's dir geht."

„Wie oft noch, Mom? Ich will nicht, dass du mit ihm über mich redest. Kein Wort! Ich bin froh, dass ich ihm nicht mal ähnlich sehe."

„Sei nicht böse. Und jetzt sag mir bitte, wie es bei dir läuft. Hast du eine neue Freundin?"

Keanu bemühte sich, ruhig zu werden.

„Ja, das könnte man so sagen. Sie ist aber sehr alt. Eine Indianerin. Sie sagt, ihr Name bedeutet Weiße Büffelkalbfrau. Sie redet seit neuestem mit mir, es ist wie ein Traum und trotzdem etwas anderes. Sie sagt, sie hat auch mit dir schon gesprochen."

Seine Mutter brauchte Zeit.

„Mein Sohn", sagte sie dann, „es ist eine Ehre für dich, dass die heilige Frau sich dir offenbart. Was auch immer sie rät, glaube ihr. Geht es dir wirklich gut, Keanu?" Sie klang besorgt.

„Warum fragst du?"

„Weil sie nur Menschen erscheint, die in Not sind. Oder in Gefahr."

Keanu musste Schluss machen. Er hörte, wie ein Auto aus der Tiefgarage fuhr, das von einem heftigen Gewitter begleitet wurde.

Als es ans Licht kam, war er sprachlos. Er ließ sich zum Spaß auf beide Knie fallen, streckte seine Arme in Richtung des Wagens und faltete seine Hände, als würde er das Blech anbeten.

Liv stieg aus. „Übertreib's nicht, Keanu. Was hast du denn gedacht, was ich fahre? Einen Porsche wie Herr und Frau Jedermann? Obwohl ein 356 Speedster natürlich akzeptabel wäre."

„Liv Sigmarsson", fragte Keanu und legte sein Gepäck in den vornehm ausgekleideten Kofferraum, in dem bereits ihre Tasche lag, „woher hast du dieses Prachtstück?"

Die Antwort überraschte ihn nicht. „Weißt du, ich kannte mal jemanden, der Nordamerika-Chef dieser Marke war. Der hat mir angeboten, seinen Bentley ein Jahr lang zu fahren."

„Und wie lange hast du ihn schon?"

„Zweieinhalb Jahre, wenn ich mich recht erinnere."

Sein vollständiger Name war Bentley Continental GT V8 Convertible. Kenner bezeichneten ihn als einzigen Sportwagen der Welt, der sich als englischer Landsitz verkleidete. Er war groß, er war schwer und trotzdem beeindruckend schnell. Dazu sündhaft teuer und eines der schönsten Cabrios der Welt – vor allem, wenn er in White Sand lackiert war, einer hellen Farbe, die an Livs blonde Haare im gleißenden Sonnenschein erinnerte. Sein Innenraum duftete wie ein Wohnzimmer voller Sofas aus gestepptem Leder, die Holzverkleidungen verstanden sich als Reminiszenz an die seltenen Bäume, die stolz ihr Leben für sie gegeben hatten, und die schweren Regler für die Dosierung der Belüftung waren enge Verwandte der Registerzüge von Kirchenorgeln. Wenn ein Organist sämtliche Orgelpfeifen freischalten will, dann zieht er alle Register.

Nur der Klang des Achtzylinders hatte Liv nicht befriedigt, weswegen die Akustikexperten von Bentley eine Auspuffanlage entwarfen, die als „Thunderstruck" in die Annalen der britischen Firma einging: vom Donner gerührt. Fuhr Liv mit ihrem Continental durch ländliche Gegenden, bestand beinahe die Gefahr, dass furchtsame Anwohner bei den Wetterstationen anriefen, die daraufhin ein Tornado-Beobachtungsteam entsandten.

Keanu saß auf dem Beifahrersitz und streichelte sie: die hellbraunen Holzpaneele; die Sitze und Lederflächen aus der Haut von sechs Kühen, akribisch vernäht mit 300 000 Stichen; die runden Luftdüsen wie aus einem Flugzeug und die feinen Verzierungen im Metall des Automatik-Wählhebels. So viel Aufwand und Sorgfalt flossen für gewöhnlich nur in den Bau von Luxusuhren.

„Wie ein glücklich spielender Junge", dachte Liv, während sie auf die Interstate nach Norden wechselte. Lächelnd sagte sie in seine Richtung: „Ich werde etwas neidisch."

Keanu nahm diese Einladung an. Sein Zeigefinger berührte vorsichtig ihren Unterarm. Liv trug eine ärmellose, weiße Bluse, die sich während der Fahrt locker im Wind bewegte. Dadurch gewann Keanu manchmal Einblicke, die ihm gefielen. Er sah etwa, dass sie keinen weißen, sondern einen hellgrauen BH trug. Er war fast transparent, mutete durch die Spitzenstickerei kostbar an und verzichtete völlig auf die üppigen Polster amerikanischer Modelle. Auf Keanu wirkte er französisch oder italienisch. Er wusste längst, dass Liv seine Blicke bemerkt hatte.

Mit dem Zeigefinger strich er in ungewöhnlichen Linien über ihren Ellenbogen hoch zum Oberarm, wendete am Schultergelenk und wanderte, scheinbar in einem bestimmten Muster, langsam nach unten. Es fühlte sich schön an. Zu seinen Bewegungen flüsterte Keanu Wörter, die sie nie gehört hatte.

„Was genau machst du da?"

„Das ist mein Geheimnis."

„Dann lass es das erste Geheimnis sein, das du mit mir teilst."

„Ich fahre meine Lieblingsroute in Deutschland. Meine Motorradstrecke in der Nähe von Heidelberg."

Die Spitze des Zeigefingers bewegte sich weiter, betont sanft. „Ich biege jetzt ins Jagsttal ab. Den kleinen Fluss fahren wir entlang, es sind herrliche Kurven."

Sein Finger bewegte sich in weiten Schwüngen nach oben. Dann hielt er an. Er lag jetzt auf der Mitte ihres Oberarms, genau rechts von ihm wölbten sich Livs Brüste an den Stoff der dünnen Bluse.

Sie schob ihre Sonnenbrille ins Haar und sah ihn mit ihren hellen Husky-Augen an.

„Ich mag sehr, was du tust, Keanu Bennings. Aber du wirst an dieser Kreuzung ganz sicher nicht rechts abbiegen." Sie sagte es freundlich, doch der Unterton teilte sich ihm durchaus mit.

Also befand er: „Wir wollen zum Kloster Schöntal. Da geht es links ab."

43

Während Liv und Keanu noch eine Stunde Fahrt vor sich hatten, kämpfte Prof. Robert E. Byler im Kellergeschoss der Psy Company um sein Lebenswerk. Byler war der schlaksige Forscher, den Mailer angeschrien hatte, als Keanu an seinem ersten Tag auf dem Weg zum Büro des Geschäftsführers gewesen war: „Ich will den ersten Test der Transferabteilung in zehn Tagen. Wir beginnen mit dem Virologen."

Byler ging unruhig vor der Wand mit medizinischen Displays auf und ab. Nachdem Mailer die Finanzierung zugesagt hatte, war die technische Ausstattung in Raum K17 installiert worden. Alle klassischen Körperdaten eines Menschen hatte Prof. Byler dort im Blick – plus jene speziellen Messwerte, die morgen beim Transfer-Experiment entscheidend sein würden. Mailer sollte gleich hier sein. Was Byler ihm zu berichten hatte, konnte ihm nicht gefallen. Er würde toben. Schlimmer noch: Womöglich würde er ihm die Leitung des Projekts entziehen, in das er elf Jahre Forschungsarbeit und eine zerbrochene Ehe investiert hatte.

Er hörte, wie Mailer draußen den zehnstelligen Code eingab, der den Retina-Scan zu startete. Er war 70-mal zuverlässiger als jener Iris-Scan, den sie noch an der Universität verwendeten. Mailer verzichtete auf eine Begrüßung, als er eintrat.

„Ich will nur gute Nachrichten, Professor Byler."

129

„Dr. Mailer, die Technik funktioniert. Auch die letzten Einzeltests an Probanden waren erfreulich. Alle Vorbereitungen für morgen sind getroffen. Von unserer Seite."

Mailer wurde misstrauisch. „Das ist die einzige Seite, die zählt."

Byler druckste herum. Mailer sah, dass er schwitzte.

„Ich fürchte, es gibt ein Problem mit Dr. Courtney."

„Weiter."

„Er ist nach der Mittagspause nicht zur Arbeit erschienen. Niemand im Virologischen Institut weiß, warum."

Mailer blieb merkwürdig ruhig. „Was sagt Ihnen das, Professor?"

„Dass unser Test ohne die Testperson nicht stattfinden kann. Das sagt es mir. Und ich verstehe nicht, weshalb Sie noch nicht explodiert sind."

Mailer nahm seine Armbanduhr ab und zog sie in aller Ruhe auf.

„Ich detoniere für gewöhnlich nur, wenn es einen Grund dafür gibt."

Er zeigte auf die Mitte des Raums. „Aber da ich genau weiß, dass unser Virologe morgen früh pünktlich auf diesem Operationstisch liegen wird, bin ich entspannt."

„Ich verstehe nicht."

„Er wollte spontan zu einem Kongress nach New York fliegen, den er ursprünglich abgesagt hatte. Für heute Abend reservierte er für sich und eine Freundin namens Cheryl in einem dieser Steak-Restaurants im East Village, wo sie 50 Dollar für ein Ribeye verlangen."

„Woher wissen Sie das alles?"

„Strengen Sie Ihr Gehirn an, es hat ja einen guten Ruf."

„Sie haben ihn abgehört?"

„Natürlich. Wir hören seit Wochen, was er spricht. Wir wissen immer, wo er sich befindet. Das gilt auch für Sie."

Er sah Staunen, dann Panik, dann Wut.

„Finden Sie sich damit ab", beschied Mailer ihn barsch. „Bei einem so wichtigen Projekt überlassen wir nichts dem Zufall. Ich habe zwei meiner Mitarbeiter beauftragt, ihn vor seiner Fahrt zum Flughafen aus dem Verkehr zu ziehen. Er wurde an einem sicheren Ort zwischengelagert. Morgen dürfte er leichte Kopfschmerzen wegen des GBL haben. Dafür wird er sich an nichts erinnern."

„Gamma-Butyrolacton", murmelte Professor Byler, Knockout-Tropfen.

Sie könnten das Experiment beeinträchtigen. Aber das sagte er Mailer nicht.

44

Liv genoss den Bentley auf dem Weg zum Bergsee, Keanu an ihrer Seite. Ein herkömmliches Auto zu fahren, bereitete bestenfalls so viel Vergnügen wie der Besuch in einem Musikclub. Doch den opulenten Wagen aus England zu steuern, vermittelte ihr das Gefühl, ein Sinfonieorchester zu dirigieren. Längst fuhren sie offen, atmeten den Geruch der Wälder ein, die sie auf gewundenen Landstraßen passierten, dankbar für die erstaunliche Wärme der Herbstsonne.

Sie dachte gerade darüber nach, weshalb sie es zuließ, dass sich das Wesen ihrer Beziehung änderte, als er zu reden begann. Keanu sprach vorsichtig davon, was bei seinem letzten Besuch am See geschehen war. Natürlich wollte er vermeiden, dass sie ihren Trip aus Angst beendete und nach Boston zurückfuhr. Eine Zeitlang schwieg Liv nachdenklich. Dann fragte sie nach allen Details des Mordversuchs. Dass Gianni sein Retter gewesen war, verblüffte sie so sehr, wie es sie freute. Doch in einem Punkt belog Keanu sie. Sie sagte es ihm und verlangte die Wahrheit.

„Am See bekommst du sie", antwortete er und bat sie, in einer halben Meile rechts in den Waldweg zu fahren. Sie waren fast da. Liv parkte den Wagen, schloss das Verdeck. Aus dem Kofferraum holten sie ihre Taschen. Keanu klemmte sich eine weiße Papiertüte unter den Arm. Sie redeten nicht, bis der See vor ihnen in der Sonne fläzte.

Ein glatt abgesägter Holzstumpf bildete mit zwei Stämmen, die zufällig vor ihm auf dem Boden lagen, eine natürliche Picknick-Gruppe. Keanu stellte die Papiertüte ab.

„Lass uns etwas essen. Giannis Mutter hat mir das geschickt."

Sie sagte ihm, dass selbst Tagliatelle mit Garnelen kein Ersatz für eine Antwort sein würden.

Er akzeptierte.

Sie wussten beide, dass sie sich nicht anlügen konnten. Sie waren Profis des psychologischen Handwerks. Jeder würde beim anderen den Versuch erkennen, der Wahrheit auszuweichen. Es gab zu viele verräterische Zeichen. Für Menschen mit ihrem Wissen waren sie unübersehbar.

Giannis Mutter hatte außer Holzgabeln auch Brot in die Tüte gelegt. Die letzten Reste der Tomatensoße tupften sie damit auf. Keanus Art zu essen verriet ihr etwas über ihn. Alles, was er anfasste – ein Stück Rinde auf dem Baumstumpf, eine ölglänzende Garnele, die kleine Tomate, die von der Gabel gerollt war –, berührte er mit Respekt. Und mit echtem Interesse. Er suchte Kontakt zu ihnen, wollte sie ganz bewusst wahrnehmen. Tatsächlich berührte er die Dinge stets einen Moment länger als üblich. Liv war einmal mit einem Buddhisten ausgegangen, der sich ähnlich verhalten hatte. Aber bei ihm hatte es aufgesetzt gewirkt, einstudiert, es war eine Inszenierung. Bei Keanu schien es so instinktiv, als sei ihm sein Verhalten nicht bewusst. Wie nahm er wohl Menschen wahr? Und wie den Körper einer Frau?

„Du hast mich gefragt, ob ich einen Verdacht habe, wer mich hier am See umbringen wollte. Ich habe ‚Nein' gesagt, und das war tatsächlich nicht die Wahrheit."

„Weshalb nicht, Keanu?"

Seine Replik war eine Gegenfrage: „Liv, wie stehst du zu Mailer?"

Zögernd sagte sie ihm, was der Mann einst bei ihr versucht hatte. Es passte zu seinen Erfahrungen mit dem rücksichtslosen PC2.

Und so weihte er sie ein. In die Gesprächsfetzen, die er zufällig auf dem Gang gehört hatte. In Mailers Aggressivität und sein Misstrauen ihm gegenüber. Auch in die Entdeckungen von Oliver und die Drohungen, denen der Archivar ausgesetzt war.

Nur dass er in Mailers Körper gewesen war, behielt er für sich. Das war keine Lüge, er verschwieg es lediglich. Es musste ein Geheimnis zwischen ihm, seiner Nachbarin Lori und der alten Indianerin bleiben. Wenn er die heilige Frau enttäuschte, könnte sie ihm diese Fähigkeit wieder nehmen. Vielleicht hätte er sogar Lori nicht einweihen sollen.

Liv erhob sich von dem Baumstamm.

„Sag nichts mehr. Ich muss das alles erst im Kopf sortieren. Aber nicht jetzt. Jetzt will ich schwimmen."

Sie schlüpfte aus ihren Schuhen und begann, die ersten Knöpfe ihrer Bluse zu öffnen.

„Dreh dich um."

Als sie fertig war, ging sie zum See hinunter. Er konnte es hören. Laub raschelte unter ihren Füßen.

Erst, als sie ihm zurief: „Kommst du endlich?", drehte er sich langsam um.

Er wirkte nicht überrascht, dass sie nackt war.

45

Sie schwammen nebeneinander durch die Kälte, er so nackt wie sie. Manchmal streiften sich ihre Hände. Mehr geschah nicht. Es war ein Spiel der Reize zwischen ihnen. Jeder sah die Lust des anderen und spürte der eigenen nach, als sie die Oberfläche des schweigsamen Sees mit Armen und Beinen zerteilten. Doch sie würden warten, die Chance auf etwas noch Stärkeres wahren. Ohne dass sie darüber gesprochen hätten, empfanden sie gleich: Wer den perfekten Zeitpunkt für die Lust sofort annahm, würde den perfekten Zeitpunkt für die Liebe nicht mehr finden.

Die Graugänse badeten heute nicht im See. Vermutlich waren sie prüde.

Zurück an Land, eingehüllt von der Luft, die sich viel wärmer anfühlte als das Wasser, forderte Liv ihre Selbstbeherrschung noch weiter heraus. Sie reichte Keanu ihr dunkelblaues Handtuch und sagte: „Du trocknest mich ab. Ich trockne dich ab. Aber nur das Handtuch darf die Haut berühren."

Um die Intimität auf ein Maximum zu steigern, verlangte sie von ihm, während der gesamten Zeit Augenkontakt mit ihr zu halten. Es gelang ihm, als er ihre Haare mit dem weichen Tuch bündelte. Ihre Lippen abtupfte. Die Tropfen auf ihrer Brust aufsaugte und sich dabei viel Zeit ließ. Dann das Tuch straffzog und es langsam an ihrer harten Spitze entlang führte, hin und wieder zurück. Liv blickte kurz zu Boden, als aus ihrer Kehle ein Laut aufstieg, den sie nicht zurückhalten konnte.

Noch stärker empfand sie, als seine linke Hand ihre Scham vorsichtig abtrocknete und seine rechte gleichzeitig ihren Po mit all der Kraft massierte, die in seinen eiskalten Fingern zu finden war. Alles geschah durch das Frottee des Handtuchs hindurch. Ihr gesamter Unterleib war in seinen Händen. Sie erlaubte sich nicht, zu kommen. Denn sie wusste, dass sie dieses Spiel gewinnen konnte.

Schließlich nahm sie ihm das Handtuch ab, trocknete sein markantes Gesicht, die stark gebräunte Haut über seinen Brustmuskeln, registrierte die drei großen Narben, rieb lange seinen Bauch und spürte auch hier die Muskeln. Wie alle anderen von Keanus Körper waren auch sie offensichtlich durch Sport und Kampf entstanden. Es waren Gebrauchsmuskeln. Liv kannte den Unterschied zu den billig erworbenen Showmuskeln aus dem Fitness-Studio.

Nun tastete sie tiefer, spürte seine Erregung. Liv umfasste sie mit dem Stoff. Sie bewegte das Handtuch nicht, drückte nur leicht, löste langsam ihren Griff, drückte wieder sanft. Mehr würde nicht nötig sein.

„Was auch geschieht", hauchte sie ihm zu, „du wirst mir in die Augen sehen, bis zum Schluss."

Er hätte versuchen können, an etwas anderes zu denken, um die Kontrolle zu behalten. Aber er konnte sich unmöglich von ihr ablenken, wenn er den Blick nicht von ihr lösen durfte. Deshalb hatte sie es von ihm verlangt.

Sein Atem ging schwerer. Er kniff die Augen zusammen, ballte seine Fäuste. Er begann zu zittern.

Als es geschah, fand sie sein Gesicht noch schöner als sonst.

Viele hatten sich schon bemüht. Doch er war der erste Mann in ihrem Leben, dem es gelungen war, den Blick zu halten, während sie ihn kommen ließ.

Sie würde diesen Ausdruck in seinen grünen Augen nie wieder vergessen. Sie hatte das Brennen in seiner Seele gesehen. Und den Schmerz.

Auf dem Rückweg fuhr Keanu den Bentley. Liv fiel lächelnd in einen Schlaf, zu dem sie sich auf dem Ledersitz zusammenrollte. Wie eine Katze. Einmal streichelte er vorsichtig ihre Wange, um zu testen, ob sie schnurren würde.

Als sie in Boston ankamen, erwachte sie.

„Ich bin so müde."

„Das ist der Effekt des kalten Wassers, es zieht die Energie aus deinem isländischen Körper."

„Das Wasser, so, so. Mein isländischer Körper hat noch andere Effekte wahrgenommen. Aber jetzt muss ich nach Hause. Bis morgen, Mister Bennings."

Nur ein kurzer Abschiedskuss.

46

Als er in seinem Apartment die nassen Sachen aus seiner Sporttasche zog, fand er das Souvenir: einen hellgrauen BH von La Perla, kunstvoll mit Spitze besetzt. 75 C stand auf dem Größenschild. Etwa das hatte er beim Abtrocknen ihrer Brüste geschätzt. Er roch an dem dünnen Stoff, fand ihren Duft aber nicht.

Vorsichtig legte er den BH auf seinen Nachttisch und ging ins Bad, um zu duschen. Er kehrte gleich darauf zurück, um ihn in einer Schublade zu verstecken. Er hoffte, nachher die alte Indianerin zu sehen. Und er hatte keine Ahnung, ob heilige Lakota-Frauen aus dem Jenseits wahrnehmen konnten, was in seinem Schlafzimmer herumlag.

Beim Duschen, unter dem heißen Wasserstrahl, dachte er an Livs Berührungen am See. Es war das Intimste, das er jemals erlebt hatte.

Er hatte mit ihren Augen geschlafen.

Wie immer, wenn er vom Eisschwimmen zurückkam, verkroch er sich unter die Daunendecken. Keanu hoffte, dass die alte Indianerin erscheinen würde. Er brauchte sie. Nur in Mailers Körper konnte er morgen das Transfer-Experiment verfolgen. Er verspürte wenig Lust bei der Vorstellung, ausgerechnet Mailer lange Zeit nahe zu sein, von heute Abend bis zum Ende des Experiments.

Aber es war der sinnvollste Weg, auch wenn Keanu zur Untätigkeit verdammt war, zum reinen Beobachten.

Sie war da, er ahnte es. Keanus eigene Gedanken ebbten ab, um Raum für andere zu schaffen. Diesmal vernahm er nicht den klagenden Gesang der heiligen Frau, roch keine würzigen Kräuter, die in einem Feuer verbrannt wurden. Er sah auch nicht das Tierjunge mit dem weißen Fell. Er hörte nur ihre Stimme.

„Ich zeige dir die Gewalt, die geschehen ist, zwischen ihnen und uns. So kannst du verstehen, was bis zum heutigen Tag fortwirkt." Pte San Wi nahm ihn ohne Zögern in die Welt ihrer eigenen Gedanken mit, ließ ihn an ihren Erinnerungen teilhaben, den Berichten der anderen, am Schmerz ihres Volkes. Die Gedanken waren mehr als nur das Abbild der Wahrheit. Sie waren Botschaften, von Überhöhung und Zuspitzung geprägt. Düstere Gemälde von traurigen Malern, unvergessliche Erzählungen. Es war überwältigend.

Es begann mit englischen Soldaten. Sie überfielen ein Dorf der Pequot. Alle Überlebenden trieben sie zusammen. Eine Fackel, dann eine zweite. Sie zündeten zuerst die Frau an, dann setzten sie ihre Kinder in Brand, am Ende ihren Mann. Nach und nach verbrannten sie alle Pequot, bei lebendigem Leib. Keanu hörte die Schreie, roch den Gestank, sah den Rauch aufsteigen. Der Rauch formte sich zu einem schreienden Mund, während die Soldaten wetteten, welches Kind am längsten brennen würde.

Eine andere Szene: Die Armee schickte einen harmlosen Siedler zu den Delawaren. Er überbrachte die Gastgeschenke, ein Taschentuch und zwei Decken. Sie waren mit Pockenerregern infiziert, das hatte der Kommandeur des Forts veranlasst. Der Siedler starb lange nach den Indianern, die sich in der Nacht mit den Pocken zudeckten, morgens beim Ausschütteln der Decken den

Staub voller Erreger atmeten und sie weiterreichten. Keanu sah die kleinen Wolken des Todes, wie sie den Mund eines Kriegers verließen und zu dem Mann an seiner Seite wanderten, der sie erneut ausatmete. Die Krankheit ließ das Innere ihrer Körper bluten, sie ließ ihre Haut aufplatzen und rote Rinnsale gen Boden fließen.

Wieder ein neues Bild: Die Späher hatten den friedfertigen Cheyenne gesagt, sie sollten die US-Flagge an das Tipi des Häuptlings knoten. So würden sie niemals das Ziel ihrer Angriffe werden. Es war eine Lüge. Die amerikanischen Truppen kamen an einem Novembermorgen und überfielen das Lager. Die jungen Männer skalpierten sie, während sie noch am Leben waren. Den Alten trennten sie Nasen und Ohren ab. Ein Sergeant, die Augen glasig und die Zähne von der Fäulnis schwarz, schlug mit dem Gewehrkolben eine fliehende Indianerfrau zu Boden. Ächzend kniete er sich auf ihre Beine. Er gab einen schrillen Schrei von sich, bevor er sein Jagdmesser in sie stieß. Wie immer, wenn er eine Indianerin tötete, schnitt er ihre Brüste ab und warf sie in das schmutzige Gras.

Wechsel. Was folgte, wirkte auf Keanu wie ein Ausschnitt aus einem alten Schwarzweiß-Film. Er sah Wellen aus zottigem Fell. Sie wogten über die Prärie. 60 Millionen Büffel in riesigen Herden. Unerwartet bremsten sie ihren Lauf und blieben stehen. Er sah die Verwandlung einzelner Bisons durch die Indianer, sah ihr Fleisch im Feuer braten, ihre Felle zu Umhängen und Beinkleidern werden, ihre Knochen zu Nadeln und Messern, die Hörner zu Schmuck oder Trinkbechern. Dann rollte der Lärm heran. Er kam aus den Büchsen der weißen Trophäenjäger, wurde lauter und lauter und hörte nicht auf. Die Herden bewegten sich voller Panik. Der Lärm dröhnte den Büffeln in den Ohren, riss Löcher in ihre Haut, zersplitterte ihre Knochen und drang in Lungen, Nieren und Herzen ein. Ein einzelner Mann, der sich „Büffel-Wilhelm" nannte, erschoss im Laufe von anderthalb Jahren mehr als 4000 Bisons. Keanu sah ihre Kadaver und Gerippe im niedergetretenen Gras der Prärie liegen, in unfassbarer Zahl. Neben jeden setzte sich ein nackter Indianer, der dünner und immer dünner wurde, mit jeder Sekunde. Bis auch er nur ein Skelett war, das sich an das getötete Tier lehnte und zu Staub zerfiel.

Noch eine Szene: Ein Wintercamp in einem tiefen Seitental des Gebirges. Der Schnee lag zwei Meter hoch, die Zelte verschwanden fast darin. Die Indianer ließen sich in die ruhigste Zeit des Jahres fallen. In den vergangenen Monaten hatte sie Nahrung gesammelt, Ponys gefangen, Kinder großgezogen, immer in Bewegung. Nun ruhten sie. Sie schliefen. Sie zeugten Kinder. Sie heilten Wunden. Sie hörten die Überlieferungen. All ihr Besitz, alle Tiere, alle Menschen ihres Stammes waren während der Zeit der Kälte und des Eises zusammen. Sie fühlten sich verletzlich und angreifbar wie niemals sonst.

Durch den tiefen Schnee konnten sie nicht fliehen. Das wusste die Kavalerie der US-Armee. Ihr Auftrag war klar: Rottet die restlichen Indianer aus. Die Männer galt es zu töten, den Besitz zu vernichten, die Tiere zu erschießen, die Frauen und Kinder in die Reservate zu bringen. Dort würde die große Umerziehung beginnen. Aus schlechten konnten tote Indianer werden – oder, falls sie gehorchten, gute Amerikaner. Es war den Soldaten gleich, die jetzt auf schnaubenden Pferden, denen Atemwolken aus den Nüstern quollen, den Schießbefehl erwarteten.

Dann die letzten Bilder: Ein sehr heißer Sommer. Kavallerie vertrieb den Stamm von seinem fruchtbaren Land in Giorgia. Viele starben auf dem Marsch der Tränen in den trockenen Mittleren Westen, wo kein Wild lebte, das sie jagen konnten, wo der Boden vor Trockenheit hustete und vielleicht Gras ernährte, aber niemals Mais oder Bohnen. Alte Frauen kratzen mit ihren Fingernägeln einsame Furchen in die tote Erde, die der Wind gleich wieder zuwehte. Die Regierung hatte ihnen einen Sack voller Samen versprochen. Der Beamte beugte sich zu einer Greisin hinunter, seine Hand war geschlossen. „Ihr seid faul, deshalb erntet ihr nichts", sagte er und öffnete seine Faust vor ihrem Gesicht. Zehn Samenkörner lagen darin, mehr nicht. Der Wind nahm sie mit sich, bevor die Squaw nach ihnen greifen konnte. Der Beamte lachte sie aus und spuckte in ihr Gesicht.

Keanu war erschüttert von allem, was die heilige Frau ihm gezeigt hatte. Deshalb schenkte sie ihm jetzt etwas Ruhe.

„Lass mich wieder in den Körper des bösen Mannes", bat Keanu nach einiger Zeit. „Ich muss ihm morgen folgen."

Er konnte sie nun sehen, sie kam immer näher.

„Rufe mich, wenn du sein Leben wieder verlassen willst", sprach sie.

Er kannte bereits, was nun folgte. Sie ließ seinen Leib schweben, als läge er auf einer Wolke. Wieder geschah alles sehr langsam. Sie bewegte ihn auf den anderen Körper zu.

„Gehe in ihn", raunte sie. „Verstehe die Gefahr. Erkenne seine Geheimnisse."

Zum zweiten Mal wurde er eins mit Dr. Gregory Mailer.

Die heilige Frau blieb zurück. Sie wusste: „Ich werde es ihm eines Tages kundtun. Er muss erfahren, dass er einen noch gefährlicheren Feind als Mailer hat."

Teil 3:

Der Transfer

47

Hören, Tasten, Riechen, Sehen – die Reihenfolge, in der sich Keanu die Sinne von Gregory Mailer zu eigen machte, war dieselbe wie beim ersten Mal. Er hörte, wie der Geschäftsführer vor dem großen Tag morgen bei einem Mitarbeiter nachhakte, ob mit der Testperson alles in Ordnung sei. Dem war so. Er spürte das Holz des Nachttisches, auf den Mailer das Handy legte und die harte Matratze des Bettes. Er roch Spuren von kaltem Zigarrenrauch im Schlafzimmer. Und er sah die Leuchtzeiger des Weckers. Sie klickten leise, als sie auf 1:00 sprangen. Mailer schien sich gut zu fühlen, stark und mächtig. Dieses Gefühl eskortierte ihn in den Schlaf, der bis 6:30 Uhr währte.

Seine Morgenhygiene mitzuerleben, war für Keanu schwer zu ertragen, das vorsichtige Wecken seiner beiden Mädchen umso schöner. Sie frühstückten gemeinsam. Isabella kreierte einen „Happy-Burger": Toastbrot mit viel Magerquark darauf, abschließend strich sie Aprikosenmarmelade so auf die weiße Masse, dass es wie ein Smiley aussah. Lou imitierte ihre ältere Schwester, doch auf dem Weg vom Teller zu ihrem Mund sorgte ihre unsichere kleine Hand für ein Malheur. Der Quarkberg auf ihrem Toast rutschte erst langsam, dann immer schneller in ihren Schoß. Statt zu weinen, hatte Lou großen Spaß daran, in den weißen Matsch zu greifen und zu überprüfen, ob Lisa Dagger rechtzeitig in Deckung

145

gehen konnte. Die Haushälterin wich dem Wurf knapp aus, einen zweiten ballistischen Test der Vierjährigen verhinderte sie jedoch humorlos.

Mailer verabschiedete sich. Auf ihn wartete, in Raum K17 im Kellergeschoss der Psy Company, ein wesentlich komplizierteres Experiment.

Er lenkte seinen Jaguar in die Dartmouth Street, wo bis zum Fairmont Hotel an der Copley Plaza träger Verkehr herrschte. Keanu las seine Gedanken mit. Mailer mochte anscheinend den klassischen Stil, den das Fairmont mit seinen burgundroten Markisen zeigte. Er bog links in den Massachusetts Turnpike, setzte auf der Cambridge Street über den Charles River, und fand sich kurz darauf in der Mount Auburn Street wieder.

„Da liegst du also, rothaariges Mädchen", sagte Mailer im Stillen, als er das große Krankenhaus passierte. „Hast verdammt viel Glück gehabt, Sarah Walsh."

Jetzt hatte Keanu Gewissheit über das Quad-Attacke.

48

Der Geschäftsführer betrat die Lobby der Psy Company wie ein Gutsherr seine Ländereien. „Alles meins", sagte sein Gesicht, das Keanu im Glas der Eingangstür gespiegelt fand.

Ohne an der Rezeption zu grüßen, strebte er in Richtung der Aufzüge. Er nahm Liv Sigmarsson schon von weitem wahr. Sie hielt ihr Rennrad mit einer Hand fest, in der anderen trug sie einen Trenchcoat, während sie auf den nächsten Fahrstuhl wartete. Niemand stand bei ihr.

Die schweren Aufzugtüren öffneten sich. Erst jetzt schien Liv zu sehen, wer näherkam.

„Nach Ihnen", sagte Mailer, legte seine schwere Hand auf ihren Rücken und schob Liv nach vorne. Keanu war sich sicher, dass sie es hasste, wie lange seine Hand auf ihrem dünnen Top lag. Doch sie beherrschte sich, lehnte ihr Rennrad an die Wand.

„Guten Morgen", sagte Liv, mehr nicht. Keanu sah in ihrem Gesicht und an der Körperhaltung, wie unwohl sie sich fühlte, auf engem Raum mit dem Gutsherrn, der sie von oben bis unten anstarrte, als würde er eines seiner Besitztümer taxieren. Für die Spalte zwischen ihren Brüsten und für ihre Beine ließ er sich am meisten Zeit. Sie steckten in hellgrauen Stiefeletten und wurden nur bis zur Mitte der Oberschenkel von einem Faltenrock bedeckt.

Gelassen drückte Mailer den Stopp-Knopf des Aufzugs. Er wusste, dass er nun mindestens drei Minuten Zeit hatte. Vorher würde der Notdienst nicht reagieren. Mailer hatte es oft genug ausprobiert.

Keanu witterte die Gefahr. In Mailers Körper bemerkte er eine hohe Erregung, die aber nur zu einem Teil sexueller Natur war. Ihn reizte es, andere Menschen zu beherrschen. Wen er nicht dominieren konnte, den wollte er wenigstens manipulieren.

„Ich habe Caspar getroffen, den CEO dieser Sema-Handelskette, Sie kennen ihn."

„Schon möglich." Liv verschränkte die Arme. „Geben Sie den Aufzug frei, was soll das?"

Mailer kam näher.

„Sie haben ihn vor zwei Jahren beraten. Wenn ich ihn richtig verstanden habe, genießt er von Zeit zu Zeit noch immer Ihre Aufmerksamkeit. Und er genießt sie offenbar sehr. Ihre Treffen zeigen ihm, über welche Fähigkeiten Sie in der Betreuung wichtiger Männer mit speziellen Fragen verfügen."

Er war nur noch eine Schulterbreite von ihr entfernt.

„Ja, ich glaube, genau so hat er sich ausgedrückt. Vielleicht habe ich auch Fragen, auf die Sie Antworten finden, die mich befriedigen."

Er rückte den dünnen Träger ihres Tops etwas gerade, obwohl dessen Sitz perfekt gewesen war. Dann schaltete er den Notknopf wieder aus.

„Schließlich sind es die Fähigkeiten eines Menschen, die seine Karriere nach oben befördern, nicht wahr?", ergänzte er, während der Fahrstuhl sich in den vierten Stock bewegte.

Keanu war außer sich. Er wollte den Geschäftsführer zurechtweisen, ihn demütigen, ihm zwischen die Beine treten. Nichts davon konnte er tun. Ausgerechnet jetzt war er in diesem fremden Körper zur Untätigkeit verdammt. Und Liv, die selbstbewussteste Frau, die er kannte, hatte sich nicht gewehrt. Seit ihrem Gespräch gestern am See wusste er, weshalb sie Angst vor Mailer hatte.

49

Versuchskaninchen mit Doktortitel waren eine sehr seltene Spezies. Der gut aussehende und eloquente Dr. Maximilian Courtney, der in Talkshows gerne als „Viren-Terminator" vorgestellt wurde, galt als einer der anerkanntesten Virologen der USA. Er war als Postdoktorand an die Harvard Medical School gekommen, arbeitete später für die Johns-Hopkins-Universität in Baltimore und wechselte anschließend an die Boston University, wo man ihm eine hoch dotierte Stelle in den Nationalen Labors für hochansteckende Infektionskrankheiten anbot. Vor kurzem machte sich der Virologe mit einem Institut für Grundlagenforschung selbstständig.

Im Laufe seiner eindrucksvollen Karriere hatte Courtney den Impfstoff gegen die Schweinegrippe mitentwickelt, war an der Identifizierung des SARS-Virus beteiligt und startete Studien für einen experimentellen Impfstoff gegen das Ebolavirus. Auf seine Forschungen hatten Pharmakonzerne in den USA und Europa bei der Entwicklung der Vakzine gegen SARS-CoV-2 zurückgegriffen: Corona.

Sein Pech war, dass es gegen K.o.-Tropfen keinen Impfstoff gab. Deshalb lag er jetzt auf dem Operationstisch in der Mitte des Laborraumes. Prof. Robert E. Byler, medizinischer Leiter der geheimen Transferabteilung von Gregory Mailer, hatte den Virologen erneut betäubt, allerdings mit einem bewährten Narkotikum.

Dass Mailers Helfer bei dem Virologen ausgerechnet Knockout-Tropfen eingesetzt hatten, machte ihm noch immer Sorgen. Gut war, dass er sich an das Kidnapping nicht würde erinnern können. Die Folgen der Bewusstseinsverluste durch Gamma-Butyrolacton allerdings waren unberechenbar, und in dem heutigen Experiment ging es vor allem darum, an das Bewusstsein der Testperson anzudocken.

Gregory Mailer betrachtete den Forscher, der an die gefährlichsten Viren herankam, als eine Waffe, die er einzusetzen gedachte. Der Geschäftsführer war gerade in Raum K17 angekommen. Keanu spürte die Nervosität in Mailers Körper, die Schmerzen in seinem Magen.

„Fangen Sie schon an, Professor Byler", ordnete er ohne Umschweife an.

Keanu wusste: Jetzt war der Moment, in dem er endlich die Wahrheit über die geheime Abteilung 6 erfahren würde, die Transferabteilung.

Byler atmete einmal kräftig durch. Er zeigte auf eines der Displays an der großen Wand vor sich. „Hier sehen Sie einen unserer Nanobots."

Keanu fand, der Mikroroboter sah nicht spektakulär aus. Ein längliches Teil mit abgerundeten Ecken.

Der Professor tippte auf einer Tastatur, das Bild wurde größer.

„Normalerweise versucht die Medizin ja, die Nanobots in die Blutbahn zu geben, um sie in der Nähe von Krebszellen zu erhitzen."

„Durch elektromagnetische Wechselfelder. Das ist mir bekannt. Ich habe ‚Scientific American' abonniert." Mailer wurde ungeduldig.

Prof. Byler blieb ruhig. „Aber das hier ist Ihnen sicherlich noch nicht bekannt. Unsere Nanobots grillen keine Tumorzellen. Sie transportieren keine winzigen Medikamente in den Körper. Sie säubern auch keine verstopften Arterien. Unsere Modelle sind einzigartig."

Er drückte eine Taste. Das gesamte Innere des Nanobots wurde sichtbar, noch stärker vergrößert.

Mailer war sprachlos. Keanu verstand sofort, warum. Er hatte von Mikrorobotern und Mini-U-Booten schon gehört. Aber was die Wissenschaftler hier entwickelt hatten, war unvorstellbar – unvorstellbar gefährlich.

50

Der Professor warf zwischendurch einen Blick auf verschiedene Monitore. Blutdruck, Herzschlag und Sauerstoffgehalt im Blut waren bei ihrer Testperson okay. Dann zeigte er stolz auf das Innere des Nanobots, den er erfunden und geschaffen hatte.

„Ich nenne ihn I-Bot." Byler versuchte sich an einem Witz: „Dieser Information-Bot ist die kleinste vorstellbare Version der National Security Agency. Vielleicht sollte ich ihn NSA-Bot nennen."

Schritt für Schritt erklärte er Mailer dieses Wunderwerk en miniature. Wie die Geheimdienst-Organisation NSA nahezu den gesamten Informationsfluss abhörte und entschlüsselte, von Telefonaten über Mails bis hin zum gesamten Internet, so agierten auch seine I-Bots. Er hatte sie mit der kleinstmöglichen Empfangs- und Sendetechnik ausgerüstet. Sie war gleichzeitig hochempfindlich. Frühestens in zehn oder fünfzehn Jahren, hatten andere Wissenschaftler prognostiziert, werde so etwas möglich sein.

Byler hatte diese Technik schon heute. Der Nanobot lag unter seinem Elektronenmikroskop. Er maß 0,1 Mikrometer im Durchmesser. Ein menschliches Haar war 70 Mikrometer dick, also 0,07 Millimeter. Byler hatte die Oberfläche als Protein-Hülle gestaltet, damit das Immunsystem die I-Bots nicht sofort entdecken und abstoßen konnte.

Auf das, was Byler als nächstes sagte, reagierte Mailer enthusiastisch. Keanu hingegen war entsetzt.

„Wir sind die Ersten, Dr. Mailer, und auf lange Zeit die Einzigen, die einen Menschen von innen abhören können. Und dieser Mensch wird es nicht wissen, er wird es nicht merken. Er wird vollkommen ahnungslos sein."

Er zeigte auf den Virologen, der reglos auf dem Operationstisch aus Edelstahl lag. „So wie er."

Mailer war wissbegierig. Er hatte gehört, dass man sehr feine Fäden in Gehirne einsetzen will, die das Datenvolumen des Gehirns enorm verstärken sollen. Gehirntuning gewissermaßen. Er erwähnte es.

„Ja, einer der großen Entertainer unter den amerikanischen Industriellen geht mit dieser Idee hausieren", antwortete Byler abschätzig. „Er soll lieber weiterhin Induktionsherde und Staubsauger bauen, davon hat er mehr Ahnung."

Er konzentrierte sich wieder. „Die größte Herausforderung, die schwierigste Hürde für uns ist die Blut-Hirn-Schranke. Wer in das Gehirn vorstoßen will, muss sie überwinden. Aber es ist eine der bestbewachten Grenzen dieser Welt. Sie schützt das wichtigste Organ von uns Menschen vor allem, was ihm schaden könnte. Gifte, Schadstoffe, Krankheitserreger, sogar vor bestimmten Medikamenten."

„Wie haben Sie die Grenze durchbrochen?", fragte Mailer fasziniert.

„Durch Versuch und Irrtum, Dr. Mailer. Und durch einen genialen Einfall. Aber bevor meine Lösung nicht patentiert ist, rede ich nicht darüber."

Er nahm die Spritze in die Hand, die in einer Metallschale neben dem OP-Tisch gelegen hatte.

Keanu las in Mailers Gedanken, welche entscheidenden zwei Fragen ihn jetzt beschäftigten: Womit konnte er Byler erpressen, damit er niemals für jemand anderen arbeitete? Und war es möglich, das Gehirn eines Menschen nicht nur abzuhören, sondern ihm auch Befehle zu erteilen?

Nur dann, überlegte Mailer, war sein großer Plan umsetzbar. Nur dann würde sein Mentor mit ihm zufrieden sein, der große Mann im Hintergrund.

51

„Diese Spritze enthält exakt fünf I-Bots in einer Kochsalzlösung",
erklärte Byler und tastete dabei auf der rechten Halsseite des Virologen nach der großen Arterie. Er setzte die Kanüle routiniert an.

„Die Arteria carotis wird meine Bots hoch zum Gehirn bringen." Er drückte den Kolben nach unten, zog die Nadel heraus
und presste sofort ein Mullpad auf die Einstichstelle, damit kein
Blut austreten konnte.

„Woher wissen die Nanobots, an welchen Ort sie müssen?",
fragte Mailer mit Blick auf einen Monitor, der fünf blinkende
Punkte in einer Blutbahn zeigte.

„Stellen Sie sich die Karte des Navigationssystems Ihres Autos vor.
Wie haben jeden Bot so programmiert, dass er die gesamte Karte des
Gehirns kennt und seinen Zielort. Er kann sich in den Arterien und
ihren Verästelungen exakt zu den Sektionen steuern, deren Informationen er abhören und an uns übermitteln soll. Dort dockt er an."

„Und der Antrieb? Wie bewegt er sich dorthin?"

„Da haben wir uns von Versuchen in der Schweiz und Deutschland inspirieren lassen: Nanoschrauben, die mit magnetischen
Substanzen beschichtet werden. Sie sehen wie winzige Schiffs-
schrauben aus."

Der Professor drückte einen roten Knopf. Dadurch ließ er eine
schwere Halbröhre aus Metall mit lautem Summen von der Decke

herabgleiten. Er stoppte ihre Bewegung, als sie auf dem OP-Tisch aufsetzte. An einem Bedienpult startete er das Gerät. Keanu hörte ein tiefes Brummen.

„Wechselnde Magnetfelder", sagte Byler stolz. „Sie bringen jetzt die Rotoren in Bewegung. Da, schauen Sie, Nummer 2 verändert seine Position in Richtung des Okzipitallappens. Er wird übertragen, was die Testperson sieht." Mit einem Laserpointer zeigte er auf einen der Wandmonitore, der mit dem Wort „Position" beschriftet war.

Der Laserpointer wanderte etwas weiter. „Nummer 3 steuert in den Temporallappen. Durch diesen I-Bot erfahren wir, was Dr. Courtney spricht. Nummer 4 bleibt in seiner Nähe, bei der Amygdala, die uns seine Gefühle verrät."

Der Pointer zeigte nun knapp über das Ohr. „Hier sitzt die Hörrinde, darum kümmert sich Nummer 5. Riechen und Schmecken werden wir bei diesem Test ignorieren. Aber das Wichtigste fehlt noch."

Keanu wusste, was er meinte. Mailer auch: „Das Denken."

Byler nickte. „Das ist die große Aufgabe für Nummer 1. Seine Nanorotoren bringen ihn zwischen Frontal- und Parietallappen."

Mailer musterte den Professor. „Warum haben Sie keine Reserve-Bots injiziert, falls einer Ihrer I-Bots ausfallen sollte?"

Byler lächelte knapp. Er wirkte jetzt selbstsicher.

„Wer sagt Ihnen, dass ich nicht genau das gemacht habe?"

„Sie sprachen nur von fünf I-Bots."

„So, tat ich das?"

Er überprüfte noch einmal sämtliche Anzeigen der Vitalwerte des Virologen. „In einer Stunde wird er aufwachen. Dann muss er in seiner Wohnung sein."

Mailer begann, eine Nummer in sein Handy einzugeben.

52

Als der „Viren-Terminator" Dr. Maximilian Courtney in seiner etwas muffigen Wohnung am Rande von Chinatown erwachte, fühlte er sich verkatert. Bewegte er den Kopf, wurde ihm schlecht. Stand er vom Bett auf, drehte sich alles. Am schlimmsten war, dass er sich an nichts erinnern konnte. Die Flasche Shaoxing-Reiswein in der Küche war nicht angebrochen. Sie konnte also auch nicht als Erklärung für seinen erbärmlichen Zustand dienen.

Courtney öffnete ein Fenster. Doch der Geruch nach Baozi-Teigtaschen und Mapo Tofu, der vom „Geflügelten Lotus" im Erdgeschoss hochwehte, ließ ihn würgen, obwohl es seit Jahren sein Stammrestaurant war. Der Virusforscher schluckte zwei Tabletten gegen Übelkeit, von denen ihm noch übler wurde. Er ließ sich aufs Bett fallen und schloss die Augen.

Sechs Meilen entfernt schlich Christian Bellarmon durch das Kellergeschoss der Psy Company und fand nicht, wonach er suchte: Keanu Bennings. Sein Plan, ihn beim Beobachten des ominösen Transfer-Tests in Raum K17 zu ertappen und bei Mailer anzuschwärzen, war gescheitert.

Bellarmon, der alles für Mailer und für seine eigene Karriere tat, hatte sich ohnehin gewundert, wie sicher Bennings gewesen war, problemlos in das Kellerlabor zu gelangen. War er jetzt wirklich drin?

Er war. In Mailers Körper vernahm er die ersten Signale aus dem Gehirn des Virologen. Eine hochentwickelte Software, bei deren Entwicklung laut Byler israelische IT-Spezialisten beteiligt waren, machte es möglich.

„Stellen Sie es sich so vor", sagte er zu Mailer: „Meine I-Bots fangen die elektrischen Impulse ab, wenn sie an den Nervenzellen des Gehirns ankommen. Von deren Synapsen werden sie auf chemischem Weg an die Synapsen anderer Zellen weitergeleitet, aber das interessiert uns nicht. Wir arbeiten nur mit den elektrischen Impulsen. Und diese unglaubliche Software übersetzt das Denken, das Fühlen oder Sehen für uns. Sie ist selbstlernend."

Das sollte sie auch sein, dachte Keanu. Denn was jetzt aus den Lautsprechern des Labors ertönte, war noch schwer zu deuten. Die 20 Milliarden Nervenzellen der Großhirnrinde verarbeiteten die kodierten Signale der Sinnesorgane der Testperson. Und Prof. Bylers Software versuchte sie zu dekodieren. Das hatte Keanu verstanden. Doch die Gedanken des Versuchskaninchens Maximilian Courtney erreichten das Kellerlabor der Psy Company nur zerhackt: „Mi…st…lecht. Wa… ist…iert? Geflü…tus."

I-Bot Nummer 2 funktionierte besser. Sie sahen das meiste, was der Virologe mit den Augen erfasste. Es begann mit einer Flasche, die ein goldenes Etikett trug: „Golden Duck Shaoxing Cooking".

Die I-Bots 3 bis 5 übertrugen noch nichts. Kein Sprechen, kein Fühlen, kein Hören.

Mailer verließ fluchend den Raum.

Und Prof. Byler verfluchte die K.o.-Tropfen. Damit lag er falsch. Den wahren Grund für die Störungen ahnte er nicht.

53

Gregory Mailer stürmte wütend die Treppen hoch in Richtung seines Büros. Er war nicht bekannt dafür, jemals auf die Annehmlichkeit eines Fahrstuhls zu verzichten. Sein unterwürfigster Mitarbeiter, Christian Bellarmon, wurde von ihm im Treppenhaus sowohl überrascht als auch überrannt.

„Was macht mein Vasall im Treppenhaus?", fragte sich der Geschäftsführer und visierte bereits sein zweites Opfer an, als er im achten Stock ankam.

„Haben Sie zugenommen?", löschte er bei seiner Büroleiterin Helen Sherr die glühende Hoffnung auf ein bisschen Zuwendung. Sie sollte sich nur schwer davon erholen.

Keanu musste aus diesem Körper heraus. Er hatte genug gehört, gleichzeitig war ihm Mailer in jeder Hinsicht zuwider.

„Rufe mich, wenn du sein Leben wieder verlassen willst", hatte die alte Indianerin gesagt. Aber wie? Keanu konzentrierte sich, kontrollierte seinen Atem, fokussierte auf seine innere Mitte. So hatte er es im Dojo geübt, bevor die Trainingskämpfe begannen. Dann lenkte er sein Denken auf die heilige Frau – bis er das Gefühl hatte, sie sei bei ihm in Mailers Körper und führe ihn langsam, sehr langsam aus diesem Körper heraus, zurück in seinen eigenen.

Dieser Körper lag noch immer im Bett seiner Wohnung, unter mehreren Daunendecken. Keanu brauchte einige Zeit, um zu sich zu kommen. Schließlich stand er auf, duschte und machte sich auf den Weg in die Firma. Als Erstes steuerte er das Büro der Abteilungsleiterin für Wirtschafts-Psychologie an.

Liv sah ihn nicht kommen. Sie hatte soeben mit Sarah im Krankenhaus telefoniert. Ihre Assistentin war auf dem Weg der Besserung. Ab morgen durfte Liv sie besuchen. Dennoch war sie bedrückt, weil Mailer ihr heute im Aufzug zugesetzt hatte. Keanu kam herein, räusperte sich. Liv blickte auf.

„Wie geht es Sarah?", fragte er vorsichtig. Sie erzählte es ihm. Keanu freute sich mit ihr.

Dann nahm er etwas Anlauf für sein nächstes Anliegen. „Ich habe mir erlaubt, einen Termin für dich zu machen", begann er. „Heute Abend, 20 Uhr. Es würde mir viel bedeuten, wenn du ihn wahrnähmst. Denn ich werde auch da sein. Nur du und ich."

Sie wusste ausnahmsweise nicht sofort, was sie sagen sollte. Etwas löste sich in ihr. Die betrübte Stimmung verschwand.

„Hanover Street. Das Restaurant heißt ‚Mora & More' und gehört Giannis Eltern", fuhr Keanu fort.

„Dankend angenommen", sagte sie. „Ich werde mit dem Rad kommen."

Er überlegte. „Ich auch."

54

Keanu ging seine Checkliste im Kopf durch. Das turnusmäßige Meeting mit den Abteilungsleitern war gut gelaufen. Sein Einsatz gegen den Bodyguard vor zwei Tagen hatte ihm viel Respekt verschafft. Sie waren die wichtigsten Termine durchgegangen. Ein Quarterback der National Football League würde bald zu einem sportpsychologischen Training in die Psy Company kommen. Die neue Sprecherin im Repräsentantenhaus wollte sich von der Abteilung für Politik-Psychologie beibringen lassen, wie sie mit der Aggressivität und den Provokationen der amtierenden US-Präsidentin besser umgehen könne.

Der nächste Fall der Militär-Psychologen wurde, wegen der hohen Geheimhaltungsstufe, nur angerissen. Aber es sollte um Mittel gehen, mit denen die psychische Belastbarkeit von Soldaten im Einsatz drastisch erhöht werden konnte. Fragen, wie legal die angedachten Mittel waren, ließ Abteilungsleiter Quinn Zakarovski ins Leere laufen.

Sehr viel offener referierte der IT-Chef Ryan Winger über neue Möglichkeiten, sich gegen Hacker-Attacken zu wehren. Keanu sah ihn zum ersten Mal, Winger war im Urlaub gewesen. Das Auftreten des Mannes beeindruckte ihn. Sie würden bei einem Extra-Termin noch einmal konkreter über das Thema reden.

Zweiter Punkt auf seiner heutigen Liste war die Reservierung im Restaurant. Er rief Signora Mora an und bat sie um einen besonderen Gefallen. Sie zögerte erst, weil sie damit gegen einige Vorschriften der Hygienekontrollbehörde verstoßen würde. Schließlich willigte sie ein. Man müsse allerdings diskret vorgehen. „Nessun querelante, nessun giudice". Wo kein Kläger, da kein Richter.

Punkt Nummer drei auf der Checkliste war schnell erledigt, ebenfalls am Telefon: „Lori, kann ich mir heute Abend dein merkwürdiges Fahrrad ausleihen?"

Bereits um 19.30 Uhr schwang sich Keanu auf das Rad seiner Nachbarin. Vorher hatte er die weißen Ballonreifen aufgepumpt. Lori war im vergangenen Jahrhundert das letzte Mal mit ihrem handgefertigten Pashley aus England gefahren. Das Rad selbst wirkte noch ein Jahrhundert älter. Als er mit dem cremefarbenen Damenmodell, aus dessen Weidenkorb zwei große Blumensträuße ragten, durch den Public Garden fuhr, pfiff ihm eine junge Touristin hinterher. Sie hatte ein Faible für enganliegende, karierte Anzüge.

Raffaela Mora, die ihn auf der Außenterrasse ihres Restaurants empfing, sah sofort, dass die dezenten Karos in Grün, Weiß und Rot gewebt waren, den italienischen Nationalfarben. Sie lächelte über diese Geste. Noch lieber als den großen Strauß gelber Lilien nahm sie die beiden Wangenküsse von Keanu entgegen. Der zweite Strauß, Orchideen in fünf verschiedenen Farbtönen, war für den Tisch im Restaurant bestimmt, an dem Liv und er essen würden.

„Gianni, bring Signore Bennings einen Aperitivo", bat sie ihren Sohn, der zu ihnen kam. „Am besten einen Negroni."

„Übertreib es nicht mit dem Gin", rief Keanu ihm nach.

„Ich hätte den Raum gerne etwas passender für Sie hergerichtet", sagte Giannis Mutter.

„Danke, dass Sie ihn so gelassen haben. Er ist perfekt."

„Die Signorina wohl auch, wie Gianni mir vorgeschwärmt hat."

Keanu wandte den Kopf zur Straße hin. „Urteilen Sie selbst, Raffaela."

Es gab in den 1950er Jahren einen Film, in dem Audrey Hepburn eine Prinzessin spielte, die in Rom aus dem strengen Protokoll ausbrach und eine Nacht lang über die Stränge schlug. Liv, deren italienisches Rennrad langsam vor dem „Mora & More" ausrollte, schien direkt von den Dreharbeiten des Remakes zu kommen. Wie die Hepburn trug sie eine grobe, weiße Bluse, deren Ärmel sie weit nach oben gekrempelt hatte. Ein sehr breiter Gürtel fasste einen langen, locker schwingenden Rock eng an der Taille zusammen. Er war von einem schimmernden, tiefen Grün. Über ihren blonden Haaren trug sie ein hellrotes Kopftuch aus Seide, das sie lachend aufknotete, während sie auf die Terrasse zuging. Bei jedem Schritt zeigte der indiskrete Gehschlitz in ihrem Rock ein langes, appetitlich gebräuntes Bein, um das Audrey Hepburn sie beneidet hätte. Und um die Ballerinas an ihren Füßen, die von Garavani waren.

„Madonna", flüsterte Giannis Mutter.

Sie führte ihre Gäste von der Terrasse nach hinten.

„Ich wollte ihm den besten Tisch in unserem Ristorante geben, Signorina. Aber er bestand auf dem einfachsten."

Sie öffnete die Tür.

Liv betrat die Speisekammer. Ihr Lachen klang durch das gesamte Lokal bis zu Massimo Mora, der schwitzend in der Küche stand und Baby-Calamaris grillte.

„Keanu Bennings, deine Ideen sind so originell wie deine Anzüge. Was für ein schöner Ort, um zu essen." Sie küsste ihn auf den Mund. „Nur die Orchideen passen nicht hierher."

„Dann versetzen wir sie", sagte Keanu leichthin und trug die Vase nach draußen. Er ging an einen Tisch, an dem eine betagte Dame einsam einen Avocado-Burger mit Gemüse aß. Er stellte die Blumen auf ihren Tisch, beugte sich zu ihr und sagte einige Sätze. Sie antwortete ihm, dabei schüttelte sie bedauernd den Kopf. Aber sie blickte ihm dankbar nach, als er wieder ging.

„Was hast du ihr gesagt?", fragte Liv. Sie hatte die Szene beobachtet.

„Das musst du nicht wissen", grinste er. „Du siehst übrigens unglaublich aus."

„Netter Versuch, mich abzulenken. Betrachte ihn als gescheitert. Also, was hast du gesagt?"

„Ich habe sie gefragt, ob sie morgen Abend im ‚Ritmos' einen Salsa mit mir tanzen würde."

„Du gehst Salsa tanzen?"

„Jeden Samstag."

„Was hat die Frau geantwortet?"

„Dass sie mit Rücksicht auf ihren verstorbenen Mann davon absehen möchte. Sie sagte, es würde ihm das Herz brechen."

55

Raffaela selbst bediente die beiden während des gesamten Abends. Sie mischte sich nicht in ihre Gespräche ein, obwohl ihr diese Art der Zurückhaltung nicht in die Wiege gelegt war. Doch sie merkte es, wenn zwei Menschen zueinander fanden und nicht unnötig gestört werden durften.

Keanu hatte die Wirtin gebeten, sie möge die Speisen auswählen. Er und Liv würden neugierig alles essen, was sie ihnen bringe. Und zur Not gebe es genügend San-Daniele-Schinken, Tomaten und Brot in diesem Raum, um für lange Zeit satt zu werden.

Also aßen sie und redeten. Sie redeten und fassten sich an den Händen. Sie fassten sich an den Händen und ließen nicht mehr los. Außer, um zu essen und Gavi di Gavi zu trinken.

Nach den Riesengarnelen mit grünem Spargel und dem Doraden-Risotto mit Safran stiegen sie auf Rotwein um.

„Erzähl mir von deiner Familie", bat sie nach einem Schluck Bardolino.

„Muss das sein, Liv?"

„Ich habe keine Familie mehr, meine Eltern sind gestorben. Ja, es ist wichtig."

Er nahm einen deutlich größeren Schluck als sie und begann.

„Ich bin in Deutschland aufgewachsen, aber meine Mutter ist Amerikanerin. Mein Vater arbeitete als Logistik-Fachmann für die US-Armee, er war sehr gut in seinem Job. Es hieß, kein anderer könne Waffen und Ausrüstung so schnell und geheim in Europa bewegen. Er erfand raffinierte Methoden der Tarnung für seine Transporte. Meine Mutter tourte gerade als Touristin durch Deutschland, als sie sich kennenlernten. Wir wohnten dann in Mannheim, es waren gute Jahre. Ich ließ mich später zum Personenschützer ausbilden. Nahkampf, Schießen, Überwachungstechniken, etwas Jura. Meistens habe ich Wirtschaftsbosse und Politiker beschützt, manchmal auch Wissenschaftler."

„Du bist verletzt worden, ich habe deine Narben oben am See gesehen."

„Ein Messerangriff auf meine Schutzperson."

„Hat der Täter überlebt?"

„Die Schutzperson hat überlebt. Nur das zählt."

„Also nein." Sie brach ein kleines Stück Brot ab.

Keanu ließ sich Zeit. „Meine Mom war 38, als die US-Regierung beschloss, die Soldaten aus Mannheim zurück in die Staaten zu beordern. Sie sagte meinen Vater, dass auch sie wieder in ihre Heimat wolle. Er könne in den USA problemlos Arbeit finden. Er sah keinen Grund, ‚Nein' zu sagen."

Raffaela stellte dezent einen Topf mit Bruschetta Peposo auf den Tisch. Geröstete Brotscheiben, auf denen butterweiches Rindfleisch lag, das mit einigen Knoblauchzehen stundenlang vor sich hin geschmort hatte. Sie probierten einen Bissen.

„Herrlich", sagte Liv. „Aber diese Geschichte geht nicht gut aus, oder?"

Keanu erzählte ihr den Rest. In ihrem Heimatland war seine Mutter nicht mehr so abhängig von ihrem Mann wie in Deutschland, wo die Sprache und die Bürokratie ihr Schwierigkeiten bereitet hatten. Sie begann, ihr Leben spontaner zu gestalten. Sie wollte Menschen treffen, Spaß haben, sie wollte ans Meer und surfen, wie früher. Sie suchte Freiheit. Er hingegen wollte ihre Freiheit begrenzen, um seine Frau bei sich zu haben. Als Thomas Bennings begann, sie zu schlagen, reichte Carly Bennings, geborene Hanson, schließlich die Scheidung ein.

Keanu reagierte auf seine Art. Er passte seinen Vater ab, als er des Nachts von einer Bar zurückkehrte. Er brach ihm die Hand, mit der er seine Frau misshandelt hatte, und anschließend auch die andere. Danach wählte er mit dem Handy seines Vaters den Notruf 911. Er warf es vor ihm auf die Straße, damit er der Polizei sagen konnte, dass er Hilfe brauchte. Seither hatte er nie wieder mit ihm gesprochen. Aber er hatte gehört, dass er Umgang mit Kriminellen hatte, die beim FBI als besonders böse und gefährlich galten.

„Ich wollte keinen traurigen Abend für uns Zwei", sagte Keanu.

„Ich wollte einen ehrlichen Abend für uns zwei", sagte Liv. „Danke dafür."

Sie wohnten nicht weit voneinander entfernt. Den Passanten, denen sie auf ihrem Heimweg begegneten, prägte sich das Paar aus zwei Gründen ein. Erstens, weil eine blonde Schönheit mit wehendem Rock, der ihre nackten Oberschenkel enthüllte, auf einem Profi-Rennrad neben einem eleganten Mann fuhr, der ein altmodisches Damenfahrrad bewegte und an einen bekannten Filmschauspieler erinnerte.

Und zweitens, weil an dem geschwungenen Lenker des Damenrads ein Weidenkorb hing, in dem eine große Kasserole mit Essensresten stand. Er trug keinen Deckel. Den Spaziergängern wehte der Geruch von geschmortem Rindfleisch mit einer starken Knoblauchnote in die Nase. Sie blieben hungrig zurück, als das attraktive Paar längst in der Bostoner Nacht verschwunden war.

56

Das Wochenende begann für den Virologen Dr. Maximilian Courtney nicht viel besser als der Freitag geendet hatte. Ihm war noch immer übel. Am meisten beunruhigte ihn, dass der Grund für seinen Zustand weiter im Dunkeln lag.

Er käme nie auf die Idee, sich Besserung zu verschaffen, indem er die Natur aufsuchte, frische Luft inhalierte oder seinen durchaus sportlich aussehenden Körper tatsächlich einer sportlichen Betätigung aussetzte. Der attraktivste Mediziner im amerikanischen Fernsehen, denn dafür hielten ihn die meisten Zuschauerinnen, achtete nicht einmal auf seine Ernährung.

Der Zufall hatte ihm eine Wohnung über einem China-Restaurant verschafft, und er aß einfach, was der gutgelaunte Chefkoch Wan Lingxin jeden Morgen in eine Lunchtüte packte. Die garnierte der Chinese mit einer angeblich buddhistischen Weisheit. Seine Sprüche passten fast immer zur jeweiligen Stimmung oder Situation des Virologen, was ihm merkwürdig vorkam.

Heute sagte Lingxin in holprigem Englisch: „Ich war traurig, weil ich keine Schuhe habe, bis ich einen Menschen traf, der keine Beine hatte." Courtney verstand dies als Aufforderung, nicht so viel Aufhebens um ein bisschen Kopfweh zu machen. Er dankte dem Koch, bezahlte, nahm sein kulinarisches Care-Paket von der Theke und beschloss, sich etwas Gutes zu tun. Er würde ins Labor fahren.

Der Junge, aus dem einmal der „Viren-Terminator" werden sollte, war seit seinen ersten Biologie- und Chemiestunden in der Marblehead High School verloren für Basketball, Soccer oder American Football. Die beste Luft, die er kannte, roch nach Chemikalien. Und sein Spielfeld war bevölkert von Ballonflaschen und Brutschränken, Spateln und Küvetten.

Er blickte in die beiden Augenscanner am Eingang des Courtney-Instituts für virologische Grundlagenforschung und gab einen 48-stelligen Code ein. Er wunderte sich, dass ihm die Ziffernfolge trotz seiner Kopfschmerzen einfiel. Die eigenwillige Memo-Technik, dank derer er sich die Zahlen eingeprägt hatte, funktionierte also auch in angeschlagenem Zustand.

Noch zwei weitere Sicherheitsschleusen, dann war er endlich daheim. Seit ein großer Pharmakonzern ihm ein eigenes Labor finanziert hatte und dafür exklusiven Zugriff auf die Forschungsergebnisse erhielt, verbrachte Maximilian Courtney den größten Teil seines Lebens hier. Seine Mitbewohner waren schweigsam und zuverlässig: Luftkeimsammler und Sonikatoren, Reagenzien und Microplates, Maschinen zur automatisierten Identifizierung von Mikroorganismen. Dazu gab es einige Gestelle für Titer-platten und Mikroröhrchen, in die er seine schlanken Faserstifte steckte, wenn er zerstreut war.

Er stellte die Papiertüte mit dem Essen auf einen Sterilisator und band sich eine der Kryo-Schutzschürzen um, auf dass kein Kung-Pao-Huhn oder gedämpfter Fisch in Teeblättern sein weißes Hemd verschmutze. Es war marinierter Tofu, der zuerst auf der blauen Schürze landete.

Courtney merkte davon nichts. Er war mit seinen Gedanken bei jener Frage, die ihn seit der Gründung seines Instituts umtrieb. Er wusste, dass der Geldgeber nur offiziell ein Arzneimittel-Hersteller war. Im Hintergrund bestimmte der wahre Finanzier über alles. Dessen Mittel schienen unbegrenzt zu sein. Dem Wissenschaftler wurde versichert, es handle sich um die Regierung der Vereinigten Staaten. Sie wolle sich nach den Erfahrungen mit SARS-CoV-2 auf neue Herausforderungen vorbereiten, dies müsse jedoch undercover geschehen, weil in Washington jedes Geheimnis einen Bruder habe: den Verrat.

Daher werde es zum jetzigen Zeitpunkt auch keine direkte Kontaktaufnahme zu Dr. Courtney geben. Der Pharmakonzern sei eine gute Tarnung. Nach außen hin arbeite der Arzt an aktuellen Impfstoffen. TV-Auftritte seien weiterhin erwünscht, um dieser Legende den Mantel der Glaubwürdigkeit umzuhängen.

Er fühlte sich nicht wohl dabei. Aber sein Wunsch nach einem eigenen Institut – endlich, nach all den Jahren – war stärker. Wenn er an die Risiken seines Arbeitsgebietes dachte, konnte er nur hoffen, dass er tatsächlich für den amerikanischen Staat forschte.

Journalisten und Verschwörungstheoretiker hatten die Kollegen des Institute of Virology in Wuhan oft verdächtigt, sie seien die wahren Schöpfer des Coronavirus' gewesen. Die Chinesen, hieß es, wollten bis an die Grenzen der wissenschaftlichen Möglichkeiten gehen, die Grenzen der Ethik hätten sie ohnehin längst eingerissen.

Auch Courtney betrieb diese Gain-of-Function-Forschung, die Mutationen künstlich beschleunigte und höchst umstritten war. Er nahm die gefährlichsten Viren, die er finden konnte. In seinem Labor begann er, sie zu verändern. Wieder und wieder. Er richtete sie ab wie Kampfhunde, bis sie noch tödlichere Eigenschaften zeigten als zuvor.

Sein Auftrag lautete: „Stellen Sie sich vor, dass Terroristen ohne Skrupel und feindliche Regierungen das ultimative Virus in ihren Labors erschaffen wollen. Und entwickeln Sie für unsere Bevölkerung bereits einen Schutz, lange bevor die Gegenseite ihre biologische Waffe fertig hat." Also suchte er nach der Atombombe unter den Viren. Er musste sie schneller finden als alle anderen. Er würde sie entschärfen.

Jedenfalls redete er sich das ein.

57

Prof. Robert E. Byler, Transfer-Experte und Erschaffer der I-Bots, hätte sein größtes Problem nicht so schnell gelöst, wenn er nicht Fan der Dallas Mavericks wäre. Er war Texaner dank Geburt und Überzeugung, sein Team waren die Mavs. Niemals wäre er in Boston zu den Basketball-Spielen der Celtics gegangen. Zu den wichtigsten Heimspielen flog er nach Dallas und feuerte die Mannschaft im ausverkauften American Airlines Center an. Auf ESPN verfolgte er die Übertragung der übrigen Spiele seiner Mavericks.

Die Erinnerung an deren Aufeinandertreffen mit den Memphis Grizzlies brachte den Professor heute beim einsamen Frühstück auf die Spur. Nachdem Dwight Podoljanovic in der sogenannten Crunchtime, den letzten Spielminuten einer engen Partie, den hoch in Richtung des Korbs geworfenen Ball von Dan Mitchell während des Flugs fing und direkt im Netz versenkte, brach er plötzlich zusammen und blieb auf dem Hallenboden liegen. Er atmete nicht mehr, als Mitchell sich über ihn beugte und sagte: „Wach auf, Mann, du hast den besten Alley-oop dieser Saison geworfen. Da macht man nicht schlapp."

Die medizinischen Betreuer der Mavericks hingegen erkannten den Ernst der Situation sofort. Sie begannen schon nach elf Sekunden mit der Herzmassage. Nur deshalb erlangte Podoljanovic das Bewusstsein wieder und blieben keine Hirnschäden zurück.

Zwei Tage später implantierten die Herzchirurgen bei ihm einen Mini-Defibrillator unterhalb des Schlüsselbeins. Die Elektroden dieses ICD genannten Lebensretters führen zum Herzen, überwachen den Rhythmus seiner Schläge. Setzt das Herz aus, hebt ein automatisch ausgelösterElektroschock seine Arbeitsmoral sofort wieder auf das gewünschte Niveau.

„Poddi." würde weiterleben, gut sogar. Aber der 31 Jahre alte Liebling der Mav-Fans durfte nie wieder professionell Basketball spielen.

Prof. Byler hatte einen Verdacht. Er rief bei Gregory Mailer an und hinterließ auf der Mailbox die Frage, ob er eine Möglichkeit sehe, „in der Krankenakte von Person X die jüngsten Operationen zu überprüfen."

Nach einer Stunde kam die Antwort, allerdings nicht von Mailer direkt, sondern von einer unterdrückten Mobilfunk-Nummer. „Patient X: Herzschrittmacher ersetzt durch Implantierbaren Cardioverter-Defibrillator." Dahinter stand ein Datum.

Byler erkannte sein Dilemma. Mailer würde weiter auf dieser Testperson bestehen. Der Virologe war ihm enorm wichtig. Die elektronischen Signale des ICD aber störten die Übermittlung der Nanobots permanent. Den Defibrillator heimlich herausoperieren? Unmöglich. Ihn mattsetzen?

Er wägte die Optionen ab. Byler dachte an jene zwei Reserve-I-Bots, die er zusätzlich in den Blutkreislauf injiziert hatte. Schließlich traf er seine Entscheidung.

Für die Lebenserwartung von Maximilian Courtney war sie verhängnisvoll.

58

Am selben Morgen schickte Keanu schon auf der Fahrt in die Firma eine Nachricht an Oliver Avery: „Bist du gerade im Büro? Dann komme ich vorbei."

„Bin samstagvormittags fast immer da", lautete die schnelle Antwort.

Avery war allein im Archiv. Die ersten Minuten redeten sie über Sarah. Avery berichtete, dass seine Freundin trotz der Medikamente einige Schmerzen an der Hüfte und am Kopf habe, wo die Wunde mit zehn Stichen genäht worden sei. Und wegen des fehlenden Schneidezahns sehe sie noch frecher aus als ohnehin schon.

„Habt ihr über den Hergang des Unfalls gesprochen?"

„Ja, kurz. Sie kann sich an fast nichts erinnern."

„Hast du ihr von den Drohungen erzählt?"

„Nein. Sie soll erst mal gesund werden."

„War Mailers Liebling noch einmal hier im Archiv?"

„Nein, Bellarmon hat sich nicht wieder blicken lassen. Was glaubst du, war der Unfall ein Zufall?"

Keanu sah ihn mit dem Ernst eines Bestattungsunternehmers an. „Dagegen spricht, dass es so schnell nach den Drohungen geschehen ist, da war kaum Zeit für Vorbereitungen. Dafür spricht die Art, wie es geschah. Und dass der Quad-Fahrer so gekonnt unter dem Radar blieb. Das schaffen nur Profis."

Er überlegte, ob er ihm sagen sollte, dass Mailer seine Finger im Spiel hatte. Aber er konnte Avery nicht verraten, dass er diese Information besaß, weil er als Spion in Mailers Körper gewesen war. Deshalb entschied er sich für einen Kompromiss.

„Oliver, laut einiger Zeugenaussagen hat Sarah sich im letzten Moment umgedreht. Wenn das stimmt, dann hätte der Fahrer sie eigentlich am Rückgrat getroffen. Du weißt, was das heißt."

Avery reagierte nicht. Er starrte vor sich hin.

„Oliver, sieh mich an. Das heißt, dass sie jetzt sehr wahrscheinlich tot wäre. Ich muss dich warnen. Pass gut auf. Auch auf dich."

Es gibt alle Arten von Wut. Die Wut der Hilflosen, die nur die Schwäche kaschieren soll. Die Wut der Mächtigen, die auf Vernichtung angelegt ist. Die Wut der Wissenden, die sich nährt aus der Dummheit der Masse. Doch es ist die Wut der Liebenden, die den größten Hass zeugt.

Der Archivar hatte alles auf sich wirken lassen, was Keanu gesagt hatte. Doch er wurde nicht ängstlich, wie es sonst seine Art war. Er konzentrierte sich nicht in Furcht auf alles, was noch passieren könnte. Nein, er dachte an das, was wirklich passiert war. Das, was jemand seiner künftigen Frau und der Mutter seines Kindes hatte antun wollen. Deshalb wurde er wütend.

Seine Wut wurde zu Mut, und der überstimmte jede Vorsicht. „Ich habe etwas Neues entdeckt, noch gefährlicher als die Transferabteilung."

„Überleg' dir gut, ob du mir das wirklich sagen willst, Oliver."

Avery hörte kaum hin. „Mailer hat vor, noch mehr Unheil anzurichten. Er ist nicht allein, Keanu. Es sind wohl viele. Er gehört einer Organisation an, die Macht will. So viel, wie sie bekommen kann. Dann wird sie diese Macht benutzen. Ich habe Teile eines Protokolls auf dem Server der Abteilung 6 gefunden. Da steht, die Organisation wolle Chaos schaffen. Ihr eigentliches Ziel aber ist Rache."

„Rache wofür?"

„Das weiß ich nicht."

Noch etwas entzog sich seinem Wissen: dass sein Büro noch immer von Mailers Liebling abgehört wurde, selbst am Wochenende. Christian Bellarmon machte sich jetzt auf den Weg zu seinem Chef. Er wollte berichten, was er soeben gehört hatte, bevor Mailer nach Washington flog, um beim Wahlspenden-Dinner der US-Präsidentin seinen Machthunger zu stillen.

59

Keanu hatte sich schon gefragt, ob er Alexandra Reyes jemals wiedersehen durfte, die Großaktionärin der Psy Company. Es gab keine Interviews mit ihr und keine Homestorys. PC1, wie sie intern genannt wurde, hatte zehn Minuten ihrer kostbaren Zeit in die Anwesenheit bei seinem Bewerbungsgespräch investiert. Dann war sie wieder gegangen. Nur einmal hatte die große Afroamerikanerin, die sich ihrer Schönheit und ihrer Wirkung bewusst war, dabei die extravagante Sonnenbrille abgenommen. Der Blick ihrer dunklen Augen hatte sich ihm eingeprägt. Er war dominant gewesen.

Nach seinem Gespräch mit dem Archivar begab sich Keanu auf den Weg zum Ausgang. Sie wartete vor einem Aufzug, der ausschließlich für sie reserviert war. Ihr Bodyguard beorderte die Kabine gerade mit einer codierten Karte ins Erdgeschoss. Gleichzeitig beobachtete er den näher kommenden 30-jährigen Mann. Er sah einem Schauspieler ähnlich, den er nicht leiden konnte. Der Bodyguard wollte mit seiner Chefin einsteigen, doch eine kurze Bewegung ihrer Hand bedeutete ihm, draußen zu warten.

„Mister Bennings", begrüßte sie Keanu, „begleiten Sie mich doch, dann können wir über Ihre erste Woche bei uns plaudern. Sie haben ja einiges Aufsehen erregt."

„Das lag nicht in meiner Absicht, Madam."

„Wir wissen beide, dass das eine Lüge ist", sagte sie, als er zu ihr in den Aufzug stieg. „Sie sind von Natur aus nicht der unscheinbare Typ, das war mir sofort klar."

„Eine Frau von Ihrer Ausstrahlung kann das fraglos beurteilen."

Diesmal trug sie keine Sonnenbrille, die sie vorher abnehmen musste. Somit traf ihn ihr harter Augenausdruck ohne Verzögerung.

„Nie wieder, Mister Bennings."

„Was meinen Sie, Misses Reyes?" Er war leicht irritiert.

„Ich erlaube Ihnen nicht, mich zu loben. Nicht meine Ausstrahlung. Nicht mein Aussehen. Wer lobt, erhebt sich über den Anderen, indem er ihn beurteilt. Er spekuliert darauf, dass seine Eitelkeit den Gelobten daran hindert, dies zu erkennen. Mir gehört das bedeutendste Psychologie-Unternehmen dieses Kontinents. Ich weiß um die Macht des Lobes."

Keanu lächelte sie an. „Darf ich mich aus der Affäre ziehen, indem ich behaupte, es sein nur ein Kompliment gewesen?"

„Sie dürfen. Aber nur, weil Sie der attraktivste Mann in meiner Firma sind."

Keanu verstand ihr Spiel. „Touché. Ich muss mir das Lob also gefallen lassen, weil ich Ihr Untergebener bin."

„Wo keine Sklaven sind, kann kein Tyrann sein."

Die Aufzugtüren öffneten sich im neunten Stock.

„Nach Ihnen, meine Tyrannin."

Sie ging einen kurzen Flur entlang. „Sie lernen schnell. Vielleicht war es doch kein Fehler, Sie einzustellen, Keanu. Ich darf doch Keanu sagen."

„Ich darf Sie Alexandra nennen?"

„Unterstehen Sie sich."

„Ich mag Machtdemonstrationen", feixte Keanu und hielt ihr die einzige Tür auf, die es im neunten Stock zu geben schien. Der Raum dahinter war 30 Meter lang, die Fenster bodentief, der Blick auf die Stadt, den Fluss und im Hintergrund den Atlantik atemberaubend. PC1 residierte in einer Art Penthouse, das so stilvoll und kostspielig eingerichtet war, als habe sie bei Chanel eine Präsidenten-Suite in Auftrag gegeben.

Sie setzten sich auf cremefarbene Sofas, die in einem 45-Grad-Winkel zueinander standen. Ein alter Mann mit sehr englischen Manieren erschien und servierte Tee. Reyes beugte sich weit nach vorne, um ihre Tasse von dem niedrigen Lacktisch zu nehmen.

Keanu wusste, dass es ein Test war. Also schaute er in ihre Augen und nicht in den Ausschnitt ihrer Kostümjacke, der sich ihm darbot. Sie schmunzelte, gab ihm einen Pluspunkt und forderte ihren neuen Gladiator auf, von der ersten Woche in der Arena zu berichten.

Alexandra Reyes schien ein Briefing von Mailer erhalten zu haben. Sie fragte Keanu nach dem Zustand der Assistentin Sarah Walsh und wie er mit Mister Mailer auskomme. Sie wollte Details zu der Episode mit Gardonis Personenschützer wissen. Am Schluss, scheinbar beiläufig, erkundigte sie sich nach seinem Verhältnis zu Liv Sigmarsson, der er ja immerhin das Leben gerettet habe. „Sie muss Ihnen sehr dankbar sein."

Seinen Antworten entnahm PC1, dass Keanu wusste, wie man auf professionelle Art viel redete, aber wenig sagte. Vor allem bei der Frage nach Mailer hielt er sich bedeckt.

„Wenn Sie bitte kurz warten würden, ich fahre gleich wieder mit Ihnen hinunter", sagte sie, bevor sie in einem Nebenraum verschwand.

Sie hatte sich für ihren nächsten Termin umgezogen, als sie zurückkam. Ein sehr körperbetontes Kleid aus schimmernder Seide. Langsam wandte die Frau Anfang 40 ihm den Rücken zu.

„Würden Sie bitte den Reißverschluss zuziehen? So kann ich nicht auf die Straße."

Er sah die dunkle Haut ihres Rückens und einiges von einer dunkelgrünen Corsage. „Es sei denn, Sie möchten viel Aufsehen erregen, Alexandra."

Keanu schob ihr schweres, schwarzes Haar zur Seite. Heimlich roch er an der warmen Haut ihres Nackens. Sie spürte es. Es erregte sie, weshalb Sie diesem interessanten jungen Mann ausnahmsweise den Gebrauch ihres Vornamens durchgehen ließ.

Erst als beide mit dem Fahrstuhl in das Erdgeschoss zurückkehrten, platzierte Keanu seine Frage: „Geschieht in der Psy Company viel, von dem Sie nichts erfahren?"

Der harte Blick war zurück.

60

Der Seaport District, einst ein heruntergekommenes Küstenviertel in South Boston voller Industrieruinen und Autowracks, war nach seiner Neuerfindung als Hort von Kunst, Innovation und hippem Lebensstil das ideale Basislager für eine Frau wie Liv Sigmarsson. Sie strebte nach oben, und auf diesem Weg wollte sie gut unterhalten werden.

Neue Modelabels klappten für ein paar Wochen oder Monate ihre Pop-up-Stores an den Uferpromenaden auf. Ausstellungen, Sportveranstaltungen und Konzerte von Weltrang entließen durstige und hungrige Menschen in die vielen Bars, Cafés, Gourmet-Restaurants und Nachtclubs. Hier herrschte Leben.

Der Nordatlantik brachte das Wasser ins Hafenbecken, wie er es auch an die Küsten des Senegal und Neufundlands strömen ließ oder an die Strände von Bermuda.

Direkt an einem Pier des Main Channels wohnte Liv. Ihr 165-Quadratmeter-Apartment lag weit oben in einem Wunderwerk moderner Architektur. Kein Stockwerk dieses Hochhauses lag exakt auf dem nächsten, sondern war nach links oder rechts verschoben. Es sah aus, als hätten übermütige Architekten einen Riesen damit beauftragt, Rubiks Cube mit ihrem Beton- und Glaspalast zu spielen.

Natürlich gab es einen 24-Stunden-Conciergeservice in dem Gebäude, ein erstklassiges Fitnesscenter und einen virtuellen Golfplatz, in dem Augmented-Reality-Brillen halfen, den Schwung zu trainieren. Im Untergeschoss war sogar eine eigene Küche für die Catering-Unternehmen eingerichtet, die ständig ins Haus kamen, um hochbezahlte Singles vor dem Verhungern zu retten. Und außer einem Wellnessbereich für Menschen existierte ein Spa für ihre Haustiere. Man ließ dort seinen afghanischen Windhund nach einem typischen Bostoner Regenschauer trockenföhnen oder das Fell seines Labradoodle ondulieren. Diese Kreuzung aus Labrador und Pudel war sehr beliebt, weil sie nicht haarte.

Dass eine 28-jährige Psychologin 11 000 Dollar Monatsmiete für solche Annehmlichkeiten bezahlen konnte, lag auch an der Unternehmerlegende, die Liv am frühen Abend treffen würde. Doch es war der zweite Mann – den sie nach dem ersten Termin überraschen wollte –, der verantwortlich für ihre Misere war. Liv, die nie länger als zehn Minuten für das Aussuchen eines Outfits brauchte, stand seit einer Stunde in ihrem Ankleidetrakt. Was Ausmaße und Warenbestand anging, konnte er mit einigen Boutiquen in der Newbury Street konkurrieren.

Sie hatte ein einfaches System für die Anordnung ihrer Kleidung. Anzüge, Kleider, Röcke, Blusen hingen in Gruppen auf der Stange. Ganz links fanden sich die modernen Business-Modelle. Nach rechts hin änderten sich die Kategorien von „elegant" und „exklusiv" über „mutig" zu „heiß". Die letzte Rubrik lautete „untragbar". Dorthin wandte sich Liv jetzt. Sie nahm das einzige Stück heraus, das dort seinen Platz hatte. Das Material war kalt. Es klirrte, wenn es bewegt wurde.

„Dann also das Spektakuläre aus Madrid", dachte sie. „Ich hoffe, du bist dieses Kleid wert."

61

Jonathan van Dyke schickte ihr ein Wassertaxi an den Pier, in das kein anderer Fahrgast einsteigen durfte. Das hatte der Inhaber eines großen Energiekonzerns im Osten Amerikas so verfügt. Über dem gewagten Mini-Kleid trug Liv einen kurzen Mantel, dessen Gürtel sie eng geschlossen hielt. Die Kabine bestand aus kleinen Schränken aus Walnussholz, hellen Ledersitzen und Kristallgläsern, die sich neben verkorkten Champagnerflaschen langweilten. Liv würde jetzt nichts trinken. Jonathan hatte ihr nicht verraten, wo er mit ihr essen wollte. Das Boot brachte sie hinüber zum Logan International Airport.

Ein dunkelgraues Maserati-SUV wartete bereits, um sie nur 1400 Meter weit zu fahren. Van Dyke, mehrfacher „Manager des Jahres", stand vor seinem Gulfstream-Firmenjet und küsste ihre Hand. Er war eher klein, unter 1,70 Meter, 67 Jahre alt und mit einer klassischen Bildung gesegnet. Diese ging ein ungewöhnliches Teamwork mit seinem aggressiven Geschäftssinn ein. Er hatte keine Kinder, die noch mit ihm sprachen, weshalb die Gesellschaft von Liv für ihn ein Geschenk war.

Er hatte sie nur ein Mal gebeten, mit ihm zu schlafen, an dem traurigen Abend nach seiner Arztdiagnose. Sie hatte es auf eine Weise getan, die Mitgefühl und Respekt zeigte, was in eine jahrelange Freundschaft mündete.

Sie hatte ihre Bank angewiesen, seine Zuwendungen nicht zu verbuchen. Daraufhin schrieb er ihr, dass er seit 26 Jahren Teilhaber der Bank sei und dem Vorstandsvorsitzenden mit Entlassung gedroht habe, falls er ihre Order befolge. Sie solle einem alten Mann bitte nicht die Freude nehmen, sich ein wenig um ihr Wohlergehen zu kümmern.

Er geleitete Liv die blaue Gangway nach oben ins Flugzeug, wo Jazz-Musik aus verborgenen Lautsprechern perlte.

„Du hast gesagt, deine Zeit reiche nur für ein kleines Dinner, und jetzt willst du mir mir wegfliegen?", fragte sie ihn.

„Ich habe wirklich nur eine Stunde Zeit für unser Essen, meine Liebe. Aber wegfliegen werde ich danach alleine, es muss leider sein."

„Die große Fusion?"

„Welche große Fusion? Die einzige Verbindung, die ich heute erwarte, dürfte zwischen unseren Maine-Hummern und der Bisque-Soße stattfinden. Aber willst du nicht erst mal ablegen?"

Also legte Liv Sigmarsson einen italienischen Mantel ab, um ein spanisches Kleid zu enthüllen, das einen amerikanischen Milliardär mit niederländischen Wurzeln für einige Zeit sprachlos machte.

„Darf ich mich setzen, Jon?"

Er räusperte sich mehrmals und bat um Verzeihung.

„Auch wenn unsere Freundschaft auf einem soliden Fundament steht, Liv: Ich bin ein Mann."

„Daran erinnere ich mich gern."

Sie stießen mit La Trappe-Flaschen an, einem dunklen Trappistenbier, das van Dyke an seine holländische Heimat erinnerte.

„Liv, du klingst verführerisch, sobald du dich bewegst und diese großen Metallplättchen aneinanderstoßen. Aber sie bedecken nur wenig von deinem Körper. Und dann diese vielen Lücken zwischen ihnen, durch die man sehen kann."

„Gefällt es dir nicht, grootste vriend van de wereld?"

„Es ist eine Herausforderung, größte Freundin der Welt. Du bist unbekleidet, obwohl du ein Kleid trägst. Kein Mann wird es schaffen, dich nicht anzustarren. Zwischen zwei Silbertalern sehe ich eine Brustwarze, Liv. Ich hatte sie kleiner in Erinnerung." Der Dialog bereitete ihm Vergnügen.

„Das Metall reibt an ihr. Warte, bis du mich von hinten siehst." Sie stand auf, drehte sich um. Jonathan van Dyke schwieg beeindruckt.

Der Ausschnitt hinten war weit größer als der vorne. Nur zwei schmale Träger verliefen diagonal über den gesamten Rücken nach unten und versuchten ihr Bestes. Sie waren im Nacken über Kreuz mit den beiden Trägern verbunden, der vom vorderen Ausschnitt nach oben führten. Die hatten die Aufgabe, Livs wippende Brüste zuverlässig mit Pailletten bedeckt zu halten. Sie konnten nicht anders als scheitern.

Der Chef der JVD Energy Group bestellte ein zweites La Trappe Dubbel für sich und ließ umgehend die Vorspeisen kommen. Zwischen Bucantini all'amatriciana und den ausgelösten Hummern nahm er ihre Hände vorsichtig in seine. „Für welchen Mann hast du dieses Kleid angezogen, Liv? Sag es mir, ich bin nur in Maßen eifersüchtig."

Sie verriet es ihm. Und sie bat ihn um einen Gefallen für diesen Mann. Van Dyke versprach, ihn zu erfüllen.

„Das war mein erstes Essen in einem Flugzeug, das nicht geflogen ist. Danke, Jon. Viel Erfolg in Montreal."

„Du weißt tatsächlich von der Fusion. Dachte ich mir."

Er umarmte sie zum Abschied.

„Nimm bitte heute Nacht meinen Wagen. Luuk fährt dich, wohin du willst."

62

Sie hatte noch nie vom „Ritmos" gehört. Es lag in keiner guten Gegend. Die Fassade der ehemaligen Papierfabrik bröckelte an zahlreichen Stellen ab. Scheinwerfer strahlten sie in wechselnden Farben an. Vor dem Salsa-Club parkten viele Oldtimer in erstklassigem Zustand. Pickup-Trucks aus den 50er Jahren, frühe Corvettes, polierte Cadillac Eldorados. Offene Ford Mustangs waren am häufigsten.

Luuk, ein dynamischer Niederländer Mitte 30, öffnete die Fondtür des Maserati. Er bewies feine Umgangsformen, indem er wegsah, während sie ausstieg. Als sie stabil auf den zwölf Zentimeter hohen Absätzen stand, zog sie ihren Trench zurecht und nahm den Arm des Chauffeurs. Er führte sie sicher zum Eingang und verbeugte sich leicht.

„Genießen Sie den Abend, Miss Sigmarsson. Ich warte im Wagen auf Sie. Ich habe während der Fahrt auf Ihrem Handy angerufen. Sie sehen also meine Nummer, falls Sie Hilfe benötigen."

„Ich rechne nicht damit, Luuk. Aber danke dafür."

Liv ging einen breiten Gang entlang, dessen Boden sehr uneben war. Manchmal trat sie auf Scherben, die knirschend zerbrachen. Die Musik wurde lauter. Congas und Bongos, Vibraphone und Trompeten ließen sich auf den Bass ein, das Klavier spielte gegen die temperamentvollen Posaunen an. Sie hörte die Wörter, die scheinbar in jedem Salsa-Song zum Inventar gehörten. „Mujer" und „Vida" und „Amores".

Liv trat an den Rand einer breiten Steintreppe und staunte stumm auf ihrem Weg nach unten. Vor ihr lag die ehemalige Produktionshalle der Fabrik. Sie war riesig. Wieder brachten Scheinwerfer die Wände zum Glühen, auf denen mit groben Pinselstrichen kubanische Revolutionsparolen gemalt waren. „La victoria sempre", "Viva el Che", „Cuba libre". Zigarrenrauch hing in der Luft und der Geruch nach schwerem Parfüm und dem ehrlichen Schweiß der Tänzer.

Entlang der Wände waren Tische, Stühle, Sessel und Sofas aufgestellt. Latino-Kellner brachten unentwegt Nachschub an Platten voller Chorizo und Schinken, frittierten Calamares oder grünen Bananen. Liv sah, dass drei Getränke auf den Tischen dominierten: Rum, Tequila und Wodka.

Alle Frauen hatten sich schön gemacht. Alle Männer auch. Enge Kleider und fliegende bunte Röcke zu bauchfreien Tops oder tief dekolletierten Bustiers tanzten mit schmalen, dunklen Anzügen oder weiten 50er-Jahre-Hosen in Beige oder Braun. Sie wurden mit weißen Hemden und bunten Westen kombiniert. Die Erotik war überall, die Fröhlichkeit greifbar, der Sex ein Versprechen für später. Im „Ritmos" wurden viele solcher Versprechen gemacht.

Es gab fünf runde Tanzflächen, jeweils durch einen Lichtkegel erhellt, damit sämtliche Gäste die Tänzer beobachten konnten. Diese Kreise lagen in der Mitte der Halle, einer neben dem anderen. Die Choreografie war stets gleich, bemerkte Liv: In jedem von ihnen tanzten drei Männer für längere Zeit. Die Frauen jedoch wechselten ständig. Sie bewegten sich im Rhythmus vom Rand des Lichtkreises auf den Tänzer zu, bis er eine von ihnen auswählte und gleichzeitig die Vorgängerin mit einem dankbaren Lächeln zurück nach außen schickte. Von dort konnte sie sich dem nächsten Tänzer nähern.

Liv entdeckte ihn im dritten Kreis. Es war ein Ereignis, ihn beim Salsa zu sehen. Er war geschmeidig. Schnell. Immer im Takt, tanzte präzise auf den zweiten Schlag, improvisierte beliebig oft. Er war Mann durch und durch. So verlangte es der Salsa. Keanu machte seine Partnerinnen glücklich, das war zu sehen.

Wie die meisten im „Ritmos" pflegte er den New York Style, den Kubaner und Puerto-Ricaner in die USA gebracht hatten. Liv mochte diese Salsa-Variante am liebsten. Die Frau stand im Mittelpunkt. In den sogenannten „Shines" ließ der Mann sie los, damit sie sich im Solotanz allen Senores präsentieren konnte. Dann holte er seine Liebste, die Mujer, zurück. Er führte sie nah an seinen Körper. Irgendwann begannen ihre „Spins", irrsinnig schnelle Drehungen an der Hand des Mannes, auf kleinstem Raum.

Gerade hatte Keanu eine junge Frau mit langen, schwarzen Locken acht Mal ohne Unterbrechung drehen lassen, bevor er sie unter dem Beifall des Publikums sachte an einen anderen Tänzer weiterreiche. Sie verfolgte, was Keanu jetzt tat. Es war das Einzige, was ein Salsa-Tänzer im Lichtkreis des „Ritmos" niemals durfte. Er blieb stehen und starrte eine andere Frau an.

63

Die hochgewachsene Schönheit mit den weißblonden Haaren, den ausgeprägten Wangenknochen und den irritierenden Augen war auf ihre Art so exotisch wie die karibischen Frauen im Club. Sie sah wie eine nordische Göttin der Jagd aus, die sehr genau wusste, auf welches Wild sie Lust hatte. Sie ging auf Keanu zu, öffnete dabei ihren Kurzmantel. Mit einem einzigen Ruck zog sie ihn aus und warf ihn zu Boden.

Salsa war Dramatik. Erotik. Werben und Erobern. Für die Dramatik hatte dieser Auftritt gesorgt. Nun war die Erotik an der Reihe. Sie trat in einem immer schnelleren Solo auf, das Liv scheinbar selbstvergessen vor Keanu tanzte. Jene, die dabei waren, sagten, es sei Sex mit einem Unsichtbaren gewesen, dessen Hände sie überall auf ihrem Körper gespürt haben musste, während sie sich wand und bog und rasend zum Ende kam.

Sie warf sich an Keanus Brust und bog ihren Oberkörper – den er gerade rechtzeitig mit dem Arm umfassen konnte – so weit nach hinten, dass ihre Haarspitzen fast den Tanzboden berührten. Die silbernen Metallplättchen ihres Kleides klappten nach unten. In diesem Moment sah es aus, als sei sie vollkommen nackt.

„Lass deine Hand bitte genau dort", flüsterte sie Keanu zu, als ihr Ausschnitt dramatisch verrutschte. „Es sei denn, Topless-Tanzen ist hier ausdrücklich erwünscht." Seine Hand bedeckte ihre rechte Brust, während er ihren Oberkörper aufrichtete.

Sie bemerkten beide, dass die Kapelle nicht mehr spielte. Alle starrten sie an.

Ein Mann riss sich den Strohhut vom Kopf und rief: „Hazme el amor!" Mach Liebe mit mir.

Als ihm die Hand seiner Begleiterin ins Gesicht klatschte, nahm die Kapelle das als Signal, ihre Musik wiederaufzunehmen. Liv wehrte alle Angebote anderer Männer ab. Sie tanzte nur noch mit Keanu. Bis ihnen heiß war. Bis ihre Lust aufeinander sie wegtrieb.

„Komm mit mir." Er nahm sie an der Hand und führte sie mehrere steile Metalltreppen hoch unters Dach der Fabrik. Dort gab es fünf Zimmer. Zu einem hatte er den Schlüssel.

Sie schliefen drei Mal miteinander. Zuerst wie Hungernde, die ein Bankett plünderten. Dann wie Genießer, die Vollendung suchten. Schließlich wie Ehrfürchtige, die wussten, dass es wie bei diesem ersten Mal nie wieder sein konnte. Wenn sie sich von ihm nehmen ließ, fühlten ihre Handflächen das Spiel seiner Schultermuskeln unter der feuchten Haut. Und wenn sie ihn ritt, klirrte ihr Kleid.

„Zieh es aus."

„Das dauert zehn Minuten."

„Lass es an."

Hinterher stellte er ihr eine unerwartete Frage: „Welches ist dein Lieblingstier?"

„Der Schneeleopard, schon immer. Und deines?"

„Ich kann mir den Namen nie merken. Aber es gibt einen bestimmten Fisch, dessen Weibchen und Männchen beim Sex so sehr miteinander verschmelzen, dass sie sogar den Blutkreislauf teilen."

„Vielleicht kriegen wir das auch hin", murmelte sie und schob sich noch einmal auf ihn.

64

Luuk hatte tapfer im Wagen ausgeharrt und brachte Liv nach Hause. Die Zeiger der klassischen Uhr im Armaturenbrett des Maserati standen auf 4.20 Uhr. Keanu fuhr mit seinem eigenen Auto. Beide würden wenig schlafen. Um 10 Uhr wollten sie sich im Mount Auburn Hospital trafen und Sarah endlich besuchen. Bisher hatte ja nur Oliver seine Verlobte sehen dürfen.

Der stand schon im Gang, als Keanu und Liv fast zeitgleich ankamen. Sie wirkten müde, aber glücklich. Ihr Begrüßungskuss dauerte lange.

„Ihr dürft nicht lachen", ermahnte Oliver die beiden.

Sie verstanden nicht.

„Denkt einfach daran: Ihr dürft nicht lachen. Bitte! Sie ist da völlig humorlos."

„Wir gehen jetzt rein", sagte Liv, die noch immer nicht begriff, aber die Geduld verlor.

Sarah strahlte sie an, als sie eintraten. „Ich kann nicht thagen, wie thön dath itht, euch thu thehen."

Erst lachte nur Keanu, dann fiel Liv ein. Oliver tat sein Bestes, sich zurückzuhalten, gab schließlich auf und machte mit.

Sarah schaute alle Drei finster an.

Keanu versuchte zu retten. „Ich hatte auch mal einen ausgeschlagenen Schneidezahn, Sarah. Lispeln ist doch nichts Schlimmes. Ehrlich."

„Ich hathe euch."

Liv umarmte sie und hatte Tränen in den Augen, doch nicht nur vom Lachen.

„Ich bin so froh, Sarah, dass du wieder in Ordnung kommst. Und dass eurem Baby nichts passiert ist. Du fehlst uns allen so." Jetzt weinten beide.

Als sie eine Stunde später wieder draußen waren – Avery blieb noch bei Sarah – sagte Keanu, dass er zum Bergsee fahren werde.

„Möchtest du mitkommen?"

„Heute nicht. Ich muss noch ein bisschen Schlaf nachholen, woran du nicht unschuldig bist. Ich erwarte allerdings, dass ich die einzige Frau bleibe, die du nach dem Schwimmen abtrocknest."

„Versprochen." Er umarmte sie. „Ich muss noch einiges über diesen Transfer-Test und den Virologen in Erfahrung bringen, dann erzähle ich dir mehr. Aber außer uns beiden und Oliver darf niemand etwas davon erfahren."

„Ist dir klar, dass Mailer die ganze Firma in Gefahr bringen könnte?"

„Wenn wir das verhindern wollen, darf es kein Schnellschuss sein." Sie nickte nach einigem Zögern.

„Ich wollte es dir erst später geben", sagte sie und suchte etwas aus ihrer Handtasche. „Aber ich möchte nicht, dass du noch einmal in Gefahr gerätst, wenn du alleine am See bist."

Sie reichte ihm feierlich einen Schlüssel mit einer Papier-Etikett daran.

„Ein alter Freund von mir hat ihn mir heute früh bringen lassen. Nur zwei Mitarbeiter der Bostoner Stadtwerke haben ebenfalls einen. Aber sie benutzen ihn lediglich im Notfall, und der trat in den vergangenen fünf Jahren nie ein. Fahr zu der Adresse, die auf dem Anhänger steht. An der Rückseite des Gebäudes ist eine

Metalltür, sagte man mir. Wenn du die Treppe nach unten gehst, findest du etwas, das dir viel Fahrzeit erspart."

Dankend nahm er den Schlüssel, der sehr alt sein musste.

Liv schmunzelte wissend. „Tu mir einen Gefallen: Dusch dich vorher. Ich möchte nicht deinen Schweiß trinken."

Keanu hatte am Morgen geduscht. Außerdem schwitzte er nur selten. Also steuerte er umgehend die in alter Schreibschrift notierte Adresse an.

Dort stand ein bestimmt 100 Jahre altes Backsteingebäude von gewaltigen Ausmaßen. Er sah erstaunlich wenige Fenster in den oberen Stockwerken. Vom Erdboden aus, auf dem er mit seiner Badetasche stand, führten ebenfalls nur schmale Lichtschächte nach unten. Dunkelheit schien in diesem Objekt wichtig zu sein. Alles wirkte, als sei es seit ewigen Zeiten nicht mehr benutzt worden.

Er ging auf die Rückseite und fand die alte Metalltüre. Sie jammerte beim Öffnen wie ein Labrador in der Nachbarschaft einer läufigen Hündin. Keanu fand einen Bakelit-Drehschalter. Das Licht der betagten Lampe war trüb. Doch es ließ ein modernes Schild sichtbar werden, das gegenüber des Eingangs auf die roten Backsteine geschraubt war: „Reservebehälter IV für Reinwasser. Nur bei Bedarf nutzen. Boston Metropolitan Waterworks, Massachusetts". Darunter war eine lange Zahlen- und Buchstabenkolonne eingraviert, deren Bedeutung sich Keanu nicht erschloss.

Er verriegelte die Tür von innen und begann seinen Abstieg über eine metallene Treppe, die einen grauen Schutzanstrich trug. Bis auf seine Tritte herrschte vollkommene Stille. Der Geruch war schwer einzuordnen. Am ehesten erinnerte er an die Kellergewölbe alter Burgen, die er in Deutschland besichtigt hatte. Nur nicht so muffig, eher neutral und sauber.

Im Untergeschoss blieb er ehrfürchtig stehen. Das Bassin zeichnete sich im Halbdunkel ab. Keanu schaltete das Licht ein. Er hatte das Paradies gefunden.

65

Der gesamte Speicher von 12 000 Kubikmeter Trinkwasser bestand aus Beton, weil sich Keime darauf ungern ansiedelten. Unzählige Stützpfeifer aus Eisen und Mangan trugen eine olivfarbene Patina. Das Bassin war in einzelne Becken unterteilt, die miteinander verbunden werden konnten. Schwaches Licht fiel von der Decke auf sie herunter. Es ließ das Wasser grünlich wirken.

Vieles hier erinnerte an ein antikes Bad, besonders die Rundbögen über den Pfeilern. Es hätte der Lieblingsspielplatz von Poseidons Töchtern sein können, wo sie sich heimlich mit jungen Menschenmännern trafen.

Er ging in die Hocke, tauchte eine gewölbte Hand in das Wasser, schöpfte es in seinen Mund. Er schmeckte rein, das wertvolle Nass hatte keinerlei Beigeschmack. Aber es war kalt, eiskalt. Vielleicht gab es doch bessere Orte für göttliche Pool-Partys. Doch sicher keinen besseren für ihn.

Keanu entdeckte nirgendwo Überwachungskameras. Auch sonst schien keine moderne Technik jemals eingezogen zu sein. Er schlüpfte aus den Kleidern, zog seine Badehose an und glitt in das Wasser eines Beckens am Rande des Raumes. Erst ließ er sich treiben, bis sein Atem ruhig und gleichmäßig war. Dann tauchte er das Bassin entlang, ließ sich nach oben treiben und begann zu

kraulen. Das gleichmäßige Klatschen seiner Arme auf die Oberfläche hallte von den Wänden wider. Die niedrige Temperatur ließ
das Wasser schwer wirken, es glättete sich rasch wieder, nachdem
der Schwimmer es beunruhigt hatte. Zum ersten Mal trank Keanu
absichtlich Wasser, während er darin schwamm. Es schmeckte auf
eine archaische Art nach purem Leben.

Keanu trocknete sich ab und dachte dabei an Liv. Er überlegte,
ob in derart kaltem Wasser schon einmal ein Kind gezeugt worden
war.

66

Vom Wasserreservoir aus war Keanu direkt in sein Apartment in die Beacon Street gefahren, hatte sich unter seinen Decken vergraben und wartete auf die heilige Frau. Er wusste nicht, dass sie längst bei ihm war. Wie beim letzten Mal hatte sie auf den Kräutergeruch verzichtet, auf das Erscheinen des jungen Tieres und den Gesang aus der Ferne. Sie beobachtete Keanu in großer Ruhe. Sie las seinen Geist, erfuhr vom Verdacht des Freundes, Mailer gehöre einem großen Bund an, der Unruhe schaffen wolle. Wie recht er hatte.

Sie las in Keanu auch von den neuen Begegnungen mit der schönen Frau aus dem Norden. Sie verstand seine Wahl. Doch es wäre ihr lieber, er würde sich zu einer anderen hingezogen fühlen: zu der fröhlichen Frau mit der weißen Hündin. Die Zukunft wäre einfacher für ihren Schützling, dem sie sich nun zu zeigen begann.

Er bat sie gleich zu Beginn um einen Gefallen.

„Du willst in den Körper des Wissenschaftlers?"

„Wir müssen wissen, warum sie in bestimmte Leben eindringen. Müssen mehr über ihre Ziele erfahren."

Die heilige Frau blieb stumm.

„Ich habe dir gesagt, von welchem Volk du abstammst, nachdem deine Mutter es nicht getan hat."

„Das hast du."

„Ich habe dir die Bilder unserer Unterdrückung gezeigt und jene des Todes."

„Ich werde sie niemals vergessen."

Ihre Stimme wechselte den Klang. Sie wurde tiefer, noch ernster. Ihr Sprechen wurde zu einem Appell.

„Deine Mutter hatte Angst, du würdest das Erbe nicht annehmen. Es ist auch mein Vermächtnis. Deshalb bin ich hier."

„Was genau ist das Erbe?"

„Eine Verpflichtung."

„Welche?"

„Zu kämpfen."

„Gegen?"

„Gegen alle, die nicht an den gemeinsamen Stamm der Menschen denken, nur an sich und ihren Vorteil. Der Bund, von dem dein Freund gehört hat, will unbedingt zerstören und nennt es zum Schein die Rache der Indianer. Er will die alte Ordnung tilgen, um seine eigene Ordnung schaffen."

„Mailers Bund?"

„Nicht er führt diesen Bund."

„Wer führt ihn?"

„Du wirst es herausfinden. Dir bleiben nicht viele Tage. Du musst schnell sein. Daher erlaube ich dir für eine Zeit, ohne mein Hiersein in andere Leben zu gehen. Nimm den Weg über das kalte Wasser, so findest du in sie. Deine Gedanken sind stark. Sie führen dich hinein und hinaus. Vertraue ihrer Kraft, auch in der Gefahr."

Sie spürte seine Freude. Sie spürte seine Angst.

„Ich werde da sein, wenn deine Gedanken mich rufen. Immer."

Sie vertiefte ihre Augen in seine. Er spürte, dass etwas in ihn überging.

„Auch wenn sie anderes behaupten werden: Verstehe, dass dies in Wahrheit kein Kampf gegen die Weißen ist. Der Bund kämpft gegen die Bewahrer, und die meisten Bewahrer sind weiß. Unser Kampf, mein Sohn, richtet sich gegen alle Zerstörer, auch die aus den Reihen der Indianer."

Wie die Tropfen während eines Regens in den Boden sickern, so sanken die Worte der alten Indianerin tiefer in Keanus Bewusstsein, nachdem sie lautlos von ihm gegangen war. Er begann, ihre Botschaft in aller Konsequenz zu verstehen.

Wenn sie Recht hatte, würde am Ende keinesfalls die Macht der Indianer über die Weißen stehen, sondern die Macht einer heuchlerischen Gruppe von Verschwörern über alle Amerikaner.

Der Virologe war der Erste, dessen Kenntnisse sie dafür nutzen wollten. Was geschah gerade mit ihm? Er musste in seinen Körper. Nein, besser: Er musste in das Leben von Prof. Byler, der den Transfer-Test vorantrieb. So würde er mehr erfahren.

Keanu griff zu seinem Telefon. Es war jetzt 15.30 Uhr. Gianni nahm das Gespräch nach dem zweiten Klingeln an. „Sorry, dass ich dich am Sonntag störe, aber kannst du eine Person für mich überprüfen? Es ist wichtig."

„Certo. Ich langweile mich sowieso gerade."

Keanu erzählt ihm von dem Virologen. „Dr. Maximilian Courtney wohnt in Chinatown über einem Restaurant, mehr weiß ich nicht."

Gianni brauchte vier Sekunden. „Tyler Street."

„Geh bitte dorthin und warte auf Courtney. Oder klingel' unter einem Vorwand bei ihm und sag mir, was dir seine Aura verrät. Ich muss ihn einschätzen können."

„Mach ich. Zahlst du mein Chicken Teriyaki?"

„Und so viele Wan Tan, wie du schaffst. Gianni?"

„Was?"

„Es könnte sein, dass du nicht der einzige Typ bist, der sich in Courtneys Nähe herumtreibt. Sei vorsichtig."

„Hey, Boss. Als ich zwölf war, habe ich ein Computerspiel geschrieben. ‚Simple Killing. Töten mit Alltagsgegenständen'. Ich werde die Essstäbchen nehmen, mach dir keine Sorgen."

Er legte auf.

67

Wieder nutzte Keanu seine Erfahrungen aus dem Kampfsport, um sich zu zentrieren. Es begann mit dem Atem, wählte die 4711-Regel. Vier Sekunden lang einatmen, sieben Sekunden lang ausatmen, elf Mal wiederholen. Danach die Visualisierung. Ich bin Teil von allem. Ich bin eins mit dem Wind, dem Licht, dem Boden, der Luft, der Kleidung an meinem Körper. Am Ende unternahm er die Körperreise, die er in den Füßen beginnen und im Gehirn enden ließ. Von dort versuchte er, seine Gedanken in den fremden Körper zu schicken.

Es gelang nicht.

Er konzentrierte sich noch stärker auf das Aussehen von Prof. Byler.

Es scheiterte erneut.

Kein Zugang.

Keanu brach ab, enttäuscht. Er saß noch immer in seinem Bett, die Decken hatte er weggelegt, ihm war nicht mehr kalt. Er schloss seine Augen und überlegte, was genau die alte Indianerin gesagt hatte.

„Ich erlaube dir für eine Zeit, ohne mein Hiersein in andere Leben zu gehen. Nimm den Weg über das kalte Wasser, so findest du in sie."

Er glaubte, zu verstehen. Statt in den fremden Körper müsste er sich in das andere Leben hineindenken. Und er brauchte wieder Kälte. Er zog sich an, nahm die Schlüsselkarte für sein Auto und verließ das Haus. Nur eine Meile entfernt lag eine große Tankstelle. Dort fand er, was er suchte.

Er schleppte seine Einkäufe hoch in die Wohnung, jeweils einen Zehnkilo-Sack auf jeder Schulter. Bei der zweiten Tour sah er, dass seine Lieblingsnachbarin vorsichtig ihre Tür öffnete.

„Es ist alles okay, Lori, mach dir keine Sorgen. Wir sehen uns nächste Woche." Sie betrachtete die Last auf seinen Schultern. „Wenn du einen Drink dazu brauchst, Darling, dann komm vorbei."

Er trug die sechs großen Kunststoffsäcke in sein Badezimmer und schüttete ihren Inhalt in die Wanne. Anschließend zog er sich bis auf seine engen Boxershorts und das T-Shirt aus.

Er zog die Luft durch die Zähne, als er sich mitten hinein in die 2400 Eiswürfel legte.

Keanu wartete, bis er die Kälte kaum mehr aushielt. Dann beugte er sich über den Wannenrand und ließ sich auf den Boden gleiten.

Zitternd stellte er sich vor, er verlasse sein eigenes Leben und gehe hinein in jenes von Robert E. Byler. Wie eine Wolke, die in einer zweiten Wolke aufgeht. Wie ein Wind, der in ein Getreidefeld bläst und jeden einzelnen Halm erreicht. Wie das Meer, das nach der Ebbe zurückfließt, den Sand tränkt, die Steine befeuchtet, die Muscheln spült und sogar die großen Felsen mit seinem Wasser bedeckt.

68

Er war kein guter Mensch, dieser Forscher. Das spürte Keanu sofort, als er in ihm war. Der Körper stand unter Spannung. Die Muskeln schmerzten. Der Magen fühlte sich noch kranker an als der von Mailer. Byler bekam schlecht Luft durch das linke Nasenloch, und in beiden Ohren piepste ein Tinnitus wie ein Lkw beim Rückwärtsfahren.

Schlimmer aber war seine geistige Verfassung. Dieser Mann hatte starke Kopfschmerzen. In seinem Gehirn spielten zwei Mannschaften eine sehr anstrengende Partie: das Team „Ehrgeiz" gegen das Team „Angst". Byler setzte sich hohe Ziele. Sofort danach fürchtete er, sie niemals erreichen. Vermutlich, überlegte Keanu, dauerte dieses Spiel schon sein Leben lang. Wäre der Mann nicht in an einem Verbrechen beteiligt, könnte er Mitleid mit ihm haben.

Das war eine Empfindung, die Prof. Byler selbst nicht in seinem Repertoire hatte. Er konnte sehen, wie Maximilian Courtney, der berühmte Virologe, litt. Trotzdem drehte er weiter an den Reglern, die zwei Reserve-I-Bots im Blutkreislauf veranlassten, irritierende Signale zu senden. Sie sollten den bei Courtney implantierten ICD-Defibrillator permanent stören. Das Ziel war klar. Er sollte nicht mehr in der Lage sein, mit seinen Elektroden den Herzschlag von Courtney zu kontrollieren und ihn per Elektroschock anzutreiben. Denn diese Vorgänge störten vier der insgesamt fünf

Mikroroboter, die Byler ins Gehirn des Virologen geschickt hatte. Die kleinen Spione sollten endlich übertragen, was die Testperson dachte, sah, sprach, fühlte und was sie hörte.

Nach wie vor übertrug nur der I-Bot, der für das Sehen zuständig war. Byler beobachtete, was er auf den Bildschirm schickte. Und Keanu nahm es wiederum mit Bylers Augen wahr.

Maximilian Courtney stand vor einem großen Spiegel im Gang seiner Wohnung. Er untersuchte seinen Oberkörper, der unbekleidet war. Der Spiegel zeigte ein Antlitz des Schreckens. Offensichtlich funktionierte sein Herz nicht wie gewohnt. Courtney schien zu stöhnen, aber der I-Bot fürs Hören übertrug nichts davon. Aus dem Stöhnen wurde wohl ein Schrei, der Mund war jetzt weit geöffnet. Die Augen des Virologen quollen beinahe aus ihren Höhlen. Courtney rieb mit der flachen Hand über seine Brust. Dort, wo das Herz saß. Er rieb und rieb, und als das nichts nützte, schlug er sich mit der Faust auf den Körper, schlug wieder zu, schlug ein drittes, viertes, fünftes Mal auf sein Herz.

Er fiel zu Boden.

Während Prof. Byler im Kellerlabor der Psy Company hektisch Tasten drückte und Schieber bewegte, zeigten die Augen der Testperson das Letzte, was sie in diesem Leben erblickten: eine schmutzige Bodenfliese. Der Kitt in ihren Fugen war porös. Ameisen trugen winzige Krümel davon weg.

Dann verschwand auch dieses Bild.

Prof. Byler blickte mit Angst zum Geschäftsführer der Psy Company auf, der neben ihm stand. Sie hatten den Virologen verloren. Doch Mailer wirkte eher fasziniert von dem, was gerade geschehen war.

„Vielleicht sind Viren seit Corona ohnehin nicht mehr das, wovor sich die Menschen am meisten fürchten", sagte er. „Wir sollten uns schnellstens den General vornehmen. Und diesen kreativen Sprengstoff-Künstler aus dem Irak."

Er ging nachdenklich in Richtung der Tür.

„Byler, könnten Sie alle I-Bots gleichzeitig Störsignale senden lassen, direkt im Gehirn? Könnten Sie einen Mann in den Wahnsinn treiben?"

„Ich gehe davon aus, aber das haben wir nie probiert."

„Dann sollten Sie das tun. Ich kenne schon die geeignete Person dafür. Jemanden, der sich zu sehr für Dinge interessiert, die ihn nichts angehen. Ich lasse ihn heute Nacht entführen. Und Sie spritzen die Nanobots in seine Blutbahn. Halten Sie sich bereit."

Kurz vor dem Ausgang drehte er sich noch einmal um.

„Professor, ich habe eine Fehler-Allergie. Ich merke, dass Sie mich immer stärker reizen. Ihre Fehler sind meine Pollen. Also geben Sie Acht."

69

Keanu war erstaunt, wie mühelos er sich aus dem Leben des Forschungsleiters zurückziehen konnte. War es, weil er nach dem Erlebten dringender als sonst in sein eigenes Leben zurück wollte?

Sein Handy meldete eine neue Nachricht. Sie war von Gianni: „Courtney ging zu seiner Wohnung. Aura positiv. Ist guter Mann."

„War guter Mann", korrigierte Keanu für sich.

An Gianni schickte er eine kurze Antwort: „Abbruch".

In dieser Nacht schlief Keanu kaum. Das war wenig überraschend. Er hatte Gewissensbisse, weil er niemanden über den Virologen informieren durfte, der leblos in seiner Wohnung lag. Denn er hätte die Frage, woher er von dessen Tod wusste, unmöglich beantworten können.

Der zweite Grund für seinen Schlafmangel war die Ankündigung Mailers. Keanu war sich sicher, dass es der Geschäftsführer auf ihn abgesehen hatte. Dennoch hatte er mehrmals versucht, Oliver Avery zu erreichen, um auch ihn zu warnen. Der Archivar war nie ans Handy gegangen. Auch im Krankenhaus bei Sarah hielt er sich nicht auf. Die Stationsschwester, mit der Keanu telefoniert hatte, war sich sicher.

Keanu hatte Bewegungsmelder an seiner Apartment-Tür platziert und seine SIG-Sauer-Pistole unter das Kopfkissen gelegt. Als Personenschützer in Deutschland musste er im Einsatz häufig so übernachten. Die vertraute P226 unter seinem Kopf zu spüren, gab ihm Sicherheit. Doch diesmal keinen guten Schlaf.

Als Keanu am Montagmorgen in der Psy Company eintraf, erwartete ihn Dennis Roach vom Boston Police Department vor dem Eingang. Sie hatten sich zuletzt vor fünf Tagen getroffen, als Keanu den Bodyguard des Fleischbarons Gardoni ausgeschaltet und dadurch ein Attentat verhindert hatte.

„Wir müssen reden, Bennings." Sein Gesichtsausdruck war düster. „Begleiten Sie mich bitte ins Hauptquartier."

Keanu stieg zögernd in den Chevrolet Caprice des Ermittlers ein. Sie fuhren zur Schroeder Plaza. Der Captain weigerte sich, nähere Auskünfte zu geben. Sein einziger Kommentar war: „Es ist heftig."

Der Architekt der Polizeizentrale hatte die moderne Außenfassade so gestaltet, dass jeweils vier Fenster in einem stilisierten Fadenkreuz lagen. Dennis Roach, auf den im Dienst mehrfach geschossen worden war, fand das makaber. Das alte Headquarter hatte ihm besser gefallen. Er nahm den Sicherheits-Chef der Psy Company mit in sein Büro. Es lag im zweiten Stock, Blick auf die Tremont Street.

„Fletcher", stellte sich der junge Sergeant vor, mit dem Roach das Office teilte. Auch er wirkte ernst. Der Captain schenkte allen Kaffee ein und zeigte auf den großen Wandmonitor.

„Mister Bennings, wir führen Ihnen gleich die Videos mehrerer Überwachungskameras vor. Sie wurden heute Nacht gegen 3 Uhr aufgenommen und zeigen eine Selbsttötung, die ungewöhnlich ist. Aber sehen Sie selbst."

Roach drückte eine Taste seines Laptops. Video eins begann. Es war schwarz-weiß und grobkörnig. Ein kleiner, dünner Mann in einem Hemd, das ihm hilflos aus der Hose hing, fasste sich immer wieder an den Kopf. Er wand sich, ging hierhin, ging dorthin. Plötzlich rammte er seinen Kopf gegen einen Betonpfeiler.

Ein zweites Video löste das erste ab. Der Mann begann, über eine Brücke zu rennen. Eine weiße Limousine erfasste ihn. Der Mann schleuderte auf die Straße. Er verlor dabei einen Schuh. Doch er lebte, kniete auf der Fahrbahn, fasste sich erneut an den Kopf. Er rappelte sich auf. Dann schleppte er sich zum Geländer der Brücke.

Das dritte Video war kurz. Der Mann war auf das Geländer der Brücke geklettert und hielt sich an einer der Stahltrossen fest. Er bog seinen Rücken durch. Sein Gesicht wies gen Himmel. Er ließ das Stahlseil los. Einige Sekunden lang stand er mit ausgestreckten Armen auf dem Geländer, bevor er in die Tiefe sprang.

Keanu konnte nicht sprechen. Captain Roach sah, wie fest die Hände des Sicherheits-Chefs die wehrlose Kaffeetasse umfassten. Seine Knöchel waren längst weiß. Die Tasse zerbrach unter dem Druck. Schwarze Brühe sickerte in eine abgearbeitete Schreibunterlage. Keanu bekam nichts davon mit.

Er hatte den Selbstmord eines wahnsinnig wirkenden Mannes gesehen. Den Tod von Oliver Avery, Archivar der Psy Company, Verlobter von Sarah Walsh und Widersacher von Gregory Mailer.

Es dauerte mehr als eine Minute, bevor er das Wort an die Ermittler richtete.

„Sie haben mich hergeholt. Also konnten Sie ihn als Mitarbeiter der Psy Company identifizieren."

Es war Sergeant Fletcher, der antwortete. „Mister Avery hatte keine Papiere bei sich. Aber er war Blutspender, sie hatten ihn in der Datei. Auch den Arbeitgeber."

Keanu blickte auf die verschmierte Schreibunterlage. Die Scherben der Tasse lagen auf ihr wie die Gefallenen einer Schlacht.

„In welchem Zustand ist seine Leiche?"

„32 Meter, Aufprall ungebremst auf Asphalt, außerdem hatte ihn vorher schon das Auto erwischt. Jede Menge Knochen sind gebrochen, vermutlich innere Organe abgerissen. Der Schädel ist aufgeplatzt, Gehirnmasse und extrem viel Blut ausgetreten. Er wird noch obduziert."

Keanu nickte.

„Ich hoffe, der Pathologe ist gut. Oliver Avery hätte sich niemals umgebracht. Er war weder verzweifelt noch mutig genug dafür. Vor allem hatte er keinen Grund. Er wollte heiraten. Seine Freundin erwartet ein Kind von ihm. Wurde sie informiert?"

Roach schüttelte den Kopf. Aber sie hatten ihren Namen.

Keanu erzählte ihnen, dass Sarah bei dem Quad-Unfall beinahe ihr Kind verloren hätte.

„Müssen Sie es ihr jetzt schon sagen?"

„Sie sind auch Profi. Sie wissen, wie schnell Spuren kalt werden. Falls Miss Walsh wichtige Informationen hat, brauchen wir sie sofort."

„Was, wenn ich die Nachricht zusammen mit ihrer Vorgesetzten überbringe? Die beiden sind befreundet."

„Negativ", beschied ihn Roach. „Meine Ermittlungen laufen sauber ab. Falls es doch keine Selbsttötung war, ist jeder verdächtig. Auch Sie und seine Chefin. Also kein Gespräch mit der Zeugin. Nichts für ungut."

„Das ist mir klar. Sie könnten dabei sein."

Die beiden Polizisten tauschten einen Blick aus. Roach deutete ein Nicken an.

„Einverstanden. Bitten Sie Miss…"

„Sigmarsson"

„…hierher in die Zentrale. Nehmen Sie den Apparat auf meinem Schreibtisch und stellen Sie auf Lautsprecher, dann können wir beide mithören. So hat alles seine Ordnung."

Keanu rief an. Liv würde in 20 Minuten hier sein.

Bis dahin konnte er seine Aussage zu Protokoll geben. Alles, was er über Oliver Avery und die Drohungen wusste.

Oder fast alles.

70

Fletcher und Roach zeigten ihr die Videos. Liv verlor nicht die Fassung. Sie vergoss keine einzige Träne. Liv erstarrte, war nicht mehr ansprechbar, hörte keine von Roachs Fragen.

„Brinja ist so gestorben", sagte sie schließlich. „Meine Großmutter. Sie wurde im Alter wahnsinnig. Hörte Stimmen, die immer lauter wurden. Die Stimmen sagten, sie müsse die Felsen mit ihrem Kopf zerschmettern. Sie hat es mir erzählt. Deshalb war immer einer von uns bei ihr. Aber dann bin ich eingeschlafen. Ich habe sie später gefunden. Der Felsen war in der Mitte rot. Ich war erst elf."

Sie stand sehr langsam auf.

„Bitte entschuldigen Sie mich kurz."

Niemand durfte sie weinen sehen.

Als Liv zurückkam, waren ihre Augen gerötet.

„Mister Bennings hat mir gegenüber Drohungen gegen Oliver Avery angedeutet. Oliver oder Sarah haben mir allerdings nichts darüber erzählt. Das ist es doch, was Sie wissen wollen."

Roach nickte.

„Ich vermute, dass Oliver nichts zu Sarah gesagt hat, um sie nach ihrem Unfall nicht noch mehr zu beunruhigen."

Fletcher wandte sich an Keanu: „Sie haben zu Protokoll gegeben, dass auch Sie die Drohungen nicht persönlich gehört haben."

„Das ist korrekt. Mister Avery hat mir von Mister Bellarmons Warnungen berichtet."

„Wir haben seine Akte überprüft. Dr. Christian Bellarmon hat sich nie etwas zuschulden kommen lassen. Aber wir werden ihn verhören."

Liv ergriff das Wort: „Reden Sie unbedingt mit Sarahs Ärzten, bevor Sie ihr sagen, was geschehen ist."

Roach erwähnte Keanus Vorschlag, die Patientin gemeinsam mit Liv zu informierten. Die Polizisten würden sich dabei im Hintergrund halten.

„Trotzdem. Die Ärzte müssen entscheiden. Wenn Sarah auch noch das Baby verlieren würde…"

Captain Roach schlug vor, gleich ins Hospital zu fahren. Dort sprachen die Ermittler mit dem Oberarzt. Der sprach mit dem Chefarzt. Der sprach erst mit dem behandelnden Gynäkologen und dann ein Machtwort: „Ich sage Ihnen jetzt, wer dabei sein wird. Nur ein Officer. Nur ein Kollege von Miss Walsh. Ihr Gynäkologe, Dr. Sander. Und ich selbst. Wenn ich ‚Stop' sage, brechen wir das Gespräch sofort ab."

Keanu und Fletcher entschieden, dass sie auf dem Gang warten würden. Sie setzten sich auf zwei Plastikstühle.

„Bin froh, dass ich nicht dabei sein muss", gab Fletcher zu.

„Ich nicht", dachte Keanu, sagte aber nichts.

Er schloss seine Augen und legte sich fest. Erst Bellarmon. Dann Prof. Byler. Dann Mailer. In dieser Reihenfolge würden sie für die Ermordung von Oliver Avery, gestorben im Alter von 27 Jahren, bezahlen. Er wusste nur noch nicht, wie.

Ein Mann setzte sich direkt neben Keanu. Es war Ryan Winger, der IT-Chef der Psy Company. Groß, sportlich, selbstbewusst, direkt. Gesicht und Haare waren die eines Surfers, der auch im Winter aufs Brett steht. Das Wetter hatte Spuren hinterlassen. Sie ließen ihn älter als seine 32 Jahre wirken. Keanu wusste, dass er ein Freund von Gianni war, der immer wieder für ihn gearbeitet hatte.

„Hat man Sie auch rausgeworfen?", fragte Winger.

„Wir warten nur auf die anderen. Waren Sie bei Sarah?"

„Ja. Aber keine Sorge. Oliver weiß Bescheid, dass ich sie besuchen komme."

Keanu legte beschwichtigend die Hand auf Wingers Unterarm. „Nein, so habe ich das nicht gemeint."

„Sarah und ich haben eine gemeinsame Geschichte. Es ist schlimm, sie in diesem Zustand zu sehen. Erst recht für Oliver. Wir sind längst gute Freunde."

Keanu überlegte, wie er es formulieren sollte. Er meldete sich bei Sergeant Fletcher ab und zog Winger nach draußen.

„Ich fürchte, Sarahs Zustand wird noch schlechter werden." Er erzählte Winger, weshalb die Gruppe von Menschen gerade in ihr Zimmer gegangen war.

„Sie braucht jetzt jeden Beistand, den sie bekommen kann", sagte er zum Schluss. Der IT-Chef fuhr sich mit der Hand übers Gesicht und atmete schwer.

„Ich werde da sein."

Er ging zurück ins Krankenhaus.

Die Gruppe verließ Sarahs Zimmer. Liv fehlte.

Ryan Winger gab ihr eine halbe Stunde alleine mit Sarah. Erst dann trat er ein.

Als Liv den Hilferuf sah, den Sarah ihm aus nassen Augen zuwarf, nahm sie ihre Handtasche, stand auf und ging leise hinaus.

Keanu war schon weg. Liv setzte sich für einen Moment. Sie ließ ihre Gedanken treiben.

Oliver war tot. Wer würde noch sterben?

Teil 4:
Der Bund

71

Boston ist, anders als Städte wie Rom oder Paris mit ihren Katakomben, nicht berühmt für seine Unterwelt. Einzig die U-Bahn, schlicht „T" genannt, brachte es zu gewissen Ehren, weil sie schon 1897 gebaut wurde und somit die erste Subway in den Vereinigten Staaten war. Sonst war nichts Spektakuläres von unten zu vermelden.

Doch vor einigen Jahren tauchten Gerüchte auf. Sie verschwanden wieder, belebten sich erneut auf und wurden schließlich von Musikliebhabern dezent weitergereicht. „Steinert Hall", flüsterten sie. „Sie existiert noch. Elton John fahndet angeblich nach ihr." Niemand wusste, ob es wirklich stimmte.

Also suchten sie und fanden, zwölf Meter unter einem alten Klaviergeschäft in der Boylston Street, die Reste der ungewöhnlichsten Konzerthalle, die jemals in dieser Stadt existierte. Alexander Steinert, ein Einwanderer aus Bayern, hatte sie 1896 tief ins Erdreich bauen lassen, damit Klavierkäufer und Konzertbesucher nicht vom Lärm der Pferdekutschen gestört wurden. Steinert Hall wurde zum Geheimtipp. 650 Zuschauer je Aufführung genossen in dem neoklassizistischen Bau einst die Klavierdarbietungen Lhévinnes oder das Geigenspiel Fritz Kreislers. Um zu ihren Plätzen zu gelangen, mussten sie das Klaviergeschäft durchqueren, was dem Absatz der teuren Pianos durchaus förderlich war.

Vier dunkle Holztreppen führten nach unten. Rundbögen, ro-séfarbene Wände, mächtige Säulen, und wertvolle Fresken prahlten dort mit dem Stil der italienischen Renaissance. Steinert Hall machte Eindruck. Und 1942 machte sie zu. Schuld war der Coconut Grove, Bostons angesagtester Nachtclub.

Ein Feuer in dem ausverkauften Etablissement hinterließ 492 Tote, da es nur eine einzige Tür gab, die als Ein- und Ausgang diente. Wie in der Steinert Hall. Die neuen Brandschutzvorschriften brachten das Aus. Der Konzertsaal verfiel zusehends. Alte Pianoteile fanden dort ihre Ruhestätte und Steinert Hall den Tod des Vergessens.

Ein anderes Geheimnis tief im Bostoner Erdreich war nie ins öffentliche Bewusstsein gelangt. Nur die Mitglieder einer etwas anderen Unterwelt hatten es immer gekannt: die Paten, Geldeintreiber und Auftragsmörder der Mafia; die irische Gang um ihren Anführer James „Whitey" Bulger, die lange den Süden Bostons kontrollierte; auch einige der freiberuflichen Zuhälter und Schutzgelderpresser wussten davon. Wussten von „The bunker".

Der „Bunker" war tatsächlich einer. Ein Oberhaupt der italienischen Cosa Nostra, der New England Crime Family, hatte ihn in den 1950er Jahren heimlich zum Schutz seiner Familie bauen lassen. Er gab sich der Illusion hin, ein 18 Meter unter der Oberfläche liegender Schutzraum werde seinen Clan sogar vor den Auswirkungen einer herabfallenden Atombombe bewahren.

Er war ein Bewunderer des Schwergewichts-Champions Rocco Francis Marchegiano – Kampfname „Rocky Marciano" –, der fast jeden Gegner durch einen Knockout besiegte. Daher bestand er auf einem Boxring im Bunker. Angeblich hat Marciano einmal einen Schaukampf in diesem Ring bestritten. Ganz sicher aber wurde er benutzt, um dem Nachwuchs des organisierten Verbrechens die Chance zu geben, sich im Duell mit Vertretern rivalisierender Gangs hervorzutun. Oder um Abtrünnige, die in ihre eigene Tasche gewirtschaftet hatten, zu Tode zu prügeln. Solche Kämpfe fanden ohne Handschuhe statt, damit die Wirkung der Treffer verheerender war.

Nach drei Jahrzehnten wurde es ruhig um den unterirdischen Boxring. Niemand nutzte ihn mehr.

Seit einiger Zeit geschah Merkwürdiges im Bunker. Eine neue Organisation hatte ihn in Beschlag genommen, den alten Eingang verschüttet und einen anderen angelegt. Nur ihre Mitglieder wussten, wo er lag.

72

Ryan Winger war aus dem Krankenhaus zurück. Die Ärzte hatten Sarah ein starkes Schlafmittel gespritzt. Der psychologische Dienst des Mount Auburn würde sich ab morgen um sie kümmern.

Der IT-Chef saß in seinem Büro im dritten Stock der Psy Company. Dort herrschte einige Aufregung. Seine Mitarbeiter hatten sich anfangs geweigert, der Polizei den Computer von Oliver Avery auszuhändigen. Als die Cops ihre Drohungen verschärften, brach der Widerstand. Winger berichtete vom Tod ihres Kollegen, die Details allerdings sparte er aus.

Jetzt sah er sich die letzten Backups in Olivers Account an. Er suchte nach dem Grund für einen Selbstmord, den niemand verstehen konnte, am wenigsten Sarah. Mit seinem Masterpasswort verschaffte sich Winger uneingeschränkten Zugang zu jedem Bit und jedem Byte, das der Mitarbeiter mit der internen Bezeichnung PC 427 genutzt hatte. Lange Zeit fand er nichts. Das änderte sich, als er sich mit den Suchverläufen beschäftigte.

„Was hast du gemacht, Oliver?", murmelte er. Dann ging er auf Averys Spuren die digitalen Wege ab. So fand er Abteilung 6. Und ein kurzes Memo, das Oliver verschlüsselt hatte. Schon das dritte Passwort, das er probierte – „SarahLove" –, gab die Datei frei. Ryan Winger las die Notiz.

„Das wird eng", dachte er und wählte die Mobilnummer von Keanu Bennings.

„Wie schnell können Sie hier sein?"

Er hörte zu.

„Versuchen Sie es in der halben Zeit. Sie brauchen einen schwarzen Anzug. Bringen Sie mir auch einen mit. Und Sturmhauben wären gut."

„Interessanter Dresscode" war alles, was Bennings antwortete, bevor er auflegte.

Der IT-Chef wechselte zum Account von PC2. „Mal sehen, ob du noch im Büro bist."

Er hatte Glück. Auf dem Laptop von Mailer wurde gerade eine Mail getippt. „...bedanke ich mich für das Privileg, Madam President, dass meine Tochter und ich am Wochenende in den Genuss sowohl Ihrer Gastfreundschaft als auch Ihres wertvollen Wissens..."

Bennings trug seinen schwarzen Anzug bereits, als er 20 Minuten später neben ihm stand. Ryan Winger nahm den Kleidersack entgegen und zog sich um. Der Sicherheits-Chef hatte definitiv breitere Schultern als er, aber die Länge passte. Die schwarze Sturmhaube und zwei kleine Geräte steckte er in die Taschen des Sakkos.

„Bitte lesen Sie das." Er erweckte den Bildschirm zum Leben.

Als Bennings fertig war, blickte er auf die Zeitanzeige des Computers.

„Das sind noch 50 Minuten. Ist Mailer im Gebäude?"

Winger tippte einen Befehl ein.

„Er logt sich gerade aus."

„Dann sofort runter zum Auto."

73

Sie warteten in Keanus Tesla. Nach acht Minuten kam Mailer aus dem Gebäude und stieg in sein Auto. Er trug einen schwarzen Anzug. So verlangte es die Einladung, die Avery im Dickicht des Servers aufgefallen war. Er hatte noch einmal in den Dateien der Geheimabteilung 6 herumgeschnüffelt und diese Einladung geöffnet – trotz aller Warnungen.

Sie folgten dem Jaguar 20 Minuten lang mit reichlich Abstand. Mailer fuhr ins North End, das Viertel der Italiener. Er stellte seinen Wagen auf einem großen Parkplatz im Freien ab und ging zum Copp's Hill Friedhof hinüber.

Sie warteten kurz, parkten und hatten Mühe, Mailer nicht aus den Augen zu verlieren. Es war dunkel geworden.

Das schmiedeeiserne Eingangstor der Begräbnisstätte war üblicherweise ab 16 Uhr abgeschlossen. Heute nicht. Mailer schien den Weg durch den fast 400 Jahre alten Friedhof gut zu kennen. Er ging in jenen Bereich, in dem die frühesten Grabtafeln schief und verwittert im Gras steckten. Ein einziges Grabmal gab es in diesem Teil von Copp's Hill. Es war fast zwei Meter hoch. Eine italienische Familie hatte dort ihre letzte Ruhe gefunden. An diesem Abend jedoch wurde sie empfindlich gestört.

Keanu, der auch nachts sehr gut sah, beobachtete aus einiger Entfernung, wie Mailer hinter einer Gedenktafel am Eingang dieses Mausoleums hantierte. Die Tür öffnete sich einen Spalt. Der Geschäftsführer der Psy Company sah sich sorgfältig um, bevor er eintrat und die Tür zuzog.

Keanu und Ryan Winger standen hinter dem dicken Stamm einer Ulme. Sie zählten über 100 Männer, die einzeln oder in kleinen Gruppen an das Grabmal kamen und darin verschwanden. Allen gemein waren schwarze Anzüge und ernste Gesichter. Viele hatten langes Haar. Und die meisten verstanden es, sich leise zu bewegen.

„Als seien sie auf dem Kriegspfad", flüsterte Keanu in Ryans Richtung.

Der Letzte kam um 20.50 Uhr. Sie warteten noch etwas, dann gingen sie hinüber. Keanu griff hinter die Gedenktafel. Er fand zwei runde Steine, die herausragten, und drückte auf sie. Ein leises Klicken ertönte. Die schwere Steintür sprang einige Zentimeter auf. Sie ließ sich erstaunlich leicht bewegen.

„Eine Fake-Tür", murmelte Winger. „Sie sieht nur nach altem Stein aus. Ist aber neue Technik."

Er schloss sie mit der Türklinke aus Messing. Erst jetzt ging eine schwache Beleuchtung an. Eine zweite Tür, die den Zugang nach unten verwehrte, wurde sichtbar. Sie war massiv, modern und mit einem Display versehen.

Keanu runzelte die Stirn. „Sie benutzen Codekarten."

Winger zog ein elektronisches Gerät aus der Innentasche des Sakkos.

„Und wir den Liebling aller Hoteldiebe."

Er legte den Mikrocontroller auf das Display. Er konnte den zuletzt benutzten Code auslesen und imitierte ihn anschließend. Die Tür war offen.

„Respekt, Maestro", kommentierte Keanu die Darbietung seines Kollegen.

„Sag einfach Ryan, das genügt." Es wurde ohnehin Zeit, dass sie sich duzten.

Er wies auf ein Schild, das neu aussah. Es zeigte das Symbol einer Sturmhaube. Sie zogen ihre über den Kopf. Automatisch suchte Keanu die Wände und Decken nach Überwachungskameras ab. Er sah keine.

„Falls es gefährlich für uns wird, rennst du sofort hier hoch und verschwindest. Kümmere dich nicht um mich. Verstanden?"

Er prüfte, wie sich die Tür von innen öffnen ließ. Ein Edelstahl-Türgriff, keine weiteren Sicherungen.

Sie begannen mit dem Abstieg.

74

Es roch modrig. Irgendwo fielen Tropfen im Takt eines gelangweilten Metronoms zu Boden. Je weiter Keanu und Ryan nach unten gelangten, desto deutlicher wurden andere Klänge: Trommeln.

Was als Grollen begonnen hatte, bedrohlich wie das Knurren eines Raubtiers, veränderte sich zum Geräusch einer Herde, die durch ein enges Tal preschte. Als Keanu und Ryan den Bunker erreichten, wurde das Trommeln schließlich zu Donner. Er schickte Schmerz in die Stirn und Angst ins Herz. Er bewirkte, dass all diese Männer, die um einen alten Boxring herum standen, eingeschüchtert waren. Anonym waren sie ohnehin, dafür sorgten ihre uniformen Anzüge und die Sturmhauben, unter denen sie schwitzten.

Der Leader wollte es so. Sie sollten sich schwach fühlen durch den bedrohlichen Klang. Waren sie klein, wirkte er noch größer, wenn sie zu ihm aufschauten.

Keanu bemerkte, dass die meisten kräftig waren, sie schienen körperliche Arbeit gewohnt. Einige Anzüge waren am Revers und den Ellbogen abgewetzt, die Hosen ausgebeult, ihre Schnitte von vorgestern. Solche Männer hatten nur einen Anzug – für die vielen Beerdigungen und die wenigen Hochzeiten. Er hatte die Pflicht, ein Leben lang zu halten.

Große Fackeln stemmten sich in Eisenringen gegen die getünchten Wände. Holzscheite knisterten in Feuertöpfen, die auf der Erde standen. Funken schwebten wie Glühwürmchen in der Luft.

Die Lautstärke der Trommeln, die nirgendwo zu sehen waren, steigerte sich. Bis sie unerträglich wurde, bis die Druckwellen die inneren Organe der Männer zittern ließen.

Schluss. Stille.

Alles künstliche Licht erlosch. Nur die Flammen der Fackeln züngelten gegen die Dunkelheit an.

Der Moment war gekommen. Kurz bevor ein Deckenstrahler, der aus einem Leuchtturm stammen könnte, einen grellen Lichtkegel über den Boxring stülpte, durchbrach ein Schrei die Stille.

„Krieger."

In der Mitte des alten Rings stand ein Mann. Er trug den dunkelroten Kampfmantel eines Boxers, die große Kapuze bedeckte seinen Kopf. Sie schattete sein Gesicht vollständig ab. Später würden Keanu und Ryan erkennen, dass es von einer schwarzen Maske bedeckt wurde.

Die beiden standen in der letzten Reihe. Selbst von hier hinten wirkte der Mann groß. Sein glänzender Mantel reichte bis zum Boden. Er bewegte sich nicht. Selbstbewusst und unverrückbar stand er im Schnittpunkt der vier Eckpfosten auf den Holzplanken. Seine Stimme dröhnte über die Köpfe der Männer hinweg, die er – mit nur einem Wort – in seinen Bann gezogen hatte. Er wiederholte es.

„Krieger."

Diesmal brüllte die Menge zurück, in der Sprache der Lakota: „Zuya." Auf in den Krieg.

Der Leader hob beide Arme. Die Männer verstummten sofort.

„Ihr sagt, ihr wollt in den Krieg ziehen?"

„Zuya.“

Erneut hob er seine Arme.

„Bald werden wir einen Krieg beginnen. Wir und noch viele mehr, überall in diesem Land.“

Mit ihren Füßen stampften sie dumpfe Zustimmung auf den Boden. Keanu beobachtete einen Mann, der dicht am Boxring stand und sich jetzt umdrehte, um die Reaktion der Zuschauer zu studieren. Keanu wusste, dass es Gregory Mailer war. Anschließend suchte dessen Blick den Leader. Der nickte ihm zufrieden zu.

Als die Ruhe zurückkehrte, senkte der Redner seine Stimme. Sie klang suggestiv.

„Ich werde euch von dem ersten Kampf unseres Volkes gegen die Weißen berichten. Dem Kampf, mit dem alles begann.“

75

Der Leader sprach, als wäre er damals dabei gewesen. Diese Rede hatte er präzise einstudiert.

„Es herrschte eine Eiszeit, alles Wasser gefror. Das Eis war fest genug für uns Jäger, um darauf zu gehen. So kamen wir aus Sibirien in dieses neue Land. Wir blieben. Wir wurden die ersten Amerikaner."

Er gab seiner Stimme einen traurigen Klang.

„Eines Tages kamen Weiße, die das neue Land auch gefunden hatten. Sie nannten sich Wikinger."

Angewidert schüttelte er den Kopf.

„Mit ihren Schwertern schlachteten sie acht unserer Brüder ab, als sie schliefen. Die Weißen waren von Beginn an feige. Wir fanden die Fremden. Töteten sie mit unseren Pfeilen."

Die Menge stampfte wieder mit den Füßen auf.

„So begann der Krieg gegen die Weißen. Er dauert nun schon 12 000 Jahre."

Gemurmel waberte durch den Raum.

Plötzlich brüllte der Leader: „Wir haben diesen ersten Kampf gewonnen. Wir werden auch den letzten Kampf gewinnen, der nun beginnt."

Die Männer johlten, während ihr Schweiß in Rinnsalen die Hälse herab kroch.

Ihr Anführer hob die Arme, ein letztes Mal.

„Ihr seid Lakota, Hopi, Pawnee. Ihr seid Comanchen, Irokesen, Apachen. Shawnee, Schoschonen, Cheyenne, Cherokee, Blackfoot und Creek. Viele Orte in diesem Land sind nach euren Stämmen benannt. Aber ihr seid ein Volk. Mit einem Feind: den weißen Eindringlingen. Sie haben unsere Familien getötet, sie haben unser Land genommen."

Er machte eine Pause, exakt an der richtigen Stelle.

Dann brüllte er, wie zu Beginn. „Diesmal töten wir ihre Familie. Diesmal holen wir uns das Land."

„Zuya, Zuya, Zuya."

„Wir sind die ersten Amerikaner, vergesst das niemals."

Inmitten des ohrenbetäubenden Lärms bewegte sich der Leader nach vorne zu den Seilen. Er nahm den Jubel als eine Huldigung entgegen. Etwas an den Bewegungen des Mannes kam Keanu bekannt vor. Wie ein Boxchampion nach dem Sieg ging er auf jede Seite des Rings, reckte die Fäuste. Die Trommeln setzten wieder ein, prägten den Rhythmus des Jubels.

Keanu blickte noch einmal zurück, während er mit Ryan davonschlich. Da sah er es, ein kleines Podest in der Ringmitte, vielleicht 20 Zentimeter hoch. Der rote Mantel hatte es verdeckt.

„Dieser Leader ist also nicht der Größte", dachte Keanu und rannte die Treppe hinauf.

76

Ryan saß mit Liv in der Cafeteria des Krankenhauses. Meist besuchte Liv ihre Assistentin an jenen Tagen, an denen Ryan nicht zu Sarah kommen konnte. Doch solche Tage wurden immer seltener. Es war offensichtlich, wie sehr Sarah bei ihm Halt suchte – und wie gern er bereit war, ihn zu geben. Liv wusste, dass sie vor vielen Jahren einmal zusammen gewesen waren.

„Warum habt ihr euch damals getrennt, Ryan?"

„Ich bin ein diskreter Mensch, Liv. Lass es."

„Jeder kann sehen, dass ihr euch noch viel bedeutet. Du bist es, dem sie jetzt am meisten vertraut."

„Dann ist es so, und wir sehen, was wird."

Liv dachte an das zweite Leben, das sie selbst im Hintergrund führte. Keanu wusste nichts davon. Mailer hingegen, ihr Chef, ahnte etwas. Sie musste vorsichtig sein, aber sie würde es niemals aufgeben. Anders als Menschen wie Sarah oder Oliver waren Charaktere wie Keanu und sie autark, von Natur aus, oder weil sie schlechte Erfahrungen gemacht hatten. Sie konnten mit anderen zusammen sein, aber sie mussten es nicht. Sie konnten Nähe zulassen, aber nur in einer bestimmten Dosierung. Es war oft schwierig, manchmal schade, aber nie zu ändern. So glaubte sie – bisher.

„Bist du im Moment in einer Beziehung?", fragte sie nachdenklich. „Damit meine ich natürlich nicht Sarah. Sie muss es erst einmal schaffen, Olivers Tod zu verarbeiten und ihn loszulassen."

„Das müssen wir beide auch, Liv. Und es fällt mir schwer. Ich habe wenige Freunde, die so aufrichtig und selbstlos sind, wie er es war."

Liv nickte. „Du hast meine Frage nicht beantwortet."

„Du weißt, warum."

„Weil du ein diskreter Mensch bist."

Sie seufzte und erhob sich. „Lass uns gehen, die Quarterback-Besprechung beginnt bald."

77

Emma Roldan, die Leiterin der Sportpsychologie-Abteilung, war seit 17 Jahren bei der Psy Company angestellt. Wer ihren Charakter beschrieb, nutzte eines oder alle der folgenden Adjektive: robust, durchsetzungsstark, ungenießbar. Nur ihr Vater traute sich, ihr Äußeres zu kommentieren: „Ich habe drei Söhne. Joe, Ben und Emma."

Mit ihren 39 Jahren hatte sie zwei Achttausender bestiegen, den 5000 Kilometer langen Radmarathon „Race Across America" in der Kategorie „Women Single" gewonnen, illegal einen Trainingslauf für das lebensgefährliche Hahnenkamm-Skirennen in Österreich absolviert, bei dem nur Männer starten durften. Dafür musste sie in der eiskalten Kabine eines Pistenbullis mit dessen Fahrer schlafen. Er schleuste sie – nach seinem bis unten in Kitzbühel vernehmbaren Höhepunkt – auf die präparierte Strecke. Hinterher wollte er noch einmal etwas von ihr, aber Emma rammte ihm kommentarlos ihre Ski in den Unterleib und stapfte durch den knirschenden Schnee davon.

Ihre größte sportliche Leistung jedoch sah sie darin, dass sie zwei Brüder – durch hartes Wurftraining auf einem verwahrlosten Baseballgelände in der Nachbarschaft – zu respektierten Pitchern gedrillt hatte. Sie spielten heute in der Major League. „Meine Schwester wirft noch immer bessere Knuckleballs als ich", gab Ben in einem TV-Interview zu Protokoll. Es war seine Art, danke zu sagen.

Emma war schon früh eine erstklassige Sportpsychologin mit Kontakten zu vielen Profi-Athleten gewesen. Doch die Position der Abteilungsleiterin sicherte sie sich erst durch eine Wette auf der Weihnachtsfeier. „Ich besiege Sie beim Armdrücken, Sie geben mir den Job", forderte sie den damaligen Geschäftsführer der Psy Company heraus, einen Hobby-Ringer der Halbschwergewichts-Klasse.

Sie deklassierte ihn drei Mal.

Wenn Emma sagte: „Das Meeting beginnt", dann war sofort Ruhe. Keiner wagte mehr, zu stören. Denn sie hatte bei Sitzungen immer einen Rawlings-Baseball in der linken Hand, den sie auf Störenfriede warf. Sie traf immer.

„Das Meeting beginnt."

Stille.

Heute trug Emma den offiziellen Trainingsanzug der portugiesischen Fußball-Nationalmannschaft, natürlich mit Ronaldos Rückennummer. Die Jacke war mintgrün, die Hose oliv.

Keanu schob Gianni heimlich eine Zehndollar-Note zu. Er hatte auf Schwarz mit roten Streifen gesetzt, den Dress des neuseeländischen Rugbyteams „All Blacks".

„Woher wusstest du, was sie anhaben würde?"

„Ihr Sohn ist mein Kumpel."

Keanus Nacken wurde warm. Die Gefahr bestand aus einem 145 Gramm schweren Lederball, der auf ihn zuflog. Er fing ihn, bevor er seine Schulter treffen konnte.

„Gute Reflexe, Catcher!", sagte Emma. „Trotzdem gilt jetzt: Mund halten. Meinen Ball, bitte."

Keanu warf einen langsamen Changeup zurück, wobei er den Ball mit nur drei Fingern hielt. Emma legte einige Anerkennung in ihren Blick, hatte sich aber schnell wieder im Griff.

Sie wandte sich an alle im Saal.

„Ihr wisst, dass wir schon lange am zweitbesten Quarterback der National Football League baggern. Jetzt kommt er endlich zu uns. Keanu, falls Fans ihn erkennen und ins Gebäude wollen, blocken Sie die bitte ab. Aber tun sie ihnen nicht zu sehr weh."

Konzentriert ging sie vor dem Präsentations-Bildschirm auf und ab.

„Banner Lassiter ist ein schwieriger Typ. Er lässt sich nicht gerne etwas sagen. Bernie, sein Coach, weiß das am besten. Banner ist jetzt 28. Er hat die Nase voll davon, hinter Matt Gonzales immer nur die Nummer 2 zu sein."

Emma blieb stehen, verschränkte die Arme vor ihrem Brustkorb. Den weißen Baseball mit den roten Nähten drehte sie in ihrer Hand.

„Ich zitiere ihn: ‚Emma, ich hab alle Coachings und den ganzen Sportpsychologen-Kram schon hinter mir. Bring mir was völlig Neues, oder ich hau gleich wieder ab."

Selbstbewusst drehte sie ihren Kopf von links nach rechts, erfasste alle mit ihrem Blick.

„Wir haben was völlig Neues für ihn. Ich sag euch jetzt, wie's laufen wird."

78

Einen Tag später landete ein mattsilberner Privatjet auf dem Logan Airport, wo bereits ein Porsche Taycan in derselben Lackierung auf Banner Lassiter wartete. Der sagte zu Eric, seinem strapazierfähigen Assistenten: „Sobald ich die Numer eins der Quarterbacks bin, läßt du alles in Gold anstreichen."

Er fuhr den Elektro-Porsche zur Psy Company. Auf dem Beifahrersitz sorgte Eric mit einem Last-minute-Posting auf Twitter dafür, dass genügend Fans dem Quarterback auflauerten, wenn er vor dem ehrwürdigen Gebäude eintraf.

Banner signierte einige Footballs und das Sixpack einer sportsüchtigen Teenagerin. Der Sicherheits-Chef, der ihn an einen Action-Schauspieler aus Hollywood erinnerte, hatte den Eingangsbereich mit Sperrgittern sichern lassen und dirigierte Lassiter in die offenen Arme der Sportpsychologie-Chefin.

„Emma, wenn du noch fester zudrückst, muss ich meine Touchdowns mit gebrochenen Rippen werfen."

„Jammer nicht, Banner. Die Attacken der 150-Kilo-Bullen deiner Gegner überstehst du auch."

„Ja", grinste er, „aber die sind harmlos im Vergleich zu dir."

Freundschaftlich verstrubbelte er ihre kurzen Haare, aus denen blaue Strähnen hervorstachen. „Gut, dich zu sehen. Bin gespannt, was du für mich hast."

Als Antwort führte sie ihn durch die Tür ins Foyer. Mehrere Tische standen hintereinander. Sie waren präpariert.

„Als erstes habe ich Eingangs-Tests für dich. Sie heißen zu Recht so. Nur wenn du mindestens zwei von drei bestehst, kommst du hier rein."

Der Quarterback ist der wichtigste Mann eines Teams. Der Spielmacher. Zu Beginn jedes Spielzugs bekommt er den eiförmigen Football in die Hände. Ab dieser Sekunde wollen die schwersten und rücksichtslosesten Spieler des Gegners ihn zu Boden reißen.

Sein eigenes Team baut einen Schutzwall um ihn herum auf. Fünf Männer versuchen, die gegnerischen Panzer ein paar Sekunden lang aufzuhalten. Damit er, Banner Lassiter, die richtige Entscheidung treffen und den Football weit übers Feld werfen kann – hoffentlich in die Arme eines seiner Stürmer. Dessen Aufgabe ist es, so weit wie möglich ins Feld des Gegners zu sprinten, am besten in die Endzone. Dort wirft er den Ball zu Boden. Beim American Football geht es um Landgewinn, es ist eine Reminiszenz an die Siedler, die im Wilden Westen neues Terrain eroberten. Der Quarterback führt den Treck an. Er braucht eiserne Nerven.

Matt Gonzales hat sie, deshalb ist er der beste Quarterback. Banner Lassiter hat sie nicht immer. Vor allem nicht jetzt, beim Anblick der Tische mit Tests, bei denen er sich blamieren konnte. Er wollte sich seine Unruhe nicht anmerken lassen, doch Emma sah alles. Das wusste er. Sie war ein Psycho-Profi.

„Lass es zu, Banner. Genau deshalb bist du hier. Wir zeigen dir, wie du besser mit diesem Nervenflattern umgehen kannst. Wie du die Nummer eins wirst. Geh zum Tisch."

Außer Emma, dem Sicherheits-Chef und seinem eigenen Assistenten war niemand mehr im dem riesigen Foyer. Die Fans konnten nicht hereinschauen. Lassiter, 28 Jahre, 1,95 Meter, 93 Kilogramm, setzte die Kopfhörer auf, die Emma ihm reichte. Sie waren schwer und wirkten, als hätten sie bereits Funkern im Zweiten Weltkrieg gedient. Das Leder hatte tiefe Risse, sie kratzten an seinen Ohren.

Die ernste Stimme eines Mannes erklang. Er sprach monoton, aber sehr präzise. Vermutlich hatte er jahrelang die Börsenkurse im Radio vorgelesen.

„Guten Morgen, Mister Lassiter. Ich bin ein Fan der New England Patriots. Ich hoffe, das stört sie nicht."

„So lange wir sie regelmäßig schlagen, habe ich kein Problem mit den Pats, Mister…"

„Mein Name tut nichts zur Sache. Hier ist Ihr erster von drei Tests. Es sind Eignungstest für eine bestimmte Berufsgruppe, von der Sie sehr viel lernen können. Falls Sie die Tests erfolgreich absolvieren, trainieren wir Sie mit dem speziellen Wissen dieser Experten. Sie könnten enorm davon profitieren. Viel Glück, Quarterback."

Er vernahm Rauschen. Sonst nichts. Lassiter schloss die Augen.

„Sie hören gleich sechsstellige Zahlenkombinationen. Drei Stück. Danach lese ich Ihnen drei weitere Kombinationen vor. Anschließend will ich von Ihnen wissen, ob es die gleichen Zahlenfolgen waren oder ob eine von ihnen verändert war. Haben Sie die Aufgabe verstanden?"

Lassiter nickte.

„3-9-2-8-4-0."

„6-0-4-7-1-2."

„0-9-4-3-9-9."

Eine Minute lang wieder nur Rauschen, dann begann die zweite Runde.

„6-0-4-7-1-2."

„3-9-2-8-3-0."

„0-9-4-3-9-9."

„Wie lautet Ihre Antwort, Quarterback? Waren es exakt dieselben drei Zahlenreihen oder war eine anders?"

Lassiter hatte ein gutes Zahlen-Gedächtnis. Die Taktik-Trainer nummerierten alle denkbaren Spielzüge seines Teams. Und er als Spielmacher musste alles im Kopf haben: die Zahlen und die vorgeschriebenen Laufwege seiner Mitspieler.

„Eine Kombination war anders. Die Zahl 3 statt der 4."

„Korrekt, Quarterback. Wechseln Sie zum nächsten Tisch."

Dort stand ein altertümlicher, schwarzer Kasten mit fünf Leuchtdioden. Dahinter nahm er einen Bildschirm wahr, der nichts anzeigte.

„Dieser Test dauert mindestens 20 Minuten. In jeder Sekunde leuchten drei von fünf Dioden auf. Wenn direkt hintereinander dieselben Lichter zu sehen sind, drücken Sie den grauen Knopf vor Ihnen. Verstanden?"

„Ist ja nicht schwierig. Fangen wir an."

„Nein, denn das war noch nicht alles. Auf dem Touchscreen tauchen in unregelmäßigen Abständen einzelne Wörter auf. Wischen Sie jedes Wort zur Seite, das auf den Buchstaben D, T oder G endet. Haben Sie auch das verstanden?"

Die Antwort des Quarterbacks klang diesmal zögerlicher: „Ich denke schon." Emma beobachtete, dass er sich die Hände an seiner 4000-Dollar-Cargohose abwischte.

Der Ein-Sekunden-Takt der Leuchtdioden erschien ihm rasend schnell. Nur äußerst selten wiederholte sich ihr Muster. Das zermürbte ihn. Als er sich gerade an den Rhythmus gewöhnt hatte, schlichen sich die Wörter auf den Bildschirm. Sie zoomten von hinten nach vorn und verschwanden wieder im Hintergrund.

Ihm blieb kaum Zeit, jene mit D, T oder G als letztem Buchstaben zu erkennen und sie wegzuwischen. Oder war es D, T und W? D, T und E? Nein, es muss G gewesen sein, beruhigte er sich, während seine Augen die Dioden beobachteten und sofort danach den Bildschirm, dann wieder zu den Leuchtpunkten in dem schwarzen Kasten hetzten und zurück zum Display mit dem nächsten Wort. Lassiters feuchte Finger schmierten über den Bildschirm. Sie hinterließen Spuren wie rote Nacktschnecken ihren Schleim, wenn sie über den Waldboden krochen.

Unter solchen Umständen sind 20 Minuten eine ungeheuer lange Zeit.

79

Nach Test zwei fühlte sich Banner Lassiter wie nach einem Doppeltraining mit seinem Konditionscoach in voller Montur. Brustpanzer, Helm, Gesichtsmaske, Oberschenkel- und Kniepolster.

Die Stimme aus dem Kopfhörer sprach mit ihm. „Wir haben Ihnen bewusst verschwiegen, dass wir bei diesem Test eine Fehlerquote von zehn Prozent erlauben. Sie liegen bei 14 Prozent und haben nicht bestanden."

Der Football-Spieler wirkte geschockt.

Ihr Tonfall hatte sich verändert, als die Stimme fortfuhr. Sie wirkte jetzt weniger streng.

„Wir reduzieren Ihre Fehlerquote um fünf Prozentpunkte, falls Ihnen bei der Auswahl der eingeblendeten Wörter etwas aufgefallen sein sollte. Zehn Sekunden Zeit für die Antwort."

Lassiter versuchte sich zu erinnern. Jones, Bailey, Andrews.

„Sie sind ein solches…"

„Vorsicht, Quarterback, sonst nehme ich Sie vom Spielfeld runter."

„Das waren alles Namen von Spielern der New England Patriots."

Emma haute ihm lachend auf die Schulter, was einen Bluterguss hervorrufen würde.

„Test Nummer drei ist einfach. Sie spielen American Football auf der Spielkonsole. Ihr Team muss gewinnen. Spielen Sie bitte ohne Kopfhörer."

Lassiter sann auf Rache und wählte die Patriots zum Gegner, die hier in Bosten zuhause waren. Seine Finger rasten über den Controller, er war gut. Schnell hatte er zwei Touchdowns geschafft, seine Passquote blieb hoch. Er warf meist auf seine schnellen Wide Receiver, die das Ei fehlerlos fingen und ins Ziel trugen.

Als er gerade dabei war, den nächsten Wurf auf seinen Tight End ganz vorne im Feld der gedemütigten Patriots auszuführen, sagte der Sicherheits-Chef etwas in sein Ohr.

„Was?", fragte Lassiter nach.

„Ich sagte, dass ich letzte Woche mit deiner Mila unterwegs war. Sie fühlt sich von dir vernachlässigt. Auch im Bett."

Keanu rückte noch näher heran.

„Sie war ausgehungert. Ich konnte wirklich nicht anders."

93 Kilo warfen den Tisch um, als sie sich aus dem Stuhl katapultierten. Emma bewunderte diesen Blitzstart. Wütend schlug der Quarterback auf den Sicherheits-Chef ein. Keanu wehrte fast alle Hiebe ab, nur einer kam durch. Ein Nierentreffer, der noch lange schmerzen sollte.

Emma spürte, dass Keanu sich nicht mehr lange mit der Defensive zufriedengeben würde, wie sie es vereinbart hatten. Sie ging dazwischen und schrie Lassiter ins Gesicht: „Bring dein Spiel zu Ende, Quarterback. Schlag die Patriots. Sonst bist du raus."

Mühsam gewann Lassiter die Beherrschung zurück.

„Bring dein Spiel zu Ende, Mann", herrschte Emma ihn nochmals an.

Er warf Keanu einen hasserfüllten Blick zu.

Tisch und Konsole standen bereits wieder. Lassiters Pässe kamen jetzt seltener an, sein Spiel war fahrig. Nur der üppige Vorsprung rettete einen glanzlosen Sieg.

„Kaffeepause", rief Emma und zog den erschöpften Football-Spieler mit sich.

80

Nachdem sie Banner Lassiter in einen Konferenzraum im vierten Stock geführt, auf einen Designer-Ledersessel bugsiert und mit einem doppelten Espresso Latte versorgt hatte, tätigte Emma zwei Anrufe. Der erste galt Kay, der freiberuflichen Motivationstrainerin.

„Komm rüber und bring deine Hündin mit. Ich brauche hier dringend gute Stimmung, unser Klient hängt durch." Kay und Mae würden gleich da sein.

Der zweite Anruf war für den Geschäftsführer. Der wollte den berühmten Quarterback natürlich kennenlernen.

Mailer ging sofort ans Handy.

„Sir, es geht um Lassiter. Wir sollten Ihr Treffen auf später verschieben."

„Weshalb?"

„Nach den ersten Tests ist er etwas von der Rolle. So ein Date mit den eigenen Defiziten kann ziemlich schockierend sein."

„Verstehe. Dann machen wir es am Nachmittag. Hauptsache, er unterschreibt auf meinem Football."

„Das dachte ich mir."

Genervt legte Emma auf. Sie hasste dieses Schaulaufen der Eitelkeiten.

Mailer wiederum hasste es, Zeit zu vertun. Also zog er sein Telefonat mit Robert E. Byler vor.

„Professor, wie weit sind Sie mit den Transfer-Vorbereitungen für den General? Meine Männer wollen in den kommenden Tagen auf ihn zugreifen, vermutlich nachts. Wir müssen schnell reagieren."

Prof. Byler klang vorsichtig: „Das dürfte kein Problem sein, wenn genügend Zeit für die präzise Platzierung meiner I-Bots bleibt."

„Die Zeit bekommen Sie. Bekomme ich auch, was ich mir gewünscht habe?"

Der Wissenschaftler druckste herum, räusperte sich mehrmals.

„Für diesen Schritt scheint es noch zu früh zu sein, Dr. Mailer. Wir sind mitten in der Phase, den Empfang der Gehirnsignale zu stabilisieren. Das Andere stellt uns vor komplexe neue Probleme."

„Dann lösen sie die gefälligst. Von dem Anderen, wie sie es nennen, hängt der Erfolg unseres Plans ab. Ich rate dringend davon ab, mich zu enttäuschen, Byler."

Mailer griff nach seinem Talisman. Es war eine alte Medaille, die er immer bei sich trug. Das Gesicht des Kriegshäuptlings Geronimo, in Metall graviert. Er hielt sie so lange in der Hand, bis er sich stark genug fühlte. Erst dann rief er den Leader an.

Auf dessen Frage, wann der Wissenschaftler liefern werde, antwortete er: „Bald. Er weiß, dass sein Leben davon abhängt."

Als der Leader fragte, wie stark die Bewegung in Mailers Territorium inzwischen war, nannte er die Zahl „20 000 Mann".

Und als der andere wissen wollte, wann Krieger und Waffen bereit sein würden, sagte er den Satz, den der Leader hören wollte: „Sie warten nur noch auf Ihr Kommando."

81

Banner Lassiter war inzwischen auf ein Sofa umgezogen. Die Golden-Retriever-Dame Mae lag quer über seinen Beinen und ließ sich mit Vollkornkeksen füttern.

Auch die anderen Abteilungsleiter und wichtigen Mitarbeiter hatten sich inzwischen in dem Raum eingefunden und den Quarterback begrüßt. Der fühlte sich somit wichtig. Das war gut so.

Es gab noch ein zweites Weibchen, das er gerne füttern würde. Die große, blonde Schönheit, die sich ausgerechnet mit dem Sicherheits-Chef unterhielt.

Emma klatschte in die Hände.

„Banner, jetzt beginnt die Show."

Bis auf das Fiepen der weißen Hündin, die nach weiteren Keksen flehte, war es ruhig.

Eine große Trennwand fuhr elektrisch zu Seite. Sie hatte bisher den Raum halbiert. In der hinteren Hälfte, die nun sichtbar wurde, projizierten Beamer den Inhalt von Radarschirmen an die Wände. Die Zuschauer sahen grobe Linien, blinkende Punkte und ein Raster, das sich über alles legte. Drei Frauen und vier Männer, die einen konzentrierten Eindruck machten, standen von ihren Spezialstühlen auf. Emma deutete auf sie.

„Quarterback, das hier ist die Elite der Federal Aviation Administration. Die besten Fluglotsen der Vereinigten Staaten."

Banner Lassiter reagierte perplex. „Fluglotsen? Ist das euer Ernst?"

Emma nahm ein Ei aus braunem Leder in die Hand.

„Und ob das unser Ernst ist. Was sie leisten, ähnelt dem, was du tust. Aber während du" – sie warf den Football mit Wucht in seine Richtung, er fing ihn, aber die Hündin suchte erschrocken das Weite – „während du also nur dieses Ding aus genopptem Leder ins Ziel lenkst, steuern die Spezialisten dort jeden Tag Hunderttausende von Menschen durch die Luftkorridore. Sie bewegen jede Minute Milliarden von Dollar. Einer von ihnen wird deinen Flieger heute nacht sicher nach Hause lotsen. Sie überblicken ihr Spielfeld besser als du deines. Sie reagieren präziser in jedem Notfall, ob Flugzeugentführung oder Triebwerksausfall. Sie greifen auf ein bewährtes Krisen-Interventionsprogramm zurück. Wenn sie einen entscheidenden Fehler gemacht haben, richten sie sich schneller wieder auf als du nach einem vermasselten Touchdown."

Der Quarterback war gefesselt von ihrem Vortrag.

„Was du machst, ist ein Spiel. Bei dir geht es nur um Punkte und Siege oder den Gewinn der Superbowl. Bei ihnen geht es immer um das Leben von Kindern, Frauen und Männern. Wir haben sie dazu gebracht, dich einen Tag lang hart zu trainieren. Ein Training, wie es kein Sportler zuvor bekommen hat."

Alle im Raum applaudierten den Fluglotsen.

Emma reckte beide Arme in die Luft. Es wurde wieder still.

„Noch was, Banner. Diese Ladys und Gentleman tun dies, obwohl du gerade mal einen der drei Eignungstests für Fluglotsen bestanden hast, wenn man es genau nimmt."

Banner zeigte auf Keanu und sagte: „Aber nur, weil er mich mächtig provoziert hat."

Emma gab kein Pardon. „Hör auf, nach Ausreden zu suchen, Quarterback. Wenn einer dieser Sieben einen Drohnenangriff auf einen Flieger bewältigen muss, kann er auch nicht jammern, dass das unfair sei."

Lassiter ging hinüber zu den Fluglotsen. Er drückte jedem voller Respekt die Hand und bedankte sich für ihr Kommen.

82

Als Gregory Mailer am Nachmittag wuchtig den Raum betrat, einen abgewetzten Football unter dem Arm, saß Banner Lassiter vor einem 70-Zoll-Radarschirm und ließ gerade eine Boeing 747 vor einem Airbus A380 in den Endanflug auf den Shanghai Pudong International Airport gehen. Er unterschrieb den Ball etwas unleserlich, weil der Airbus zu dicht herankam und er dem Piloten schnellstens ein „Lufthansa Eight Bravo Golf, reduce speed to 170 knots" in den Kopfhörer schicken musste.

Die Fluglotsen schonten ihn nicht.

„Du siehst, wir arbeiten immer am Staffelungs-Minimum. Zeit ist Geld. Für den Endanflug auf die Landebahnen setzen wir die Flieger so knapp wie möglich hintereinander. Ändert sich bei einem die Geschwindigkeit nur um 20 oder 30 Knoten, kann das zum Problem werden. Du musst das alles im Blick haben, Sportsfreund."

Das Spielfeld, auf dem sie arbeiteten, war aber noch viel komplexer. Es ging nicht nur um die Anflug- oder Abflug-Korridore, sondern um ein beeindruckend großes Stück des Luftraums. Die Lotsen mussten ständig checken, ob alle Maschinen in der Luft den Mindestabstand von fünf Meilen zur nächsten einhielten. Nach oben und unten betrug die vorgeschriebene Distanz 1000 Fuß.

Sie hatten die vielen Angaben auf den Flugplänen im Blick zu behalten. Welche Flieger verließen den Luftraum, welche wollten in ihn einfliegen? Sie wiesen alle paar Sekunden den Piloten ihre Befehle zu. Sie achteten darauf, ob an irgendeiner Stelle ein Flugzeug in Probleme zu geraten schien.

„Wie konnten sie so viele Informationen auf einmal aufnehmen?", fragte sich der Football-Star. Vor allem aber: „Wie behielten sie den Überblick über ihren gewaltigen Luftraum, in dem so viel Bewegung war?"

Sie übten es mit ihm, geduldig, aber fordernd. Sie brachten ihn an seine Grenzen und dann darüber hinaus.

Alles begannen mit der Aufteilung des Spielfeldes.

„Du teilst es in Quadrate ein. Immer dieselben Quadrate. Unsere Trainees machen anfangs alle denselben Fehler", erzählte ihm Marc Thelen, ein Routinier. „Sie glauben, Multitasking sei möglich. Ist es aber nicht. Sie beobachten fünf Flieger plus die vier Flieger dahinter. Sie ignorieren die Quadrate. Es funktioniert nicht."

Marcs Zeigefinger tippte auf Banners Brust. „Du kannst nicht alle Stürmer gleichzeitig im Blick haben. Vergiss es. Du musst es machen wie wir. Du gehst, bevor du den Ball übers Feld wirfst und die Gegner dich niedermetzeln wollen, Quadrat für Quadrat durch, voll konzentriert. Schau den ersten Flieger, also Spieler, an: Kannst du auf ihn werfen oder nicht? Wenn nicht, gehst du sofort zum zweiten Spieler. Abhaken. Zum dritten. Abhaken. Zum vierten. Jedem gibst du 100 Prozent Aufmerksamkeit. Du gehst nicht wieder zurück zu einem Spieler, den du bereits gecheckt hast, hörst du? Niemals. Wieviel Zeit hast du vor deinem Wurf?"

Lassiter sagte es ihm.

„Im Durchschnitt fünf Sekunden, okay. Du brauchst einen Standard, der immer funktioniert. Der gibt dir Sicherheit, selbst wenn dir scheinbar nur wenig Zeit bleibt."

Eine Lotsin übernahm das Gespräch, als würden sie einander ein Flugzeug auf dem Monitor übergeben, das in den nächsten Sektor flog. Die junge Frau hieß Harper und sah der amtierenden Miss South Carolina sehr ähnlich.

„Das Zweite, was deine Nerven ruhig bleiben lässt, ist deine Wahrnehmung des Zeitfensters", sagte sie. „Du darfst niemals den Gedanken zulassen: ‚Oh Gott, ich habe nur fünf Sekunden für meinen Wurf.' Denn dann sind schon zwei Sekunden vorbei, bis du diesen Gedanken zu Ende gebracht hast."

Sie sah ihn streng an. Lassiter hing an ihren Lippen.

„Was du dir vor jedem Spiel klarmachst, ist Folgendes: ‚Ich habe nicht eine Sekunde für meinen Wurf. Oder zwei Sekunden. Ich habe volle fünf Sekunden."

Emma griff den Ball auf. „Und jetzt kommt es, Banner. Du musst diese Spanne immer wieder als besonders viel Zeit wahrnehmen. Für den reinen Wurf benötigst du nur eine Sekunde. Wenn du jedoch fünf Sekunden hast, dann kannst du drei Sekunden lang nach einer Lösung suchen, sie eine Sekunde lang reflektieren und erst dann werfen. Hast du das begriffen, Quarterback?"

„Ich hatte bisher immer nur Angst, dass mir die Zeit nicht reicht."

„Du hast alle Zeit der Welt, Mann. Du hast es nur nicht gewusst."

So ging es den gesamten Nachmittag weiter und in den Abend hinein. Auch für Keanu war es spannend, den Fluglotsen zuzuhören.

„Nicht einfrieren. Entscheiden und machen. Aus Angst, etwas Falsches zu tun, machen viele überhaupt nichts. Das ist der größte Fehler."

„Du warst schon 1000 Mal in solch einer Situation. Du hast schon 1000 Mal bewiesen, dass du es kannst. Das muss dein Mindset sein: ‚Ich kann es'."

„Selbst wenn es 0:24 gegen dich steht: Jedes Mal, wenn der Gegner Punkte geholt hat, stellst du für dich selbst im Kopf wieder auf 0:0. Dann weißt du, noch ist alles möglich. Dann gewinnt dein Team am Ende 51:31. Wenn ein Fehler passiert, machen wir es genau so. Wir stellen wieder auf null."

Jonathan, der älteste Fluglotse und Teamleiter, hob sich eine Botschaft bis zum Ende auf. Ihm war klar, dass Banner Lassiter nicht mehr viel aufnehmen konnte. Aber dieser letzte Punkt war von großer Bedeutung. Er stand auf und bat den Football-Spieler, seinen Platz vor den Radarschirmen einzunehmen, auf denen es unablässig blinkte, Symbole schrittweise vorrückten und Zahlen sich permanent aktualisierten.

„Mister Lassiter, wenn Sie beherzigen, was ich Ihnen nun sage, wird nie wieder jemand ihre Konzentration stören können. Nicht einmal, wenn er behauptet, mit Ihrer Herzdame das Bett geteilt zu haben."

Er blickte zu Keanu, der Lassiter zunickte.

„Die große Kunst ist es, in seinem Rahmen zu bleiben. Wenn Marion, meine von mir verehrte Ehefrau, mich in den Stunden vor Dienstbeginn zur Weißglut getrieben hat, dann fällt das in dem Augenblick von mir ab, in dem ich den Lotsenraum betrete. An diesem Ort bin ich nur Fluglotse, nicht Ehemann, nicht Vater. Ich bin ein Profi, nichts in diesem Raum ist privat oder persönlich. Begreifen Sie, was ich Ihnen sagen will?"

Der Quarterback war sich noch nicht sicher.

Harper, die junge Fluglotsin, machte weiter. „Jo will, dass niemand von außen Sie erreichen kann, sobald Sie in Ihrem Rahmen sind. Niemand, der nicht zu Ihrem Team gehört. Wenn ein Gegner Sie beleidigt – es erreicht Sie nicht. Und wenn das Publikum Sie ausbuht – Sie nehmen es nicht zur Kenntnis. Sie erlauben keinem Menschen, Sie aus Ihrem professionalen Rahmen herauszuziehen."

„In dem Moment, in dem du das schaffst", sorgte Emma für den psychologischen Touchdown, „bist du besser als Matt Gonzales. Dann bist du die Nummer eins."

Banner Lassiter, 28 Jahre, 1,95 Meter, 93 Kilogramm, ewiger Zweiter unter den Quarterbacks der National Football League, erhob sich aus dem Fluglotsen-Stuhl.

Diesmal gab er keinem der sieben Experten die Hand. Er umarmte sie vor Dankbarkeit. Am längsten dauerte die Umarmung bei Harper Wilson, 23 Jahre, 1,74 Meter, 58 Kilogramm.

83

Der Quarterback hatte die Psy Company verlassen. Keanu ging zu Ryan und Liv, die sich über Sarah unterhielten. Er drückte jedem von ihnen einen Zettel in die Hand. Darauf stand eine Adresse.

„Könnt ihr in einer Stunde dort sein? Ich muss euch einige wichtige Dinge erzählen. Es ist Zeit dafür."

Er sah ernst aus. Als Ryan mit seinem Handy die Adresse fotografieren wollte, stoppte ihn Keanu: „Nichts Digitales. Keine Spuren."

Der IT-Chef verstand sofort.

Keanu fuhr vorher zuhause vorbei, holte drei große Handtücher aus dem Wäscheschrank. Er tätigte einen kleinen Einkauf in einem Sportgeschäft und ging danach in einen Deli, um Sandwiches, Käse und Weißwein aus Frankreich zu kaufen.

Liv war mit dem Rennrad gekommen, Ryan hielt einen Motorradhelm und einen Moto-Guzzi-Schlüssel in der Hand. Keanu führte sie zur Rückseite, wo er die quietschende Metalltür öffnete. Er schaltete das Licht ein.

Ryan stand vor dem Schild mit der Aufschrift „Reservebehälter IV für Reinwasser".

„Wieso hast du hier Zugang?", fragte er, bekam aber keine Antwort. Liv lehnte ihr Bianchi-Rad an eine Wand im Inneren. Sie lächelte wissend.

Keanu trug zwei Taschen und führte seine Kollegen zu der Metalltreppe.

Als sie unten angekommen waren, drehte er den Lichtschalter. Liv und Ryan waren sprachlos.

„Unglaublich", sagte der IT-Chef schließlich. Liv war fasziniert von der Atmosphäre im Bassin, von dem schwachen Licht und dem grünen Wasser. Sie ging am Rand eines Beckens in die Hocke und atmete den Geruch ein. Er war völlig neutral.

Keanu reichte ihr leere Pappbecher. „Dreimal Wasser ohne Kohlensäure, bitte."

Er breitete ein Geschirrtuch auf dem Boden aus und holte die Brote, den Käse, einige Salate und den Weißwein aus der Tasche des Feinkostgeschäftes. Dazu Pappteller und Holzbesteck. Er gab jedem ein gefaltetes Duschhandtuch, auf das sie sich setzen konnten.

Ryan schenkte den Wein ein.

„Also, das hat Stil, ein Entre-deux-mers. Hab ich zuletzt beim Wintersurfen in der Bretagne getrunken."

„Hunger", stöhnte Liv. „Erst essen, dann reden. Ist das okay?"

Hier unten, wo es kaum ablenkende Einflüsse gab, schmeckte alles noch intensiver. Sie konzentrierten sich auf jeden Biss. Er brachte Aufschub. Denn sie wussten, dass danach ein schwieriges Gespräch anstand, von dem einiges abhing. Sonst hätte Keanu nicht solchen Aufwand betrieben.

„Was ist eigentlich in der kleineren Tüte dort?", fragte Liv nach dem Picknick.

„Sag ich nicht."

„Was sagst du uns stattdessen?" Sie legte eine Hand auf ihren vollen Bauch und thronte wie eine Yogalehrerin im Lotussitz auf ihrem Handtuch. Keanu lehnte sich mit dem Rücken gegen einen der Eisenpfeiler und zog die Knie an. Ryan tat es ihm gleich, doch vorher ließ er den letzten Rest Wein in ihre Becher tropfen.

Keanu reagierte nachdenklich auf Livs Frage. „Ich sage euch die Wahrheit. Aber vorher möchte ich gemeinsam an Oliver denken. Weil er gestorben und der Grund ist, weshalb wir Drei hier sind."

Er nahm Livs Hand, sie die von Ryan, der gleichzeitig den Kreis schloss, indem er nach Keanus Hand griff. So blieben sie eine Zeit lang sitzen.

Keanu atmete heftig aus und löste den Bann. Er sah, dass Ryan sich bekreuzigte, es schien eine selbstverständliche Geste für ihn zu sein.

Dann hörten er und Liv zu, was Keanu zu sagen hatte. Er weihte sie in mehr ein, als sie bisher wussten, redete über die Schärfe der Drohungen gegen Oliver Avery und den Verdacht, dass die Quad-Attacke auf Sarah damit zusammenhing. Zuletzt nannte er den genauen Zweck der Transferabteilung.

Ryan unterbrach ihn an dieser Stelle.

„Ich habe noch eine Aufzeichnung in Olivers Account gefunden. Ich weiß, wie ihre Transfer-Experimente angelegt sind. Welche Technik sie einsetzen." Er sagte es ihnen.

Keanu ließ sich nicht anmerken, dass er diese Informationen dank der alten Indianerin längst hatte.

Liv war schockiert, als sie von den Mikro-Robotern hörte und was sich damit anrichten ließ. Ihr scharfer Verstand führte sie zu der Frage, ob solche Nanobots für den Tod von Oliver gesorgt haben könnten.

„Möglich", sagte Keanu. „Aber es lässt sich unmöglich beweisen. Die Polizei hat bislang nichts Verdächtiges gefunden, sagte mir Captain Roach. Wir sind auf uns selbst gestellt, fürchte ich. Ryan, erzähl ihr bitte, was wir im Bunker erlebt haben."

Als Liv vom Leader und seiner Truppe hörte, von der Rolle Mailers und dem Aufpeitschen des Mobs, köchelte die Wut in ihr.

Wie bei Nudelwasser stiegen immer mehr Bläschen auf, bevor die Wut zu sprudeln begann und über den Rand kochte.

Sie rannte an mehreren Becken entlang und gab einen Schrei von sich. Ein Echo wiederholte ihn leise. Sie ballte die Fäuste und schrie noch einmal. Ihr Oberkörper hob und senkte sich, als sie tief ein- und ausatmete. Dann war die Eruption vorbei. Aus dem isländischen Vulkan Sigmarsson war Magma ausgebrochen, zu Lava geworden, und nun erkaltete sie. Die beiden Männer hatten einem Naturereignis beigewohnt.

Liv kam auf sie zu. „Was dieser Präsidenten-Psychopath und sein Abschaum nicht geschafft haben, müssen wir jetzt auch bei diesen Verbrechern vereiteln. Dieses Land ist zu gut für schlechte Menschen."

Sie sah, dass die beiden längst zu demselben Schluss gekommen waren.

„Mir ist heiß. Ich geh mich abkühlen."

Keanu reichte ihr die kleine Papiertüte.

Liv nahm den weißen Badeanzug heraus.

„Woher kanntest du die Größe?"

„Ich hab der Verkäuferin gesagt, er sei für ein Supermodel mit zuviel Busen."

Er warf Ryan eine seiner eigenen Badehosen zu. Der fing sie und zeigte auf einen runden Aufnäher. „Was ist das?"

„Nichts Besonderes. Das Schwimmabzeichen eines deutschen Sicherheits-Dienstes."

„Was war dein Job dort?"

„Personenschutz. Und nein, du darfst mich nicht fragen, ob ich schon mal jemanden getötet habe."

„Muss ich nicht fragen. Ich bin mir sicher, du hast."

Keanu sah ihn erstaunt an.

Ryans Blick veränderte sich. „Wir erkennen einander."

Er ließ sich ins Wasser gleiten. Liv war längst drin und kraulte durch eines der Becken. Das eiskalte Wasser schwemmte die Reste ihrer Wut fort. Sie wurde endlich ruhig. So entstand Raum für einen neuen Gedanken: „Heute nacht kann ich nicht alleine schlafen."

84

Sie war eingeschlafen. Kälte macht müde.

Keanu hatte Liv nach dem Schwimmen behutsam in sein Auto gesetzt, um sie heimzufahren. Ihr Rennrad lag im Kofferraum des Tesla. Mit ausgebautem Vorderrad passte es gerade so hinein.

„Zu dir", murmelte sie und schlief weiter.

Seine Lieblingsnachbarin Lori blickte aus dem Fenster ihrer luxuriösen Wohnung, als Keanu die Autotür mit dem Fuß zustieß. In seinen Armen hielt er den schlanken Körper einer jungen Frau, deren Kopf an seiner Brust lag. Er trug sie mühelos. So hatte ihr Gerry sie auch immer ins Schlafzimmer getragen, wenn sie auf dem Sofa eingeschlafen war, erinnerte sich Lori an ihren verstorbenen Mann.

Sie hatte zwei Türspione einbauen lassen. Als Keanu wie auf Zehenspitzen die Treppe hochstieg, hob seine Vermieterin ihr Auge an jenen, der Details näher heranholte. Sie sah das Gesicht der Frau, sah ihre blonden Haare herunterhängen. Sie sah auch den zärtlichen Ausdruck in den Augen jenes Mannes, der wie ein Sohn für sie war.

Lori hatte keine Kinder. In diesem Moment jedoch spürte sie die traurige Eifersucht einer verlassenen Mutter.

Es war fünf Uhr morgens, als Liv sanft die Tür hinter sich zuzog und das Haus verließ. Sie hatte ihm einen Zettel auf das warme Bettlaken gelegt: „Wir holen alles nach, was wir heute Nacht nicht getan haben, versprochen. Ich behalte das Hemd, das du mir angezogen hast."

Teil 5:

Der Verrat

85

Joseph C. McGrammer befehligte einen Truppenteil, den es offiziell nicht gab. Anders als die Nationalgarde zählte die SGPC, die „Spezielle Garde zum Schutz der Verfassung" nicht zur militärischen Reserve der US-Streitkräfte. Sie galt als eine Schattenarmee.

Die Special Guard war in aller Stille gegründet worden, nachdem ein Präsident der Vereinigten Staaten seine Wähler zum Bürgerkrieg aufgerufen hatte. Abgeordnete anderer Parteien waren beinahe ermordet, das Capitol gestürmt und die Demokratie wie ein Autowrack über dem Abgrund geschoben worden. Noch ein letzter Stoß, und sie wäre in die Tiefe gestürzt.

Die neue Präsidentin, offensichtlich deutlich intelligenter und integrer als ihr Vorgänger, gründete die Special Guard aus Soldaten, die sich bereits durch hohe Loyalität ausgezeichnet hatten. Um das politische Verständnis und die Haltung dieser Männer und Frauen zu beurteilen, unterzog man sie neu entwickelten Tests. An ihnen hatte die Militärpsychologie-Abteilung der Psy Company mitgearbeitet. Das wussten in Washington nur wenige Menschen.

Die SGPC war die einzige Armee der USA, deren Entscheidungsstränge nicht bei der amtierenden Präsidentin endeten. Dafür hatte sie selbst gesorgt. „Sollte eines Tages wieder ein Geisteskranker ins Weiße Haus einziehen, dann darf er keine Möglichkeit haben, dieses Land ins Verderben zu führen", waren ihre Worte im Oval Office, bevor sie die sechs Mitglieder des Supreme Courts zu einer Geheimsitzung empfing.

Die Entscheidung fiel nach sorgfältiger Diskussion: Nur dieser Oberste Gerichtshof durfte die Special Guard in Bewegung setzen – nach den Regularien eines Notfallprotokolls, das den Richtern eine maximale Beratungsdauer von einer Stunde zugestand.

„Wenn diese Armee gebraucht wird, dann ist es brandeilig", beendete die Präsidentin die Sitzung.

Im Anschluss wählte sie mit ihren engsten Beratern den Kommandeur aus. Die Präsidentin hätte gerne eine Frau berufen, entschied sich dennoch für einen ganz bestimmten Mann. Ihm allein trauten alle zu, sich im extremen Notfall mit dem eigenen Präsidenten anzulegen und sogar gegen andere Truppenteile der US-Armee zu kämpfen.

Dieser Mann war General Joseph C. McGrammer, eine Legende. Schon als junger Offizier hatte er sich freiwillig zwei Wochen lang in ein Militärgefängnis sperren lassen, das wegen der tödlichen Gewalt unter den Insassen berüchtigt war. Die Rädelsführer versuchten bereits am zweiten Tag, ihn umzubringen. Im Gegensatz zu ihm waren sie mit Messern und Totschlägern bewaffnet. McGrammer, bei der Eliteeinheit Delta Force im Nahkampf ausgebildet, stieß ihnen im Kampf seine Zeigefinger in die Augen und bohrte so tief, bis er das Gehirn fühlen konnte. „Aber da war nicht viel", sagte er später über diesen Vorfall. Seit damals gilt dieses Gefängnis als befriedet.

Einmal gab er dem beschämten Vorsitzenden des Vereinigten Generalstabs eine frisch verliehene Tapferkeitsmedaille vor laufenden Fernsehkameras zurück: „Heften Sie die einer tapferen Kameradin an die Uniform oder einem unserer schwarzen Helden."

Der ranghöchste Offizier hatte sich in einem internen Vortrag, der an die Presse durchgesteckt wurde, eine „Armee ohne Kampflesben und dealende Nigger" gewünscht.

Als Joseph C. McGrammer – noch immer unverheiratet und kinderlos – selbst General wurde, hatte er in Somalia, Syrien, Uganda und dem Irak gekämpft, im Kosovo und mehrmals in Afghanistan. Es war ihm gelungen, sich innerhalb des politischen Systems mehr Feinde zu schaffen, als jeder andere Soldat seines Rangs vorzuweisen hatte. Doch er galt als ein Unantastbarer.

Denn ganz Amerika wusste, dass er in seinem langen aktiven Dienst über 20 Kameraden aus feindlichem Feuer geschleppt, mehrere Al-Qaida- und IS-Führer erschossen, Tausende Zivilisten vor Bombenbeschuss bewahrt und Affären mit den meisten TV-Chefredakteurinnen gehabt hatte. Jene Frauen porträtierten ihn regelmäßig als einen der besten Männer Amerikas: „Er schützt dieses Land mit seinem Leben. Möge Gott ihn schützen."

Heute Nacht sollte der Legendenbildung ein weiteres Kapitel hinzugefügt werden. Denn ausgerechnet diesen Mann wollte Gregory Mailer entführen lassen, um ihm Nanobots einzupflanzen. Den Mann mit der großen, starken Armee. Keine gute Idee.

Es ließ sich später nicht rekonstruieren, wie die beiden vermummten Gestalten den Sicherheitskordon um das Privathaus des Generals durchbrochen hatten, ohne Alarm zu schlagen. Sie schlichen sich immer näher an das Schlafzimmer heran. Die Zwei verständigten sich nur über Handzeichen und Kopfnicken. Ihre Waffen, schwere 44er, hielten sie in den Händen. Die Spritzen mit Betäubungsmittel steckten in ihren Oberschenkeltaschen.

Der erste Mann riss die Tür zum Schlafraum von McGrammer auf. Der zweite sprang ins Zimmer. Deshalb hatte er die beste Sicht auf die nackte Frau, die sich unglaublich schnell vom Bett rollte, auf dem Boden in die Knie ging und zwei Schüsse aus ihrer Militärpistole abgab. Sie war die Jahrgangsbeste beim Schießen gewesen. Auch deshalb hatte der General sie bei seinen Bodyguards aufgenommen. Ihre Treffer saßen in der Mitte der Stirn und im Herz.

Der zweite Eindringling hatte Glück. Reese Evans konnte sich jetzt mehr Zeit lassen und zielte auf den Ellenbogen des Waffenarms und beide Oberschenkel. Treffer. Treffer. Treffer.

Der General hatte die Arme hinter dem Kopf verschränkt und sah der nackten Soldatin interessiert bei der Arbeit zu.

„Second Lieutenant Evans", sagte er gähnend, „erinnere mich bitte daran, mit all meinen Bodyguards ins Bett zu gehen. Es scheint mir ideal für eine lückenlose Sicherheit zu sein. Und in deinem Fall auch für eine sehr angenehme."

Sie beugte sich über ihn und griff beherzt zwischen seine Beine.

„Alter Mann, wenn du das wirklich tust, schieß' ich dir dieses kleine Ding…"

Sie zögerte.

„…dieses immer größere Ding hier weg."

Sie zog hastig ihre Uniform mit dem Tarnmuster und ihre Stiefel an. Die Kameraden des äußeren Bewachungsrings würden jeden Moment da sein.

Um die weitere Karriere von Second Lieutenant Reese Evans nicht zu gefährden, wurde in die Akten aufgenommen, dass sie dem General zu später Stunde eine von ihm verlangte Analyse der Geheimdienste gebracht habe. Im Verlauf der Übergabe sei es zu dem Attentat gekommen, das sie mustergültig vereitelt habe. General Joseph C. McGrammer veranlasse ihre Beförderung in den Rang eines First Lieutenants sowie ihren Verbleib in seiner Personenschutz-Gruppe, deren Leitung ihr übertragen werde.

Die Obduktion des von ihr getöteten Attentäters ergab, dass seine Fingerspitzen merkwürdig verbreitert und die Nägel unnatürlich weiß waren. „Trommelschlegel-Finger in Verbindung mit Uhrglas-Nägeln", notierte der Pathologe. „Betätigung des Abzugs einer Schusswaffe dadurch erschwert."

Der zweite, nur verletzte Attentäter, verweigerte in den Verhören jede Aussage. Danach erhielt er wenig Chancen, der offiziellen Darstellung der Vorkommnisse zu widersprechen. Er verstarb unerwartet im Krankenhaus. Der Chefarzt hatte einst unter General McGrammer gedient.

86

Es war ein Telefonat der besonders unangenehmen Sorte.

Der Leader, ohnehin kein Mann von großer Selbstbeherrschung, war außer sich. Mailer versuchte, sachlich zu bleiben.

„Der General wurde besser geschützt, als unsere Quelle es be-
schrieben hatte. Der äußere Kordon war kein Problem für unsere
Männer. Aber die Situation in den persönlichen Räumen McGrammers stellte sich anders dar als erwartet. Er war nicht allein, sondern mit einer Soldatin zusammen. Sie hat sofort geschossen."

„Genau das hätten unsere Leute tun sollen: die Frau sofort erschießen."

Mailer sagte nichts.

Der Leader kam auf den Punkt. „Sind Sie sicher, dass unsere
Leute nichts mehr verraten können?"

„Ja, der Exitus von beiden ist bestätigt."

„Gab es noch eine Vernehmung des zweiten Mannes?"

„Laut der Geheimakten definitiv nein. Seine Verletzungen
waren anscheinend zu schwer. Er starb gestern Abend an seinen
Schusswunden, kurz nach seiner Ankunft im Militärkranken-
haus."

Der Leader schien nachzudenken. „Wo genau war er verletzt?"

„Darüber stehen keine detaillierten Angaben in der elektronischen Akte."

„Kein gutes Zeichen, Mailer. So arbeitet das Militär nicht."

Er erteilte Mailer klare Anweisungen. Sie mussten Zeit gewinnen und durften auf keinem Radar mehr erscheinen. Deshalb solle er den Bombenexperten keinem Transferversuch unterziehen.

„Engagieren Sie ihn auf dem klassischen Weg, gegen Honorar. Keine Spuren, Mailer, hören Sie? Und keine Fehler mehr."

Mailer nickte, als ob der andere ihn sehen könnte.

„Leader, was mache ich mit Prof. Byler?"

„Wir werden ihn später noch brauchen. Unterziehen Sie ihn einer Komplett-Überwachung. So, dass er es bemerken muss und keine Dummheiten macht."

An diesem Morgen fand ein zweites Telefongespräch statt.

„Bennings", meldete sich Keanu.

Er hörte eine rauchige Frauenstimme, sehr bestimmend. „Mister Bennings, gehen Sie umgehend zu Ihrem Auto. Auf dem Vorderreifen der Fahrerseite finden Sie eine Information. Fahren Sie zu dem genannten Zielort. Dort warte ich."

„Nennen Sie mir Ihren Namen."

„Sobald wir uns gegenübersitzen. Das wird in 32 Minuten sein, falls Sie nicht noch mehr Zeit vergeuden."

Sie legte auf.

Keanu winkte Gianni zu sich.

„Du kannst mein Handy immer noch tracken, oder?"

„Sicher."

„Ich muss zu einem Termin an einem Ort, den ich nicht kenne. Sollte ich nicht bis 17 Uhr zurück sein, informierst du Liv und Ryan."

„Soll ich nicht besser mitkommen, Chef?"

„Nein, Gianni. Ich fühle mich sicherer, wenn ich weiß, dass du von hier aus auf mich aufpasst."

Gianni nickte stolz. Keanu rannte davon.

87

Eine schwarze Kunststoffbox von der Größe einer Streichholz-schachtel lag auf dem Vorderrad. Darin fand Keanu einen gefalteten Zettel. „Hanscom Air Force Base. MA-2 nach Westen. 17,7 Meilen, 31 Minuten."

Er traf 29 Minuten später am Wachposten vor dem Luftwaffen-Stützpunkt ein. Vor dem weiß gestrichenen Holzhaus stand ein Sergeant mit einem Schäferhund an seiner Seite. Er führte den Hund um den roten Tesla herum. Kameras prüften den Unterboden auf Sprengstoff oder Waffen. Der Soldat ließ den Besucher aussteigen, öffnete Kofferraum und Handschuhfach. Dort fand er die SIG Sauer.

„Tragen Sie eine weitere Waffe, Sir?"

„Nein, Sergeant."

Der Mann tastete ihn sorgfältig ab.

„Ihre Pistole behalte ich bis zu Ihrer Ausfahrt hier. Folgen Sie der Straße bis zum Ende. Sie werden von Second Lieutenant Evans erwartet."

Sie stand am oberen Ende einer Treppe. Da es eine lange Treppe war, hatte Keanu genügend Zeit, sich ein Bild von ihr zu machen.

Second Lieutenant Reese Evans trug das dunkelblaue Kostüm der weiblichen Air-Force-Offiziere. Doch ihre Jacke saß an herausragenden Stellen enger als üblich, der Rock war die entscheidenden zehn Zentimeter kürzer als vorgeschrieben. Reese Evans zeigte Beine, die Rivalinnen neidisch und Kameraden nervös werden ließen. Die Absätze ihrer Pumps waren unerlaubt hoch.

Sie war etwa in Keanus Alter, über 1,70 Meter groß und schien gleichzeitig der sportliche, elegante, dominante und weibliche Typ Frau zu sein. Eine solch widersprüchliche Mischung hatte er bei einer Latina noch nie beobachtet. Ihr kräftiges Haar war nicht wie bei den den anderen Soldatinnen hochgesteckt. Sie hatte es zu einem Pferdeschwanz zusammengefasst, der bis zum Ende ihres Rückens reichte.

„Es stimmt also", sagte sie mit ihrer rauchigen Stimme.

„Was, Second Lieutenant?", fragte er und nahm die letzten Stufen.

„Dass Sie Ähnlichkeit mit einem sehr gut aussehenden Schauspieler haben."

Sie reichte ihm die Hand zur Begrüßung und hielt seine einen Tick zu lange in ihrem festen Griff.

Keanu ging auf ihr Spiel ein. „Und hätte man Sie in dieser offensichtlich maßgeschneiderten Uniform für die weibliche Hauptrolle in ‚Eine Frage der Ehre' gecastet, hätte Demi Moore sie nie bekommen."

„Ich brauche keine Nettigkeiten, Mister Bennings. Kommen Sie, ich möchte Sie dem General vorstellen."

Ihr Gang war schnell, trotz der heiklen Schuhe. Sie wirkte auf entspannte Art selbstbewusst, was an ihrer Körperspannung lag und an ihrem Blick, der eine ständige Prüfung der anderen war. Auf dem Weg zu ihrem Vorgesetzten stellte Keanu insgeheim die These auf, dass sie ihre Attraktivität nicht als Waffe benutzte, sondern eher als Ablenkung von ihren eigentlichen Fähigkeiten. Frauen wie sie legten es darauf an, wegen ihres Aussehens unterschätzt zu werden. Das war in jedem Kampf ein entscheidender Vorteil, ob er im Feld oder in einem Besprechungsraum stattfand.

Sie waren 40 Meter gegangen, als Reese Evans langsamer wurde. Sie beobachtete, wie vor ihnen eine Soldatin einen Private anschrie, den niedrigsten Dienstgrad der U.S. Army. Sie schubste ihn. Einmal, zweimal. Der Junge war rot vor Scham, ließ jede Respektlosigkeit über sich ergehen.

Als die Frau nicht aufhörte, ihn herunterzuputzen, rief Evans ein scharfes „Stop" in ihre Richtung. Einige männliche Soldaten blieben erschrocken stehen und verfolgten die Szene.

Evans ging ruhigen Schrittes zu der anderen Offizierin, blieb grußlos vor ihr stehen und redete eine halbe Minute lang mit ihr. Die Frau blickte mehrmals zu Boden, einmal schüttelte sie den Kopf. Dann leitete sie ihren Rückzug in das nächstgelegene Gebäude ein. Reese Evans salutierte in aller Öffentlichkeit vor dem verdutzten Private und kehrte zu Keanu zurück.

Sie gingen nebeneinander weiter.

„Was haben Sie zu ihr gesagt?", fragte Keanu.

„Nicht wichtig."

„Welchen Dienstgrad hatte sie?"

„Nicht wichtig."

„Sagen Sie schon, Evans."

Im Gehen bemerkte sie schlicht: „Captain."

Keanu wusste Bescheid.

„Damit ist sie zwei Dienstgrade über Ihnen."

„Kein Grund für schlechtes Benehmen."

88

„Jo McGrammer", stellte sich der General selbst vor, als ihm Keanu gegenüberstand.

„Es ist mir eine Ehre, Sir."

Die Antwort kam schnell. Es war ein Test: „Eine Ehre? Weshalb?" Der General schien Floskeln nicht zu mögen und wollte wissen, ob er eine aufgespürt hatte.

Keanu antwortete ähnlich rasch.

„Die Sache mit der Medaille. Das verschonte Kinderkrankenhaus in Somalia. Die Rettung von Kameraden aus der Feuerzone. Ihre Personalauswahl. Reicht das?"

Der General sah den jungen Mann interessiert an. „Erklären Sie mir den letzten Punkt."

„Ich bin in Deutschland aufgewachsen. Dort sagt man: ‚Erstklassige Leute holen sich erstklassige Mitarbeiter. Zweitklassige Leute holen sich drittklassige.'"

„Und?"

„Kein ‚und'. Das war alles."

Er vermied es konsequent, zu Evans zu blicken.

Das gefiel dem General. Der Kerl war kein Speichellecker. Er sagte nicht mehr als nötig. Trotzdem brachte er seine Botschaft ins Ziel.

Reese gefiel es auch. Das wusste McGrammer.

Sie setzten sich. Selbst im Sitzen war der General groß. Er musste Mitte 60 sein, aber mit 50 schien sein Körper das Altern eingestellt zu haben. Alles an ihm wirkte athletisch, selbst die Art, wie er seinen Kaffeebecher nach einem langen Schluck zurück auf die Tischplatte rammte. Keanu überlegte, ob der Becher sich jemals wieder vom Tisch lösen ließe. Aber das Prägnanteste an ihm war sein Kopf, der so häufig im TV zu sehen war. Seine Form ähnelte einem Holzscheit, das nur grob mit der Axt behauen war, seine Haare den dunklen Borsten eines Besens.

Keanu sah, dass die Nase des gut gebräunten Mannes etwas schief im Gesicht hing. Vermutlich hatte der Soldat sie nach einer Kampfverletzung einfach selbst zurecht gerückt. Er sah die eindrucksvolle Narbe auf der Stirn. Er sah auch die grauen Augen, die in jedem Artikel über ihn eine Rolle spielten. „Wird McGrammer wütend, kann sein eisiger Blick die Temperatur im Raum um zehn Grad senken", hatte ein Zeitungsreporter vor Jahren eine häufig zitierte Metapher gebastelt. Vermutlich war er auch für den Wetterbericht zuständig.

Der Blick, der jetzt auf Keanu fiel, war nicht furchteinflößend, lediglich ernst. „Mister Bennings, Sie sind der Sicherheits-Chef der Psy Company."

„Das ist mir bekannt, General."

McGrammer grinste.

„Es gab einen Versuch, mich zu töten. Das ist nicht weiter aufregend, beide Attentäter wurden von Second Lieutenant Evans eliminiert. Doch ich erfülle einen Auftrag für dieses Land, der sensibel ist. Deshalb muss ich die Hintergründe dieses Mordversuchs in Erfahrung bringen."

„Was hat das mit mir zu tun, General?"

Der Kaffeebecher löste sich tatsächlich von der Resopalplatte, als McGrammer nach ihm griff.

„Ich sage es Ihnen. Der zweite Attentäter starb erst im Krankenhaus. Er nannte dem Chefarzt kurz vor seinem Tod einen Namen. Der flüsterte ihn mir zu."

„Welchen?"

„Dr. Gregory Mailer."

Der General nahm Keanu genau ins Visier. „Sie wirken nicht überrascht."

Keanu stand auf. Er ging hinüber zum nächsten Fenster, sah nach draußen.

Reese Evans öffnete den Mund, um ihn anzusprechen, doch der General hob kurz den Zeigefinger. Sie schwieg.

Keanu war an einem Wendepunkt angekommen. So weitermachen, nur er mit Ryan, Gianni, Liv? Gegen eine Untergrund-Armee aus vermutlich Tausenden von Verblendeten, geführt von jemandem, der keine Skrupel kannte?

Oder Vertrauen gegen Vertrauen, hier und jetzt, damit er einen Verbündeten gegen Mailer, den Leader, den Indianer-Mob gewann?

Für die offiziellen Polizeibehörden waren Keanus Beweise immer noch zu schwach, wenn er alles abzog, was er in fremden Leben erfahren hatte. Denn darüber durfte er auch mit den Cops niemals reden. Es war ausgeschlossen, dass sie ihm seine Fähigkeiten glaubten. Und falls doch, müssten sie ihn wegen unterlassener Hilfeleistung als Zeuge mehrerer Tötungsdelikte in Haft nehmen.

Der General schien aus flexiblerem Holz geschnitzt. Es war einen Versuch wert. Er setzte sich wieder.

„Ich erzähle Ihnen alles, was ich ermittelt habe. Ich habe Mailer ausspioniert, werde Ihnen aber auf keinen Fall verraten, wie. Meine einzige Bedingung: Falls Sie mir nicht glauben, wird dieses Wissen niemals gegen mich oder meine Unterstützer verwendet."

„Und falls wir Ihnen Glauben schenken?", fragte Reese Evans.

Keanu wendete sich ihr zu. „Dann werden Sie ganz sicher handeln."

271

Es war faszinierend für ihn, einer Zweier-Besprechung beizuwohnen, die ohne Worte auskam. Alles lief über die Gesichtsmimik. Als wäre ein Gedanken-Hochseil zwischen McGrammer und Evans gespannt, balancierten Argumente von der einen auf die andere Seite. Einwände tasteten sich in die Gegenrichtung und wurden von Beschlüssen vom Seil gestoßen. Bis die Entscheidung feststand.

Es war Evans, die seine Forderung mit „Bedingung akzeptiert" quittierte. Der General nickte dazu.

Keanu begann zu erzählen. Die ganze Geschichte.

Danach herrschte Ruhe.

Reese Evans bedachte ihn mit einem Blick, in dem deutlich mehr als Respekt lag. Der General erhob sich und legte Keanu eine schwere Hand auf die Schulter. Er drückte zu.

„Beeindruckend, Bennings. Allerdings Sie haben mehr riskiert, als Sie ahnen. Ihre Truppe hat bereits einen guten Mann verloren und beinahe noch dessen Verlobte."

Oliver und Sarah. Es so zu hören, war hart. Er fühlte seine Schuld. Genau das hatte der General bezweckt.

„Sie können in diesem Kampf noch mehr Kameraden verlieren. Ihre Liv, diesen Ryan, vielleicht den jungen Assistenten. Ist Ihnen das klar?"

McGrammer prüfte den Charakter dieses Mannes.

„Das ist mir bewusst, General."

„Auch Ihren Kameraden?"

Der Militär nahm seine Hand weg.

„Wir essen jetzt im Offiziers-Kasino. Danach besprechen wir, was zu tun ist."

89

Bevor Keanu die Hanscom Air Force Base verließ, um zurück nach Boston zu fahren, rief er Liv und Ryan an. Er wollte sie heute Abend treffen, um beide auf den neuesten Stand zu bringen.

„Ich habe dich vermisst", sagte Liv. „Du warst nur kurz im Büro."

„Ja, ich musste weg. Wie geht es dir?"

„Weiß nicht. Es passiert zu vieles gleichzeitig."

„Genau darüber reden wir am Abend. Wo sollen wir uns treffen?"

Liv schien zu überlegen, dann sagte sie: „Kommt zu mir. Ich koche für uns."

„Schöne Idee. Ich bin gespannt, wie du wohnst."

„Ich schicke dir und Ryan gleich die Adresse. Und Keanu…"

„Hm?"

„Übernachte bei mir."

Er nahm die MA-2, diesmal nach Osten. Sein nahezu geräuschloses Elektroauto langweilte ihn, seit er mit dem Bentley gefahren war. Er würde sich etwas anderes suchen, mit einem lauten Motor. Mit einer Geschichte. Ein altes Auto.

Es war ungewöhnlich, dass Liv zu sich nachhause einlud. In der Psy Company war bekannt, wie konsequent sie ihr Privatleben abschottete, warum auch immer. Er freute sich auf die Nacht. Liv war ungewöhnlich, mit dem Thema Sex ging sie sowohl diskret als auch offensiv um. „Ich weiß so wenig über sie", dachte er.

Die Herbstsonne leuchtete die Landschaft aus, gab ihr Kontur. Doch sie wärmte kaum noch. Er hatte das Gefühl, dass die Kälte immer näher kam. Die Kälte und der Kampf.

90

Keanu steuerte zum unterirdischen Wasserbassin. Als er zuletzt im Körper von Prof. Byler gewesen war, hatte er Mailer vom General und von „diesem kreativen Bombenkünstler aus dem Irak" reden hören. Da der Zugriff auf den General misslungen war, dürfte als nächstes der Bombenbauer an der Reihe sein. Er musste mehr wissen, bevor er sich mit Liv und Ryan traf.

Keanus Nacken erwärmte sich. Gefahr.

Es dauerte, bis er im Bostoner Stadtverkehr das Auto entdeckte, das ihn verfolgte. Ein silberner Dodge-Van, das dritte Fahrzeug hinter ihm.

Keanu fuhr durch ein ehemaliges Industriegebiet, das heute fast menschenleer war. Er beschloss, weit vor dem Wasserspeicher zu halten, um seinen Zielort nicht zu verraten. Keanu wählte dafür den zugemüllten Parkplatz einer Fabrik aus, die schon lange stillgelegt war. In der Mitte der freien Fläche stellte er das Auto ab. Dem Handschuhfach entnahm er seine Pistole, die ihm der Wachposten des Luftwaffenbasis zurückgegeben hatte. Da er kein Halfter trug, steckte er sie links in seinen Hosenbund.

Der Van näherte sich im Schritttempo. Er blieb so stehen, dass er die Sicht auf Keanus Auto verdeckte. Wer immer ihn fuhr, wollte keine Zeugen.

Keanus Genick fühlte sich inzwischen heiß an. Ein Mann und eine Frau stiegen aus. Sie trugen schwarze Caps ohne Logo, Sonnenbrillen und weiße OP-Masken. Er sah die Teleskop-Schlagstöcke in ihren Händen. Und den Taser, den die Frau auf ihn richtete.

„Tun Sie mir den Gefallen und machen Sie jetzt eine Dummheit", sagte sie, „damit ich 500 000 Volt rüberschicken kann."

Keanu hasste Elektroschocker. Zweimal war er im Einsatz damit attackiert worden. Sie brachten Hilflosigkeit und Schmerz. Die Hilflosigkeit war schlimmer.

„Ich will Ihre Waffe sehen", befahl sie.

Den Taser immer im Blick, zog er sein Sakko nach hinten. Der Mann, der sich wie ein Soldat bewegte, zog die Waffe in einer schnellen Bewegung heraus und warf sie weg. Sie schlitterte über den Boden des Parkplatzes, bis sie gegen ein verrostetes Ölfass prallte.

Bevor Keanu reagieren konnte, schlug ihm der Mann seinen Schlagstock gegen die Schläfe. Keanu ging in die Knie, einen Moment lang konnte er nichts sehen. Der nächste Schlag traf seinen Rücken. Der Schmerz war brutal. Er kippte nach vorn, schlug mit dem Gesicht auf dem rauen Asphalt auf. Keanu schmeckte Blut im Mund. Er blickte hoch zu der Frau mit dem Elektroschocker. Sie war hochkonzentriert, ließ ihn keine Sekunde aus den Augen.

Der kräftige Mann beugte sich von hinten über ihn, um seinen Körper hochzuziehen. Keanu kam auf die Knie. Trotz des Schmerzes im Rücken griff er mit beiden Armen nach hinten und katapultierte den Angreifer über sich hinweg nach vorne. Instinktiv feuerte die Frau. Die beiden Metalldrähte mit Widerhaken trafen ihren Kameraden, bevor er auf dem Boden aufkam. Der Strom flutete seinen Körper. Er schrie, seine Muskeln kontrahierten, Arme und Beine begannen zu zittern, seine Augen verdrehten sich nach oben.

Dann machte die Frau den zweiten Fehler. Vor Schreck blieb sie auf dem Auslöser des Tasers, mehr als drei Sekunden lang. Das setzte den Mann völlig außer Gefecht. Es konnte ihn sogar töten.

Keanu sprang sie seitlich an, schlug ihr mit seiner schwächeren linken Hand auf die Leber. Mit einem Tritt fegte er sie von den Beinen. Ein resigniertes Knacken belegte, dass ihr Schultergelenk beim Aufprall brach.

Der gesamte Kampf hatte 20 Sekunden gedauert.

Keanu riss der Frau das Basecap vom Kopf, die Brille von der Nase und die Maske weg. Er nahm sein Handy und fotografierte ihr Gesicht. Genauso verfuhr er bei dem Mann, der noch immer nicht bei Bewusstsein war. Er hatte beide noch nie gesehen, fand auch keine Papiere bei ihnen.

Nachdem er seine Pistole aufgehoben hatte, setzte er der stöhnenden Frau seinen Fuß auf die verletzte Schulter.

„Warum habt ihr mich angegriffen?"

Sie schüttelte vorsichtig den Kopf.

Er legte mehr Gewicht auf seinen Fuß.

Sie schnaubte vor Schmerz, doch sie unterdrückte den Schrei.

„Warum?"

Er erhöhte den Druck. Ein Knochen verschob sich unter der Schuhsohle. Jetzt schrie sie.

„Botschaft", krächzte sie. „Sollst dich raushalten."

„Von wem kommt die Botschaft?"

„Weiß nicht."

Er kickte mit der Schuhspitze gegen die Schulter. Die Frau konnte nicht mehr.

„Bellarmon."

Christian Bellarmon, der arrogante Günstling von Mailer. Er mischte jetzt also auch mit.

91

Der Puls des Mannes war schwach. Keanu warf den schweren Körper in den Van. Vorher zertrat er den Taser. Im Auto fanden sich ebenfalls keine Dokumente. Ächzend zog sich die Frau mit ihrem unverletzten Arm auf den Fahrersitz. Er könnte sie nach ihrem Namen fragen, doch sie würde ihm nur einen falschen nennen. Ihm genügten die Fotos der Gesichter.

„Verschwindet."

Er wartete, bis sie außer Sicht waren. Dann stellte er seinen Wagen in einer Seitenstraße ab, die mehr als einen Kilometer vom Trinkwasserspeicher entfernt war, und ging zu Fuß dorthin.

Die Kälte des Wassers unterdrückte seine Schmerzen in Kopf und Rücken. Er blieb lange untergetaucht. Blutschlieren aus seinem aufgeschürften Gesicht kräuselten hoch an die Oberfläche. Keanu ließ sich treiben, bis das Frieren unerträglich wurde. Er fand mehrere Plastikplanen, in die er sich einwickelte. Erst dann schloss er die Augen.

Er hatte nicht mit ihr gerechnet. Sie stand weit über ihm in der Leere, wie auf einem unsichtbaren Felsen. Heute klang ihre Stimme besorgt.

„Sei wachsam", warnte die alte Indianerin. „Achte auf jene Gegner, die dir noch unbekannt sind. Nimm nicht jeden Kampf an, nur die entscheidenden. Falls der Widerstand eines anderen Körpers zu groß ist, wenn du in ihn wechseln möchtest, ergreife ohne zu zögern die Flucht. Dann schützt eine andere mächtige Kraft dieses Leben. Sie könnte dich vernichten, obwohl ich über dich wache."

Sie verschwand.

Keanu zitterte unter den Planen.

Aber er konzentrierte sich. Die Heilige Frau hatte ihn auf eine Idee gebracht.

„Lass mich in dein Leben."

Er stieß auf etwas Helles. Das Leuchten veränderte sich, wurde stärker, wurde schwächer. Es mäanderte, schlängelte nach links und nach rechts. Es war keine feste Wand, die er durchbrechen könnte. Es war nur Nichts, unüberwindbares Nichts.

Wolken scharten sich um ihn. Sie wurden stetig mehr, wurden dichter, dunkler. Jetzt kamen sie noch näher. Er spürte sie bereits auf seiner Haut.

Er brach ab.

Das Leben des Leaders wurde mit Macht abgeschirmt.

92

Umso einfacher war es diesmal, Mailers Körper zu entern. Keanu ertappte ihn nicht bei einem Telefonat mit dem Bombenbauer, wie er gehofft hatte. Der Geschäftsführer saß in einem Meeting mit einem halben Dutzend von Steuerberatern der Kanzlei Watsel & Broomich. Es schien noch eine lange Besprechung zu werden, denn die Psy Company war im letzten Drittel eines lukrativen Geschäftsjahres und ihr Chef höchst unzufrieden mit den Steuerspar-Modellen, die Bostons beste Kanzlei bisher für ihre Mandantin ersonnen hatte.

Nachdem Mailer seine Berater lautstark aus dem Territorium der legalen Möglichkeiten über die Grenze zu den illegalen Optionen gescheucht hatte, hörte Keanu weitere zehn Minuten lang zu. Danach zog er sich aus der fremden Leben zurück.

Es war dunkel geworden in dem Betongebäude, das zusätzlich zu den 12 000 Kubikmetern Trinkwasser einen Sicherheits-Chef beherbergte, der sich erneut ins Wasser gleiten ließ. Vor dem Treffen in Livs Wohnung blieb ihm noch Zeit. Er wollte sie für einen dritten Versuch nutzen.

Ihm musste noch einmal richtig kalt werden, damit es funktionierte. Er blieb einige Minuten in dem fünf Grad kalten Wasser. Anschließend wickelte er sich zum letzten Mal in die Plastikfolien ein und konzentrierte sich auf einen Menschen, den er erst heute Vormittag kennengelernt hatte.

Reese Evans bot seinem Eindringen in ihr Leben keinerlei Widerstand. Denn die Soldatin im Range eines Second Lieutenant war vollauf mit dem Eindringen eines Generals in ihren Körper beschäftigt. Sie musste die Reserve mobilisieren, um für die nötige Truppenbewegung an der Spitze zu sorgen.

„Mündliche Befehle sind am wirksamsten, Soldatin", grummelte ihr Vorgesetzter. Keanu spürte, wie sie diese Art mündlicher Befehle hasste, doch Reese Evans kniete vor Joseph Carl McGrammer nieder und öffnete ihren großen Mund.

Für Keanu war es schwer zu ertragen, dies hier aus der ungewohnten Perspektive einer Frau hautnah zu erleben. Für ihn war es so intensiv, als würde er selbst tun, was sie gerade tat. Nach einiger Zeit bemerkte er eine Veränderung in Reese Evans. Sie konzentrierte sich stärker auf die Reaktionen McGrammers, auf sein Wimmern, sein Flehen, nicht aufzuhören. So begann sie, die Macht zu genießen, die sie gerade über diesen ranghohen Mann besaß. Sie übernahm die Kontrolle, die er mehr und mehr verlor. Deshalb tat sie Dinge mit ihrer Zunge, die sie noch nie versucht hatte, ließ ihn tiefer eintauchen als jemals zuvor.

Keanu hätte viel dafür gegeben, jetzt im Körper des Generals zu sein.

Als es vorbei und der General erschöpft war, gab sie ihm einen letzten Whiskey für einen tiefen Schlaf. Es war sein fünfter – weit mehr, als er sonst trank. Sie nahm auch einen Schluck, um den Geschmack im Mund loszuwerden. Dann wartete sie auf das Einsetzen seines röchelnden Schnarchens und befriedigte ihre Neugierde.

Sein Aktenkoffer lag im Nebenraum auf dem Schreibtisch. Sie wusste natürlich, dass er mit einem Fingerabdruck-Sensor gesichert war. Auf Zehenspitzen trug die junge Frau den Koffer zum Bett, platzierte ihn neben dem Schlafenden und nahm dessen Hand.

Nun folgte der kritischste Moment.

Sie drückte den rechten Zeigefinger des Generals auf die Scannerfläche. Die Schlösser schnappten auf; das Klacken erschien ihr ohrenbetäubend. Sofort schob sie den Koffer unter das Bett. Sollte Big Jo jetzt aufwachen, würde er ihn nicht sehen und sie sich zur Ablenkung nochmal Little Jo widmen. Doch 65-jährige Männer brauchen ihren Schlaf.

Evans nahm den Aktenkoffer mit ins Arbeitszimmer und legte ihn wieder auf den Schreibtisch. Sie klappte den Deckel auf, während sie sich auf McGrammers einfachen Bürostuhl setzte, der einen olivfarbenem Bezug hatte. Das kalte Kunstleder klebte an ihren warmen Pobacken, wenn sie sich bewegte.

Seit sie den General als Bodyguard beschützte, hatte Second Lieutenant Reese Evans wissen wollen, welche Geheimnisse der schwarze Aktenkoffer transportierte. Doch bisher hatte McGrammer ihn abends im Safe eingeschlossen. Er war mit dem Material bespannt, das die Army auch für schusssichere Westen verwendete.

Als erstes sah sie die Kondome. Sie steckten in dem kleinen Seitenfach, gleich neben einem Ersatzmagazin. Es passte zu der Neun-Millimeter-Beretta in dem braunen Halfter.

Sie nahm eine Kladde heraus. In ihr war nur ein Blatt. Etwa 50 Codes waren darauf gedruckt. Sie prägte sich die ersten fünf davon ein, vielleicht waren sie eines Tages von Nutzen. Auf keinen Fall würde sie etwas mit ihrem Handy fotografieren. Fotos hinterließen digitale Spuren.

Ein größerer Ordner weckte ihr Interesse, sie klappte ihn auf. Aus dem Nebenraum wehte lautes Schnarchen herüber.

„Strategische und taktische Einsatzplanung der SGPC für Code Black. Höchste Geheimhaltungsstufe." Ihre Hände wurden feucht, als sie realisierte, was sie in ihnen hielt: die Betriebsanleitung der Vereinigten Staaten von Amerika für den größten anzunehmenden Notfall.

Sie begann zu lesen.

93

Liv drückte auf den Lautsprecher-Knopf des Haustelefons. Der Anruf kam vom Concierge.

„Miss Sigmarsson, ein Herr Bennings für sie."

„Schicken Sie ihn bitte hoch, Carl."

Sie erschrak, als Keanu vor ihr stand, Blutspuren im Gesicht.

„Wer hat dich so ramponiert?"

„Bekomme ich trotzdem eine Umarmung?"

Er streifte die offene, weiße Bluse, zu der sie ein enges T-Shirt und beige Leggings trug, mit einer sanften Bewegung von ihren Schultern und küsste sie. Sie gab ihm ihre Zunge und ein leises Stöhnen, als ihre Hände sich in seinen Hintern krallten. Als sie höher wanderten, keuchte er – vor Schmerz.

„Was hast du?"

„Mein Rücken."

Sie trat einen Schritt zurück, hob ihre Bluse auf.

„Sagst du mir jetzt endlich, was passiert ist?"

Er nickte. „Sobald Ryan da ist."

Durch die bodentiefen Fenster sah Keanu hinunter auf den Yachthafen. Sein Blick passierte eine freistehende Küchenzeile, die sechs Meter lang war und durch etwas ergänzt wurde, von dem Keanu seit Jahren träumte: eine rote Schwungrad-Aufschnittmaschine aus Mailand, die vom Boden aufragte. Eine Volano, die Stradivari unter den Küchengeräten.

„Hast du rohen Schinken?"

„Nur den an meinen Knochen."

Er drehte an dem Griff des Schwungrades. Die Mechanik setzte sich schwer und präzise in Gang. Hauchdünne Scheiben ließen sich damit schneiden. Er seufzte.

„Darf ich heiß duschen, mir ist ein bisschen kalt?"

„Du warst im Bassin, richtig? Ich zeig dir schnell das Gästebad. Komm mit."

Liv führte ihn einen langen Gang entlang. Sie sah, dass er nicht die vielen modernen Grafiken links oder die isländischen Naturfotos rechts an den Wänden bewunderte, sondern den groben Holzboden.

„Es sind alte Schiffsdielen", sagte sie im Gehen. „Aus einem portugiesischen Frachtsegler, hat mir der Vermieter der Wohnung erzählt. Hier ist das Bad. Nimm dir, was du brauchst."

Nein, dachte er, als er sich auszog. Das ist kein Bad. Es ist ein Tempel der Wellness. Dunkelgrauer Stein und eingelassene Edelhölzer. Plätschernde Kugelbrunnen, raffiniert angestrahlt. Ein in den Fußboden integrierter Mini-Pool als Badewanne. Die Dusche wiederum war ein abgetrennter Raum. Das Wasser sprühte aus unzähligen Poren direkt aus der Decke. An einem Display ließ sich der Strahl auf jede erdenkliche Art verändern. Die Farbe des Lichts ebenfalls.

Keanu begann mit „tropischer Regen" und beendete die Dusche mit „Wasserfall". Wo waren die Handtücher?

Er sah keine, nur ein weiteres Display mit einem Handtuch-Symbol. Nachdem er es berührt hatte, spürte er einen leisen, warmen Wind aus allen Richtungen. Er streckte die Arme von sich und genoss den Luftstrom. Als würde er an einem warmen Abend in der Sahara stehen und den Wüstenwind auf seiner Haut spüren, doch ohne die Sandkörner. Er war nach einer Minute trocken und roch, wie er noch nie gerochen hatte.

Er schlüpfte in seine Hose und ging in die Küche.

„Liv, wonach rieche ich?"

Sie schnupperte an ihm. „Hm. Jedenfalls riecht es nett."

Sie tippte auf einem stattlichen Bildschirm herum, der in die Wand eingelassen war.

„Die Putzfrau verstellt immer alles beim Wischen", murmelte sie und fand die Duftnote im Unterverzeichnis für den Körperfön. Aktiviert waren die Optionen für Kinder.

„Offenbar riechst du nach…" Sie brach lachend ab. „Ich kann dir das nicht sagen."

„Komm schon."

„Das Programm sagt, du duftest wie ein Welpe."

Ryan kam fünf Minuten später mit einer Flasche Crémant unter dem Arm. „War noch bei Sarah, entschuldigt."

„Wie ging es ihr heute?", wollte Keanu wissen.

„Olivers Mutter war am Nachmittag bei ihr. Das war schlimm. Die Ärzte behalten Sarah nochmal einige Tage auf der Station. Sie haben Angst, dass sie sich etwas antun könnte, wenn sie ganz allein ist."

„Aber sie wird nicht allein sein, vermute ich." Es war Liv, die es sagte und ihn dabei auf eine besondere Art ansah.

Ray erwiderte ihren Blick. „Nein, das wird sie nicht."

Nachdem Liv angebrannte Langustenschwänze zu Maisbrei serviert hatte, der nur ein bisschen versalzen war, und im Anschluss gefüllten Truthahn in Teriyaki-Soße, den sie fehlerlos vom Caterer hatte liefern lassen, berichtete Keanu vom General.

„Er wollte mir nicht sagen, warum er mit seiner eigenen Truppe nicht eingreifen kann, er braucht wohl ein spezielles Mandat.

Trotzdem will er seine übrigen Verbindungen nutzen, sobald wir ihm konkrete Hinweise liefern können, was der Leader wann plant. Und wo. Dieser Bombenbauer ist jetzt die Schlüsselfigur."

Er sagte in Ryans Richtung: „Wegen allem, was Oliver und Sarah zugestoßen ist, mag ich die Frage kaum stellen. Aber siehst du als IT-Chef eine Möglichkeit, Mailers Kommunikation so zu verfolgen, dass er nichts davon merkt? Wir müssen wissen, auf welche Ziele er den Iraker mit seinen Bomben ansetzt."

Ryan dachte nach. „Wenn er gute Leute auf seiner Seite hat, wird es schwierig. Aber zusammen mit Gianni könnte es gehen."

„Gianni muss geschützt im Hintergrund bleiben, sonst ist es mir zu riskant", setzte Keanu eine Grenze.

„Sehe ich genauso. Übrigens, Gianni hat eine elektronische Wanze in der Company geortet."

„Wo?"

„Unter dem Schreibtisch in Olivers ehemaligem Büro."

„Wisst ihr, von wem sie stammt?"

„Ja. Christian Bellarmon hat sie benutzt."

Keanu musste nicht lange nachdenken. „Deshalb also hat Mailer gewusst, dass Oliver noch immer an ihm dran war. Wir hätten viel vorsichtiger sein müssen, vor allem ich."

Er klang wütend, als er die heutige Attacke auf dem Fabrikparkplatz schilderte, die Bellarmon organisiert hatte. In Mailers Auftrag, versteht sich.

„Daher also deine Beulen und Kratzer", sagte Ryan. „Und weshalb riechst du so merkwürdig?"

94

Ryan war gegangen. Er wollte sich gleich mit Gianni treffen. Liv und Keanu räumten den Tisch ab und setzten sich in eine Ecke des Sofas. Ein harmonisches Schweigen verband sie, während sie aufs Wasser des Hafenbeckens sahen. Gedankenverloren fuhr Livs linke Hand durch Keanus dunkles Haar, zwirbelte eine Haarsträhne um ihren Zeigefinger, gab sie wieder frei und suchte sich die nächste. Keanu schloss die Augen, müde vom kalten Wasser des Bassins.

Livs Stimme tastete sich in die Stille hinein. „Es gab einmal eine psychologische Studie. Männer verabredeten sich übers Internet mit Frauen. Beim ersten Date hatten die Männer den Auftrag, die ersten drei Minuten kein Wort zu sagen. Die meisten Frauen waren so irritiert, dass sie sofort wieder gingen."

Keanu hatte davon gehört und ergänzte: „Aber die Frauen, die sich auf das Schweigen einließen und sitzen blieben, erwiesen sich später als ideale Partnerinnen."

Er ließ ein paar Sekunden verstreichen. „Liv, wir müssen trotzdem darüber reden, was das eigentlich ist zwischen uns beiden. Meinst du nicht auch?"

Sie suchte die richtigen Worte. „Ich habe das Gefühl, du…"

Ihr Handy klingelte laut. Es war ein anderer Klingelton als sonst, reserviert für bestimmte Anrufe.

Eine Frauenstimme sagte etwas.

„Moment bitte, ich kann gerade nicht reden."

Liv ging in ein anderes Zimmer, schloss die Tür hinter sich.

Keanu konnte nicht hören, was sie redete. Aber er hörte, wie sie es sagte. Diesen Tonfall kannte er nicht von ihr.

„Entschuldige", kehrte sie eilig zurück. „Ich muss nochmal für zwei Stunden weg, etwas Wichtiges. Aber geh nicht. Leg dich einfach auf die Couch und ruh dich aus. Hier ist eine Decke."

Sie küsste ihn flüchtig und ging ins Bad, ins Ankleidezimmer, zum Aufzug und zu der schwarzen Limousine, die am Pier bereits auf sie wartete. Keanu sah von oben eine Frau mit hochgesteckten Haaren, die ein enges Halsband zu einem schulterfreien Cocktailkleid trug.

Er widerstand der Versuchung, sich in Ruhe ihre Wohnung anzuschauen, ließ sich auf die Couch fallen und schlief sofort ein.

95

Die schwarzhaarige Frau führte sie zu ihrem Mann. Liv war ihm nie persönlich begegnet, aber natürlich kannte sie ihn. Jeder kannte diesen Milliardär.

Er inspizierte sie, ging langsam um sie herum. Ein Blick zu seiner Frau. Er sah, wie einverstanden sie war. Diese selbstbewusste, blonde Besucherin mit den ungewöhnlichen Augen war ein lebendes Gemälde. Er musste sie in seiner Sammlung haben.

Rasch legte er die Smokingjacke ab, zog die weiße Fliege vom Kragen des Hemdes. Seine Ehefrau streifte sich die langen Samthandschuhe von den schlanken Armen. Das gleiche Dunkelrot wie ihr Abendkleid.

„Was werden uns die Stunden mit Ihnen kosten?", fragte der Mann.

„Ich koste nicht", korrigierte ihn Liv. „Ich bin wert."

„Verzeihen Sie. Also, was sind Sie wert?"

Liv ging langsam zu seiner Frau hinüber, stellte sich hinter sie. Sie öffnete den Reißverschluss des roten Kleides und kratzte die Haut leicht mit ihren Fingernägeln. Die Frau atmete heftig ein.

Liv zog ihr das Chiffonkleid langsam vom Körper. Biss in ihren Nacken. Flüsterte ein Versprechen in ihr Ohr. Hob mit den Händen die Brüste der Frau an, bot sie ihrem Ehemann dar.

Die Frau zitterte. Nicht, weil ihr kalt war.

Ihr Mann wollte unbedingt näher kommen. Liv hielt ihn mit ausgestrecktem Arm auf Distanz. Er war ein Mensch von Macht und Einfluss. Aber ihre hellblauen Augen dominierten ihn, und Liv würde auch das Geschehen dieser Nacht bestimmen.

„Meinen Wert lernen Sie in den nächsten zwei Stunden kennen. Schicken Sie einen anonymen Scheck. Nur wenn Sie eine Summe eintragen, die hoch genug ist, wird es ein zweites Mal mit mir geben. Ist der Wert zu niedrig, löse ich ihn nicht ein. Aber jede Verbindung zu Ihnen und Ihrer hungrigen Frau auf."

Zwei Tage später lag der Scheck in ihrer Post. Ausgestellt war er auf 200 000 Dollar. Es war der höchste, den sie jemals bekommen hatte, und wie alle anderen würde sie auch diesen niemals an ihre Bank weitergeben. Für sie und ihre Arbeit zählte vielmehr, dass sie wichtige Menschen jederzeit um eine Gefälligkeit bitten konnte. Das war der Profit ihrer erotischen Abenteuer. Das – und die Lust, die sie dabei empfand, wenn sie mit der Macht schlief.

96

Sie war verändert, als sie nach mehr als drei Stunden von ihrem Termin zurückkehrte, ihn weckte und in ihr Schlafzimmer mitnahm. Keanu erlebte sie zurückhaltender als sonst, sanft, beinahe schüchtern. Liv bat ihn, sie lange in seinen Armen zu halten. Nach und nach wurde ihr Atem ruhiger.

Fast vorsichtig zog sie ihn aus, legte die flache Hand auf seine Brust. Sie suchte die Narben, tastete an ihnen entlang. Von dort aus berührte sie seinen gesamten Körper, als wäre sie blind und wollte sich ein genaues Bild von ihm machen. Die Schultern, der Hals, sein Gesicht. Dort verweilte sie lange. Der Rücken. Wieder Narben, die ihn nicht mehr schmerzten, aber sie. Mit ihren Händen modellierte sie sein Gesäß nach, dessen Muskeln sich bei ihrer Berührung anspannten. Sein gesamter Unterleib reagierte auf sie, doch sie erkundete in Ruhe die Form seiner Beine, selbst die seiner Zehen. Überall in seinem Körper spürte sie Kraft.

Liv zog ihr Kleid aus und den schwarzen Slip. Ihr enges Halsband behielt sie an, wie auch die halterlosen Strümpfe an ihren langen Beinen.

Es wirkte, als sei es ihr erstes Mal. Sie wollte sich ihm hingeben, doch die Regie sollte er führen. Deshalb legte sie sich mit dem Rücken auf das weiße Laken und wartete auf ihn. Als er in ihr war, wartete er auf sie.

Er wusste nicht, was sie heute Nacht und manche Nächte zuvor getan hatte. Daher glaubte er, es seien Freudentränen, die aus den Winkeln ihrer fast geschlossenen Augen auf die helle Baumwolle tropften.

In Wahrheit waren es Zeugen ihrer Buße.

97

Am folgenden Morgen kam Gregory Mailer pünktlich ins Büro und legte sein Handy in die Ladestation. Eine Nachricht erhellte den Bildschirm: „Bitte Sicherheits-Update freigeben. Ryan Winger, IT.“

Er war vorsichtig. „Helen, haben Sie heute ebenfalls eine Update-Nachricht erhalten?“, rief er durch die offene Zimmertür.

„Ja“, antwortete seine Assistentin. „Die gesamte Psy Company.“

Mailer war beruhigt und gab das Update frei.

Das war der Moment, auf den Gianni und Ryan gewartet hatten. Mailers Laptop war für sie bereits einsehbar. Dafür hatten sie noch gestern Nacht mit einer Software gesorgt, die Ryan über das Netzwerk aufgespielt hatte. Nun hatten sie auch sein Smartphone gekapert – dank des Trojaners, dem der Geschäftsführer soeben das Tor geöffnet hatte. Sein Sicherheits-Update war ein völlig anderes als das für die übrigen Mitarbeiter.

„Ich mach das“, sagte Gianni, noch bevor der IT-Chef fragen konnte, wer die Mails und Anrufe verfolgen sollte. Ryan hatte ihn grob eingeweiht, worum es ging.

„Du musst extrem vorsichtig sein, Gianni. Versprich es.“

„Hör auf, so gelb zu sein. Du machst dir viel zu viele Sorgen. Du brauchst mehr Rot.“

Durch ihre lange Freundschaft hatte Ryan früh von Giannis Fähigkeit erfahren, die Aura eines Menschen zu lesen. Den grundsätzlichen Charakter, aber auch die aktuelle Stimmung. Er warf einen Blick auf ihn. Wenn der Italiener mit ihm zusammen war, zappelte er weniger. Vergruben sie sich gemeinsam in ein schwieriges Computer-Problem, wurde Gianni umso ruhiger, je näher sie sich an dessen Lösung heranrobbten.

„Ich habe dich das nie gefragt, aber welche Farbe hat eigentlich Mailer?"

Giannis hektische Bewegungen nahmen sofort zu.

„Eine unmögliche Mischung. Hab ich nur bei ihm gesehen. Vor allem Schwarz, das ist Hass, Bosheit."

„Was noch?"

„Violett. Solche Leute glauben an etwas. Und dann ausgerechnet noch Blau, wie meine Mutter. Er kümmert sich um jemanden. Aber wenn er mich sieht, ist er 100 Prozent schwarz. Er macht mir richtig Angst."

Am Wochenende holte Ryan eine dankbare Sarah aus dem Mount Auburn Hospital und quartierte sie in seiner großen Wohnung ein. Sie sollte nicht allein sein, und hier würde sie nicht alles an Oliver erinnern.

Wie Giannis Familie war Ryan in Little Italy zuhause, Bostons North End. Sein Apartment lag am Langone Park. Sarah war noch nie dort gewesen, also spazierten sie am Samstagnachmittag den Fluss entlang zu einem Baseballfeld, auf dem die Jugendlichen der Little League sich im Softball übten. Von einem Spielplatz voller Geräte und Klettergerüste wehte das Kreischen von Kindern herüber. Sarah fasst sich instinktiv an den Bauch. Ryan sah es. Er lächelte schuldbewusst.

„Du bist damals gegangen, weil ich niemals Kinder wollte."

„Und jetzt stehe ich hier und trage ein Baby in mir." Sie sah zu Boden, ihr Fuß schubste eine Kastanie durch den Kies. „Ich erwarte nichts von dir, Ryan. Du hast schon viel für mich getan in den letzten Wochen. Aber falls du von mir erwartest, dass ich Oliver vergessen kann, dann…"

Er gab ihr ein Taschentuch. Sie wischte sich über die Augen.

„Keine Erwartungen", sagte er. „Lass es so einfach wie möglich sein. Wir verbringen Zeit miteinander. Wenn es sich gut anfühlt, verbringen wir noch mehr Zeit zusammen."

„Und wenn das Kind kommt?"

„Dann könnten wir unsere Zeit zu Dritt verbringen. Falls du das möchtest."

Sarah wirkte nachdenklich. Ihr langen, roten Haare schimmerten in der Herbstsonne. Sie atmete einmal durch.

Vor ihnen lagen die drei Bocciabahnen des Parks, nur eine war belegt.

„Lass uns ein paar Kugeln werfen", schlug Ryan vor. Sarah hakte sich bei ihm ein.

Sie waren ein paar Schritte gegangen, als Sarah warnte: „Ich kann immer noch nicht kochen."

Er lächelte nur. „Wir essen jeden Abend bei Giannis Eltern. So mache ich das seit Jahren."

98

Um 11.29 Uhr am Sonntag schien Gianni endlich Erfolg zu haben. Mailer telefonierte in seinem Privathaus mit einem Mann, der seinen Namen nicht nannte und mit starkem Akzent redete. Es ging um Orangen.

„Von wie vielen Lieferungen reden wir?"

„Von dreien", sagte Mailers Stimme. „Die Orangen müssen großen Eindruck machen."

„Meine Orangen sind die besten, die Sie finden werden. Die Shamoutis aus dem Irak sind besser als alle Jaffas aus dem Libanon oder Syrien."

Mailers Stimme wurde kalt. „Nur damit wir uns verstehen: Ich will, dass Ihre Orangen umwerfend sind."

„Natürlich."

„Wir verteilen die Orangen an drei wichtigen Orten."

„Ich beschaffe nur. Ich verteile nicht."

„Das ist kein Problem. Das erledigen unsere Mitarbeiter."

„Nennen Sie mir die drei Orte, damit ich die richtigen Orangen in der nötigen Menge aussuche."

„Sie werden Ihnen kryptisch vorkommen."

Das war der Code, um auf abhörsichere Kryptohandys zu wechseln. Gianni war sich ganz sicher. Die besten Geräte kamen aus den Niederlanden, wusste er von bestimmten Gästen im Restaurant seiner Eltern. Diese Gäste waren gut gekleidete Italiener, gehörten zur Ndrangheta, und wie alle Mitglieder der ehrenwerten Familie legten sie Wert darauf, ihr Essen nicht zu bezahlen, sondern für ihren Besuch reichlich entlohnt zu werden.

Seine Mutter mochte diese Männer nicht.

„Sie schützen uns", sagte sein Vater immer.

„Ja, vor sich selbst", antwortete Raffaela Mora dann.

Ryan und er hatten nichts von Mailers Kryptophone gewusst. Aber auf seinem Firmenhandy hatte die Trojaner-Software das Mikrofon auf Dauerbetrieb gestellt. Gianni konnte also verstehen, was Mailer sagte – solange er in der Nähe seines alten Geräts blieb. Den Bombenexperten aber würde er nicht mehr hören.

„Warten Sie, ich muss mich vergewissern, dass meine Töchter nicht in der Nähe sind."

Mailers Schritte verschwanden in der Ferne. Er kehrte nicht in das Zimmer zurück, in dem sein Diensthandy einsam auf dem Tisch lag.

Pech für Gianni Mora.

Auch in den folgenden Tagen ließ der Geschäftsführer äußerste Vorsicht walten. Er schien ausschließlich mit dem Kryptohandy zu telefonieren, und auf seinem Firmen-Laptop fand sich nur Dienstliches.

„Verdammt", knurrte Ryan. „Er hat etwas gerochen."

Teil 6:

Das Chaos

99

Es waren sechs Tage von trügerischer Ruhe gewesen. Ryan richtete zwei Zimmer in seiner Wohnung für Sarah ein und verbrachte viel Zeit mit ihr. Zusammen mit Gianni versuchte er immer wieder, in Mailers Kommunikation konkrete Hinweise auf die Bombenziele zu finden. Dabei hatten sie so wenig Erfolg wie bei ihrem Versuch, einen Link zu dem Kryptohandy herzustellen.

Keanu ging zweimal ins Wasserbassin und danach in Mailers Leben. Doch auch er erfuhr nichts Neues über die Pläne des Bundes. Er telefonierte täglich mit dem General, der langsam unruhig wurde, weil noch immer Informationen fehlten. Er gab einem Freund, der eine hohe Position bei der Nationalgarde bekleidete, einen inoffiziellen Warnhinweis. Der wiederum ersuchte die Abhörspezialisten der NSA, sich an Mailers Kryptohandy heranzupirschen.

Liv lud Keanu in ihr Lieblingsrestaurant ein, wo syrische Küche mit heiligem Ernst zubereitet wurde, und begleitete ihn ins „Ritmos" zum Salsa-Tanzen. Danach nahm sie ihn mit in ihr Bett.

Keanus alte Nachbarin Lori, die ihn immer seltener sah, lehnte ein Billet aus Büttenpapier an seine Tür. Handschriftlich bat sie ihn zum Dinner und zum Gespräch.

Während all dies geschah, pflanzten drei Friedhofsgärtner im Südwesten von Washington ein Dutzend weißer Grabsteine in den

Boden. Es waren Sonderanfertigungen, obwohl ihre Form und das Material sich nicht von den übrigen 400 000 Gedenksteinen zu unterscheiden schienen, weshalb ihre Anlieferung keinen Argwohn erregte. Sie waren nur zwölf von 5400 neuen Zeugen erloschener Leben, die jedes Jahr in die Erde getrieben wurden. Dort setzten sie die endlos scheinenden Reihen fort. Sie sahen aus wie Dominosteine des Todes.

Die drei Friedhofsgärtner stammten aus Indianerfamilien. Sie arbeiteten seit vielen Jahren auf diesem Areal, noch bevor sie Mitglieder des Bundes wurden. Dies war nur der zweitgrößte Friedhof der USA, aber ohne Frage der berühmteste. John und Jackie Kennedy waren hier bestattet. Nur wenigen Politikern wurde diese Ehre zuteil. Denn der Nationalfriedhof Arlington gehört den Soldaten, den Kriegshelden.

Am siebten Tag, einem ungewöhnlich warmen Herbstsonntag, riss sich der achtjährige Spike junior von der Hand seines Onkels los und rannte schon vor zum Grab seines Vaters.

„Lass ihn ruhig", sagte die Tante des Jungen zu ihrem Mann. Spike senior, nur 29 Jahre alt, war im Jemen gefallen. In seinen Grabstein hatte der Steinmetz graviert, dass hier ein Träger der Ehrenmedaille ruhe. Für seinen Sohn, der leise schluchzend vor dem Grab kniete, bedeutete dieser Satz alles. Sein Vater hatte sich als Soldat durch besondere Tapferkeit hervorgetan.

Der Onkel sah ein Eichhörnchen auf dem Weg sitzen. Es gab Tausende hier, aber dieses hielt etwas auffallend Rotes zwischen den Vorderpfoten. Das Tier sprang auf den Grabstein einer neu angelegten Ruhestätte und knabberte aufgeregt daran herum.

„Eine Isolierungshülle", dachte der Onkel. Er verdiente sein Geld als Industrie-Elektriker in einer Marinewerft am Potomac-Fluss.

„Was macht eine so dicke Kabelummantelung auf dem Friedhof?" Während er rätselte, explodierte der Grabstein mit dem Eichhörnchen. Die Wucht der Detonation zerstörte die Gräber in einem Umkreis von 20 Metern. Sie zerriss den Körper eines achtjährigen Jungen, tötete Onkel und Tante und ihr Baby in seinem rosafarbenen Tragetuch.

Kurz nacheinander explodierten vier weitere Grabsteine. Es klang wie Geschützdonner in der Schlacht. Touristen aus Taiwan hielten es für Salutschüsse. Als jedoch in ihrer Sektion, weit im Westen des Friedhofs, zwei Steintafeln in die Luft gingen und Krater in den Boden sprengten, rannten die Asiaten in Todesangst zum Ausgang.

Er war blockiert. Mehrere Hundert schwarz gekleideter Männer, deren Hände seltsame Gewehre umklammerten, stürmten den Soldatenfriedhof. Jeder von ihnen hatte eine helle Vogelfeder in seine Sturmhaube gesteckt. Außer den wenigen gebrüllten Kommandos gaben sie keinen Laut von sich. Sie rannten schnell, ihre Stiefel knallten auf den Asphalt, bis sie die Grasflächen mit den Gräbern erreichten.

Erst dort begann das Schießen.

100

Sie zielten auf die makellos weißen Grabsteine. Aus ihren Paintball-Gewehren verschossen sie Gelatine-Kugeln, gefüllt mit roter Kunstharzfarbe, die jahrelang auf Stein haftete. Waren sie mit einer Reihe fertig, sah es aus, als würden die Grabsteine verbluten.

In der Ferne waren die ersten Sirenen von Krankenwagen und Polizei zu hören. Mehr als 8200 Besucher flohen in Todesangst aus dem Friedhof. Es gab Versuche von Soldaten in Ausgehuniformen, sich dem Mob in den Weg zu stellen. Sie wurden überrannt. Manche traf ein Gewehrkolben hart am Kopf, und sie brachen zusammen.

Kämpfer des Bundes verschandelten das Grabmal des unbekannten Soldaten – ein Heiligtum dieses Landes –, indem sie den weißen Sarkophag so lange mit ihren Paintballs beschossen, bis der Marmor vor roter Farbe troff.

Die gesamte Aktion kostete 49 Besucher das Leben. Sie endete damit, dass Mitglieder des Bundes mit schweren Feuerwehr-Rammen versuchten, die dunkelgraue Bodenplatte mit der Inschrift „John Fitzgerald Kennedy 1917-1963" zu zertrümmern.

Mailer und der Leader hatten es präzise geplant: Die Männer des Bundes vermischten sich mit den letzten Gruppen der Flüchtenden, rissen sich im Rennen die dünnen, schwarzen Overalls vom Leib und zuletzt die schwarzen Wollhauben vom Kopf.

Ganz plötzlich waren sie weg. Alle.

Nur eine Minute später ging das Bekenner-Posting „Rot siegt über Weiß" online.

„In Arlington ehren die Weißen ihre toten Krieger.

Das Volk kann sie besuchen. Präsidenten knien an ihren Gräbern und bekunden ihren Respekt.

Doch die Gefallenen der Indianerstämme warfen die Weißen ohne Respekt in Gruben. Sie ließen jene verfaulen, die sie ohne Gnade abgeschlachtet haben.

Und gab es tatsächlich ein Grab für einen großen Häuptling wie Gokhlayeh, den die Weißen Geronimo nennen, dann raubten sie seine Gebeine und stellen sie als Trophäen aus.

Sie schändeten es.

Heute haben wir ihre Gräber geschändet.

Die Zeit der Rache für alle Ungerechtigkeit ist gekommen.

Wie in Arlington wird Rot über Weiß siegen.

Wir holen uns dieses Land zurück.

Denn wir sind die ersten Amerikaner."

Als Absender war „Der Bund" eingetragen.

101

Keanu kam zu spät. Er hatte die Einladung fast vergessen. Lori Primmer, seine Lieblingsnachbarin, begrüßte ihn anders als sonst. Ihre lange Umarmung fühlte sich mehr nach Abschied als nach Willkommen an. Sie begann zu schluchzen.

„Was ist mit dir, Lori?"

„Ich weiß nicht, diese Arlington-Sache nimmt mich so mit. All der Hass, die vielen Toten, das ganze Leid."

Keanu führte die fast 70-jährige Frau in den Salon. Sie setzten sich auf eines der prachtvollen Sofas, und Lori hielt seine Hände in ihren. Zu ihrer Trauer gesellte sich Zorn.

„Diese verlogene Indianer-Inszenierung ist eine Beleidigung jedes Verstands. So leicht zu durchschauen."

Keanu sah sie fragend an.

„Ich bin nicht Professorin für Geschichte gewesen, um dann auf so eine Täuschung hereinzufallen. Vermutlich sind da auch einige Indianer dabei, aber es ist ein klassisches Machtübernahme-Szenario. Hast du das zweite Posting gesehen? Es kam vor 20 Minuten."

„Nein."

Sie reichte ihm ein Papier, das sie ausgedruckt hatte. „Jetzt appellieren diese Mörder an jeden, der Ungerechtigkeit erfahren hat, Teil ihrer Bewegung zu werden. Egal, ob rot, schwarz oder weiß.

Es soll ein ‚Bund der Rache' für alle werden. Wenn du mich fragst, ist das ein gefährliches Sammelbecken der Zu-kurz-Gekommenen. Das hatten wir erst vor ein paar Jahren, es spaltet Amerika noch immer. Das ist nicht mehr meine Welt, Keanu. Dafür bin ich zu alt."

Keanu drückte ihre zitternden Hände, spürte die Kälte unter den Altersflecken. Sie schämte sich nicht für ihr Schluchzen, das heftiger wurde.

„Den Enkel meiner besten Freundin – einen achtjährigen Jungen, der heute früh das Grab seines Vaters besuchen wollte – hat die erste Bombe zerfetzt. Es ist nichts mehr von ihm übrig. Auch nicht von seinen Verwandten, die bei ihm standen."

Kein Damm der Selbstbeherrschung konnte ihre Tränen noch zurückhalten, sie rannen über ihr Gesicht. Von dort tropften sie auf Keanus Handrücken. Gleichzeitig spürte er, wie sich Loris Finger verkrampften.

Die nächsten Sätze waren kaum zu verstehen: „Sie hatten ihr Baby dabei. Keanu. Wer tötet denn ein Baby?"

Lori brach zusammen.

Der Notarzt stabilisierte ihren Kreislauf mit einer Infusion. Erneut maß er ihre Herzfrequenz und den Blutdruck. „Das sieht gut aus, ich würde Sie dennoch gerne ins Krankenhaus mitnehmen."

Lori schüttelte schwach den Kopf. Keanu beugte sich zu ihr hinunter. Sie flüsterte ihm etwas ins Ohr.

„Mach ich gerne", erwiderte er und klärte alles weitere mit dem Notarzt.

Er trug die alte Dame, die erschreckend leicht in seinen Armen war, zu ihrem Bett, zog ihr die Schuhe aus und deckte sie zu. Den Stuhl, auf dem er die gesamte Nacht über ihren Atem wachen würde, stellte er direkt an das Kopfende.

„Was sagst du?" Er hatte sie nicht verstanden.

„Nimm den Rehrücken aus dem Backofen."

102

Eingeklemmt zwischen zwei Hochhäuser in der Broad Street von New York steht die Fassade eines griechischen Tempels. Seine sechs korinthischen Säulen zählen zu den meistfotografierten der Welt. Der Bau ist nicht antik, er entstand erst im Jahre des Herrn 1903. Während Jesus einst die Händler und Geldwechsler aus dem Tempel in Jerusalem vertrieb, sind sie in diesem herzlich willkommen. Er ist ihnen gewidmet: der Tempel des Geldes, die New York Stock Exchange. Noch immer ist sie die größte Börse für Wertpapiere, pro Tag werden dort über zwei Milliarden Aktien gehandelt.

Die Gruppe betrat die Börse durch den weniger pompösen Eingang in der Wall Street. Mehrere Wachleute registrierten, dass 18 Männer und Frauen wie jeden Morgen pünktlich um 4.30 Uhr erschienen. Denn spätestens um 8.30 Uhr mussten sie mit ihrer Arbeit fertig sein. Eine Stunde später läutete die Eröffnungsglocke, exakt zehn Sekunden lang.

Heute würde sie nicht läuten, aber das wussten nur die Mitglieder dieser Gruppe. Sie trugen Gummihandschuhe, grüne Schutzkleidung und Mützen, die sie tief ins Gesicht gezogen hatten. Sie sprachen die meiste Zeit in einem Indianerdialekt miteinander. Sie ersetzten jene 18 echten Reinigungskräfte, die auf ihrem Weg zur Arbeit überwältigt, gefesselt und in einem nahegelegenen Keller abgelegt worden waren.

Es war für Gregory Mailer und den Leader einfach gewesen, Freiwillige zu finden. Die meisten Indianerfamilien empfanden Stolz, dass jemand aus ihrem Kreis heute Geschichte schreiben durfte. Er oder sie würde nicht wiederkehren, doch für die lange ersehnte Rache waren alle zu diesem Opfer bereit.

Jeder von ihnen wusste, wohin er am Schichtende seinen Putzwagen schieben sollte, um ihn dort abzustellen. Alle würden bei ihrem Wagen bleiben. Denn 18 auf dem Handelsparkett, in einigen Büros oder Konferenzräumen abgestellte Wagen mussten in der Videoüberwachung sofort auffallen. Jedenfalls dann, wenn 18 Reinigungskräfte bereits das Gebäude verließen.

Sofia Duerte – 39 Jahre alt, kinderlos und Opfer einer hässlichen Scheidung –, war mit dem Putzen des exklusiven Restaurants fertig, in dem Zutritt nur auf Einladung gewährt wurde. Für die Videokameras sollte alles so normal wie möglich aussehen, deshalb hatte sie die Tische und Theken sorgfältig abgewischt, obwohl es absurd war. Dort würde für lange Zeit niemand mehr essen oder trinken.

Sofia fuhr hoch in die Vorstandsebene. Vorbei an den gerahmten historischen Aktien, den Siebdruck-Porträts von Andy Warhol und der alten Led-Zeppelin-Gitarre hinter Glas schob sie ihren Putzwagen an seinen Bestimmungsort. Er war schwer zu bewegen. Das lag an der großen Menge von C4-Plastiksprengstoff im doppelten Boden.

Die letzten zwei Stunden ihres Lebens würde sie also hier verbringen. Der Leader hatte entschieden, die Bomben so spät wie möglich zu zünden. Je mehr Passanten vor dem Tempel unterwegs waren, desto höher würden die Opferzahlen sein.

Mit einem „Ping" öffnete sich die Fahrstuhltür. Sofia sah den Mann und erschrak.

103

Dave Marenna war selten vor 9 Uhr im Büro, aber heute hatte der Assistent dringend eine Vorstandsvorlage fertigzustellen. Musste die Putzfrau ausgerechnet jetzt hier sein? Er brauchte seine Ruhe. Deshalb warf er ihr einen bösen Blick zu.

Sie schaltete hastig ihren Staubsauger ein. Er war laut.

„Vete de aqui!", rief er. Verschwinde von hier. Putzfrauen waren fast immer aus Mexiko. Sie sah aus wie die Frauen, die er aus seinen Urlauben dort kannte.

Sie blickte verunsichert zu ihm. Er scheuchte sie mit einer Handbewegung weg. Sie ging den Gang hinunter, der Staubsauger wurde leiser. Ihr Putzwagen blockierte den Eingang zu seinem Büro. Genervt schob er ihn einige Meter zur Seite. Er benötigte viel zu viel Kraft. Warum war das Ding so schwer?

Vom Ende des Gangs blickte die Frau immer wieder ängstlich zu ihm herüber.

Irgendetwas stimmte mit ihr nicht. Hatte sie etwas gestohlen? Dave Marenna sah auf die Uhr. Die Zeit lief ihm davon. Er setzte sich an seinen Schreibtisch und fuhr den Computer hoch. Bald hatte er die Frau vergessen.

Kurz vor 8.30 Uhr herrschte reger Betrieb in der Broad Street. Auch durch die Wall Street gingen viele Menschen im schnellen

Tempo der New Yorker, auf dem Weg zu ihren Büros oder zum nächsten Coffee Shop. Vor den Food Trucks formierten sich die ersten Schlangen.

Als die Wachleute es auf ihren Bildschirmen sahen, war es bereits zu spät. Alle 18 Frauen und Männer der Putzkolonne standen vor ihren Wagen, verteilt über das gesamte Gebäude. Als würden sie salutieren, legten sie ihre rechte Faust an die Brust, auf Höhe des Herzens.

Dann brach die Hölle los.

In einer gewaltigen Staubwolke zerbarst der Tempel und spuckte Steinbrocken und Glassplitter auf die Straße, wo sie die Menschen unter sich begruben. Das Donnern der Detonation war in ganz New York und bis weit nach Long Island hinein zu hören. Als wäre es präzise so berechnet worden, nahmen die Hochhäuser rechts und links der Börse wenig Schaden. Nur der Tempel war weg – bis auf die Säule links außen, die aus irgendeinem Grund stehen geblieben war.

81 Frauen und Männer starben, einschließlich der Polizeistaffel vor der Börse, der Wachleute und Attentäter sowie eines jungen Mitarbeiters in der Vorstandsetage. Hunderte wurden verletzt, meist schwer.

Doch diese Zahlen galten nur bis zum Beginn der zweiten Phase, der Machtdemonstration des Mobs. Der Leader hatte über 1000 Mitglieder seines Bundes, getarnt als harmlose Touristen, in die Stadt geschleust. Ebenso viele Sympathisanten verstärkten sie. Übers Darknet und ähnlich finstere Quellen hatten diese Menschen davon erfahren hatten, dass der „Bund der Rache" die Reichen in New York dafür bestrafen werde, dass sie den Armen das Geld wegnahmen. Aber es hieß, auch jede andere Ungerechtigkeit tauge als Grund, mitzumachen.

Wie aus der Kanalisation gescheuchte Ratten hetzten sie durch die Straßen im Süden Manhattans und zogen nordwärts. Sie zerstörten, was sie zerstören konnten. Es dauerte viel zu lange, bis die Nationalgarde alarmiert wurde und noch länger, bis sie endlich eintraf. Bis dahin versuchten Einheiten des New York Police Departments, den Mob zu stellen. Und so begann jene Straßenschlacht, die als „Wall-Street-Massaker" bekannt werden sollte.

104

Es waren drastische, verstörende Bilder.

Luis Capra, 24 Jahre alt, hatte gerade die Polizeiakademie beendet, wo er sechs Monate lang ausgebildet worden war. Als Police Officer zweiten Ranges stand ihm nun eine Gehaltserhöhung von 1700 Dollar zu. Pro Jahr.

Niemand auf der Akademie hatte ihn auf das vorbereitet, was er jetzt erlebte, eingekeilt zwischen 80 Kollegen an der Ecke Fulton Street und Nassau Street. „New Yorks Beste" wurden die Cops der NYPD oft genannt. Luis Capra hatte das Gefühl, ihnen standen hier New Yorks Schlimmste gegenüber. Er spürte: „Die wollen uns töten."

Durch seinen Schutzschild aus Polycarbonat hindurch sah er Hunderte von Vermummten. Sie brüllten, peitschten sich gegenseitig hoch. Die meisten trugen Sturmgewehre, Schrotflinten und große Colts, doch eine kleine Gruppe hielt schwarze Fiberglasbögen in den Händen. Capra kannte diese Waffen. Sein Bruder Chad ging mit ihnen auf die Rotwildjagd. Ihre Durchschlagskraft war furchterregend.

Die Bogenschützen knieten nieder, legten Karbonpfeile vor sich auf den Asphalt, aber auch ein Glas mit einer zähen Flüssigkeit. Fast gleichzeitig nahmen sie den ersten Pfeil auf, tauchten seine Spitze in die Flüssigkeit und legten ihn ein.

„Lass das bitte kein Gift sein", betete Capra.

„Schilderwand, sofort", brüllte sein Sergeant jetzt in das Helmmikrofon.

Capra setzte seinen Schild sofort auf dem Boden auf und versuchte, keine Lücke zu den Nebenleuten zu lassen. Er schaffte es, knapp bevor die erste Pfeilsalve ankam. Andere waren nicht so schnell. Capra sah zwar Pfeile an den durchsichtigen Schilden abprallen, aber der Sergeant wurde am Arm getroffen, andere Polizisten erwischte es an den Unterschenkeln. Sie schrieen vor Schmerz, wurden aber sehr bald stumm.

„Es ist Gift", dachte Capra.

Einige seiner Männer schleiften den Sergeant vor dem nächsten Pfeilhagel nach hinten. Die ersten Sirenen der Rettungswagen waren zu hören.

„Gummigeschosse, auf mein Kommando" befahl der Mann, der den Posten des Sergeants übernommen hatte.

Sie feuerten auf die Menge. Luis Capra war ein guter Schütze. Er zielte auf die Oberkörper. Nur die Hülle der Projektile bestand aus Gummimasse oder Plastikschaum, im Inneren jedoch waren Metallkugeln. Sie konnten für schwere Verletzungen sorgen.

Luis feuerte und feuerte. Als er sah, dass die Angreifer ihre Sturmgewehre und Revolver hochrissen, zielte er auf die Köpfe der Schützen. Eines seiner Gummigeschosse traf das Auge eines Vermummten und drang tiefer.

Luis wusste, dass der Mann tot war, aber er selbst konnte auch jeden Augenblick tot sein, wenn keine Verstärkung kam. Er feuerte weiter.

„Distanzmittel", hörte er in seinem Kopfhörer. Tränengas, aber warum nicht früher? Er sah noch, wie die Gegner sich Taucherbrillen aufsetzten, manche sogar Gasmasken und sofort wieder schossen.

Gleichzeitig rückten sie gegen die Polizeitruppe vor. Schritt für Schritt, in gnadenloser Konsequenz. Einige von ihnen schienen in Seitenstraßen zu flüchten. Doch sie flüchteten nicht, sie suchten nur andere Schusswinkel, wollten von der Seite auf die NYPD-Männer und -Frauen anlegen.

Es war einer von ihnen, der Luis Capra, 24 Jahre alt, Police Officer zweiten Ranges, Mitglied der Baptistenkirche und offiziell verlobt mit der Physiotherapeutin Enni Savage, in den Hals traf.

Alle Fernsehsender griffen in den kommenden Stunden auf das Material zurück, das seinen Tod zeigte. Er war der Mann in der ersten Reihe, dessen gesamter Schutzschild sich innerhalb einer Sekunde rot färbte, von innen.

Die Kommentare der TV-Moderatoren klangen später recht ähnlich:

„Beim Massaker in der Wall Street verlor das New York Police Department nach jetzigem Stand mehr als 400 Einsatzkräfte."

„…mutig gekämpft gegen einen wütenden Mob, der mit brutaler Gewalt agierte."

„…nur 17 Tote unter den fast 2000 Angreifern, die sich in alle Richtungen auflösten."

„Die Nationalgarde ist erst 40 Minuten nach dem Beginn der Kämpfe eingetroffen. Es bestand keine Chance mehr, das…"

„New York verlor außer seiner weltweit berühmten Börse auch jedes Vertrauen in die Behörden der Stadt. Es war ein völliges Versagen."

Das Bekenner-Posting war diesmal knapp, doch umso deutlicher.

„Niemand kann die schützen, die den Indianern alles genommen haben. Oder die all jene ungerecht behandelten, die heute in großer Tapferkeit mit uns gekämpft haben.

Wir nehmen uns, was uns gehört.

Dieses Land ist unser Land.

Denn wir sind die ersten Amerikaner."

Unterschrieben war es diesmal mit „Der Bund der Rache".

105

Liv saß fassungslos vor dem Bildschirm in ihrem Büro. Keanu, Ryan und Gianni, der noch mehr zappelte als üblich, standen hinter ihr.

Die Reportagen über den Anschlag in New York waren das Schlimmste, was seit den Terrorakten gegen das World Trade Center im US-Fernsehen gesendet wurde. Die Polizisten waren regelrecht abgeschlachtet worden, Keanu wollte nicht länger hinsehen.

„Wo steckt Mailer", knurrte er zornig.

„Hat seit gestern eine Woche Urlaub", wusste Liv.

„Seit Arlington also", sagte Ryan. „Das passt."

„Konntet ihr ihn orten?", fragte Keanu ihn.

„Nein, er scheint nur noch sein Kryptohandy zu nehmen."

Sie alle waren frustriert, dass sie nichts tun konnten. Keanu telefonierte lange mit dem General. Für Washington und New York werde der Ausnahmezustand ausgerufen, berichtete McGrammer. Er residierte mit einem Teil seiner Truppe noch immer in der Hanscom Air Force Base, knapp 20 Meilen von Boston entfernt. „Übrigens, ich habe die NSA auf Ihren Mailer angesetzt. Selbst deren Abhörprofis haben ihn nicht gefunden. Der Mann scheint genau zu wissen, was er tut."

Keanu machte sich auf den Weg. Er musste dringend nach Lori sehen.

„Hoffentlich hat sie von New York noch nichts mitbekommen", dachte er während der gesamten Fahrt.

Seine Nachbarin hatte Besuch. Im Hintergrund war das Radio zu hören.

„Keanu, das ist meine Freundin Helen", stellte sie eine Dame vor, die ähnlich alt, aber doppelt so schwer wie sie selbst war. „Sie kümmert sich um mich."

„Ihr habt es gehört?"

Sie nickte traurig.

„Deshalb nehme ich die hier." Lori zeigte auf eine Schachtel mit starken Beruhigungstabletten.

Keanu versprach, am Abend noch einmal nach ihr zu sehen und fuhr zum Bassin. Er musste es versuchen.

Diesmal blieb er nicht so lange wie sonst im kalten Wasser, er wollte schnell in Mailers Leben. Vermutlich war das der Grund, weswegen die Verbindung zu dem anderen Körper nur einige Minuten währte, bevor sie schwächer wurde und abbrach. Mailer saß in einem einfachen Zimmer vor dem Fernseher und sah sich an, wie CNN über die Vorfälle in New York informierte. Er schien alleine zu sein, feierte keine Siegesparty, wirkte nicht euphorisch. Keanu war irritiert.

Als er zurück in seine Wohnung kam, schaltete Keanu ebenfalls die TV-Nachrichten ein. Am Anfang gelang es ihm noch, als Profi die Aufnahmen zu analysieren: wie koordiniert die Angreifer vorgingen, wie kampferfahren viele wirkten, wie erbarmungslos sie waren, wie gekonnt sie im richtigen Moment verschwanden. Ihm wurde klar, welche Fähigkeiten der Leader haben musste, um kurz hintereinander zwei solch komplexe Anschläge zu koordinieren.

Mailer war ebenfalls nicht zu unterschätzen, aber er machte Fehler. Diese Operationen jedoch waren erschreckend fehlerlos abgelaufen. Tausende waren beteiligt. Keiner hatte etwas verraten.

Der Leader jagte ihm Angst ein.

Er holte die Edelstahldose aus ihrem Versteck in der Küche heraus. Luftdicht verschlossen lagerten darin getrocknete Psilos. Seinen ersten Magic Mushroom hatte er an der Uni probiert, aber seit Jahren keine Drogen-Pilze mehr angerührt.

Vor dem Fernsehgerät ließ er sich auf den Boden fallen. Er kaute einen kleinen Pilz. Sah die Bilder. Kaute einen größeren. Sah die Polizisten sterben und aß den nächsten Pilz. Sah noch mehr tote Polizisten. Ein blutbespritzter Schutzschild. Er kaute mehr Pilze, spürte die Wirkung des Psilocybins, dachte an seine deutschen Freunde bei der Polizei. Sein Magen brannte. Pfeile vergifteten Polizisten, Kugeln zerfetzten Leben. Das Fernsehbild löste sich auf. Cops kletterten aus dem Gerät heraus, hinterließen Blutspuren auf seinem Wohnzimmerboden. Mehr Blut, überall. Es tränkte die Fassaden der Häuser, es stieg von unten bis ganz oben. Dort sammelte sich das Blut zu einer roten Welle, die mit einem gewaltigen Rauschen auf Keanu herabstürzte. Das Wasser war schwer. Er bekam keine Luft.

Keanu rollte sich auf dem Boden zusammen. Die Haltung der Hilflosen. Der Bund war nicht mehr aufzuhalten, der Leader einfach zu stark.

106

Liv hatte gestern um einen Termin bei Alexandra Reyes gebeten, der Haupteigentümerin der Psy Company. Gerade kam die Nachricht. Heute um 18 Uhr würde die Frau mit dem internen Kürzel PC1 sie empfangen. Endlich.

Sie musste vorher noch einmal nach Hause und sich umziehen. Liv wusste, wie Alexandra tickte. Jedes Treffen mit ihr war ein Examen. Das galt für Männer, aber erst recht für Frauen.

Im ersten Durchgang hatte das Äußere zu bestehen. Wenn nicht, war die Prüfung hier zu Ende. „Das Leben ist zu kostbar für schlechten Geschmack" war ihre Devise, und davor war es das Motto ihrer strengen Mutter gewesen. In Durchgang zwei musste das Thema akzeptiert werden, über das die Besucherin sprechen wollte. Phase drei verlangte, dass die Art des Vortrags sowie das rhetorische Niveau ihren Ansprüchen genügten – und das Selbstbewusstsein. Es durfte die Latte der Arroganz berühren, sie aber nicht reißen. Denn die Arroganz war ihr Revier, darin zu wildern erlaubte sie nicht. Zumindest niemandem, dessen Gehaltsscheck ihre Unterschrift trug. Phase vier war die interessanteste. In ihr entschied sich, wie persönlich das Ganze würde.

Liv kannte als Leiterin der Wirtschaftspsychologie so viele Machtmenschen, dass ihr bewusst war: Es gab eine letzte Regel, über die nie gesprochen wurde. Wer Respekt wollte, lautete sie, musste die Regeln verletzen. Das würde sie heute tun.

„Japanisch", entschied sie im Ankleidetrakt ihrer Wohnung und griff in die Kategorie „mutig". Das schwarze Yotomashe-Designerstück aus grobem Stoff war schwer zu beschreiben. Es war ein Kleid, das über den Knien endete, aber asymmetrisch geschnitten war. Vom rechten Bein der Trägerin war also mehr zu sehen als vom linken. Oben wirkte es streng, trotz des tiefen Ausschnitts. An mehreren Stellen standen aufgenähte Stoffstücke ab, geformt wie die Krallen eines Raubvogels. Es war ein gefährliches Kleid. Also zog Liv japanische Kampfstiefel dazu an. Ihre Augen schminkte sie dunkel.

„Eine wilde Samurai", sagte Alexandra Reyes, als sie die Tür zu ihrem Penthouse öffnete. „Wunderbar. Und dazu Smokey Eyes. Leider nichts für mich. Auf meiner dunklen Haut sieht man die Schwärze nicht. Komm her!"

Sie umarmte Liv, küsste sie wie immer auf den Mund. Der englische Butler stand am Rande des Wohnzimmers. In seinen Händen trug er eine große silberne Platte, deren Boden von zerkleinertem Eis bedeckt war. Darauf lagen die rohen Fischscheiben.

„Sag mir, dass das Zufall ist", forderte Liv ihre Gastgeberin auf.

„Ich würde gerne ‚Nein' sagen", antwortete Alexandra mit Blick auf das japanische Outfit ihrer Angestellten. „In Wahrheit hatte ich einfach Lust auf Sashimi. Und ich wusste, wie sehr du es magst."

Daikon, eine japanische Rettichart, diente als Dekoration für den Thunfisch der höchsten Qualitätsstufe, dick geschnittenen Red Snapper, Königsfisch und Steinbutt. Lachs war zu ordinär, also hatte Reyes darauf verzichtet.

„Edward, tragen Sie bitte auf", wies sie ihren Butler an, den sie aus der englischen Grafschaft Gloucestershire importiert hatte. Sie aßen das Sashimi mit kunstvoll verzierten Stäbchen, verzichteten beide auf die Sojasoße. Sie wollten den puren Geschmack rohen Fisches. Edward servierte einen Verdejo aus Spanien dazu.

„Ich war einmal auf Sizilien", erzählte Alexandra zwischen zwei Bissen, „mit einem Freund. Dort essen sie die Fische auch roh, was ich nicht wusste. Sie holen sie aus dem Meer, versammeln die gesamte Familie und verspeisen sie gemeinsam. Dabei reden sie und reden und reden. Die glücklichsten Menschen, die ich je getroffen habe."

Sie nahm etwas von dem weißen Rettich, der in feine Fäden geraspelt war.

„Worüber willst du reden, Liv?" Es wurde also ernst.

107

Liv legte ihre Stäbchen ab. Die Frau ihr gegenüber trug ganz bewusst nur eine weiße Jeans und ein T-Shirt, das sehr weich über ihren dunklen Körper fiel. Sie war barfuß. Natürlich verstand Liv die Botschaft. Sie war diejenige, die sich zurechtmachen musste für dieses Treffen. PC1 hatte es nicht nötig.

„Ich möchte mit dir über Mailer reden."

„Für dich Dr. Mailer."

Liv erhob die Stimme. „Nein, für mich Gregory Arschloch Mailer, wenn du es genau wissen willst."

Alexandra Reyes zischte sie an: „Benimm dich auf der Stelle, oder ich lasse dich von Edward vor die Tür setzen."

Die Stimmung war gekippt, innerhalb von Sekunden. Jetzt waren beide wütend. Und sie wurden laut.

„Was bildest du dir ein? Ich rede mit dir nicht über Mailer."

„Warum nicht?"

„Weil er mein Geschäftsführer ist und für dich sakrosankt."

Liv explodierte. „Dieser Mann soll unantastbar sein? Der will mich aber jedesmal betasten, Alexandra. Das ist ein Grapscher. Und hochgradig gefährlich ist er vermutlich auch. Sag mal, bekommst du eigentlich mit, was in deiner Company alles läuft?"

Reyes bellte zurück. „Hör bloß auf, schöne Lady. Frauen wie dich und mich wollen alle Männer berühren. Und wir lassen es zu, wenn uns danach ist. Oder wir sorgen dafür, dass sie uns teuer bezahlen."

„Du hast keine Ahnung."

„Und die Frage, wie viel hier ohne mein Wissen geschieht, hat mir vor kurzem schon mal jemand gestellt. Du gehst mit ihm ins Bett. Ist er gut?"

Sie waren beide aufgesprungen. Livs Teller fiel zu Boden. Sashimi verteilte sich auf dem makellos weißen Teppich.

Alexandra kam als Erste zur Besinnung. Sie legte einen Finger senkrecht an ihre Lippen.

„Bitte", sagte sie leise. „Nicht wir beide. Wir dürfen uns nicht streiten."

Sehr langsam ging sie um Liv herum, blieb hinter ihr stehen und strich mit den Händen an ihrem Rücken entlang, weit nach unten. Liv wurde zahm, legte ihren Kopf in den Nacken und drehte ihn in Alexandras Richtung. Sie ließ sich küssen, lange und intensiv, ihre Zungen schmeckten nach Thunfisch und dem spanischen Weißwein. Erst dann nahm sie die Hand der Frau, führte sie tief in den Ausschnitt ihres Kleides.

„Natürlich kein BH", flüsterte Alexandra lächelnd. „Du willst mir zeigen, dass du noch immer keinen brauchst."

Es war völlig anders als mit der Frau des Milliardärs vor knapp einer Woche, die wegen der Anwesenheit ihres Mannes gehemmt war. Alexandra hatte mehr Erfahrungen gesammelt als Liv. Sie teilte sie freigiebig mit der 18 Jahre Jüngeren und ihrem unvergesslichen Körper, der heftig auf die Berührungen reagierte. Liv verlor immer mehr die Kontrolle über ihn. Sie ließ sich fallen, vergaß alles: die ungeklärte Beziehung zu Keanu, die Sorge um Sarah, die Angst vor dem, was Mailer und sein gefährlicher Bund noch alles anrichten konnten.

Sie verlor für einige Zeit sogar die größte ihrer Sorgen. Dass sie ein falsches Leben führte, und das richtige möglicherweise nie finden konnte.

Hinterher lagen sie in dem riesigen Bett, ihre weißen Beine und die schwarzen von Alexandra ineinander verschränkt. Ohne die Augen zu öffnen, begann Liv zu erzählen, was sie über Mailer und seine Taten wusste. Sie ließ nichts aus. Als sie geendet hatte, herrschte Stille. Bis die Frau neben ihr zugab: „Ich weiß, dass ich zwei Seiten habe. Aber ich wusste nicht, wie sehr Mailer meine schlechte Seite gefüttert hat."

108

„Kannst du mich im Chapano treffen? Du weißt schon, an der Uni. Es ist wichtig."

So hatte Liv ihn vor 40 Minuten per Telefon geweckt. Keanu saß in dem alten Studentencafé, wo er sich während seines Psychologie-Studiums jeden Morgen einen Espresso geholt hatte. Er schmeckte noch immer wie damals.

Selbst wenn sie so schnell ging wie jetzt, bewegte sie sich leicht und geschmeidig. Keanu beobachtete Liv, als würde er sie zum ersten Mal sehen. Sie kam durch die Schwingtür, schlängelte sich ohne Zögern an die Theke, ignorierte die Schlange der verschlafenen Studenten und flirtete drei Sätze lang mit dem Jungen hinter der Theke. Der reichte ihr wie in Trance den Kaffee, den er gerade für einen wartenden Kunden fertig gemacht hatte und strahlte sie an. Als sie bezahlen wollte, wehrte er ab. Bereits im Weggehen schickte sie ihm einen Luftkuss über die Theke. Dass er rot wurde, sah sie schon nicht mehr.

„Das war beeindruckend, Miss Sigmarsson", sagte Keanu, nachdem sie sich lange umarmt hatten. Er fühlte sich müde.

„Was meinst du?", fragte sie und nippte an ihrem Caffè Latte.

„Deine logistischen Fähigkeiten", sagte er und wies mit dem Kopf auf die Schlange und den jungen Barista, der etwas enttäuscht zu ihnen herüberblickte.

„Ach das", lachte sie. „Dafür muss man kein Psychologe sein."

„Also, ich stand immer in der Schlange."

„Das liegt daran, dass du den falschen Chromosomen-Satz hast."

Sie nahm einen großen Schluck, leckte sich etwas Schaum von den Lippen. „Ich habe Alexandra Reyes gestern Abend alles über Mailer erzählt, Keanu."

Er zog seine Stirn in Falten.

„Bist du sicher, dass das kein Fehler war?"

„Seit ich ihre Reaktion erlebt habe, bin ich das."

Sie berichtete ihm von dem Treffen. Aber nicht alles.

Den gesamten Tag über war er unruhig wie selten in seinem Leben. Er war sicher, dass der Leader kurz davor stand, die nächste Katastrophe wie eine Lawine loszutreten. Er spürte es. Schon am späten Nachmittag verließ Keanu die Psy Company und fuhr zum Bassin. Diesmal blieb er sehr lange im eiskalten Wasser.

Hinterher schaffte er es kaum, die Tür des Gebäudes abzuschließen, weil seine gefühllosen Hände den Schlüssel nur mit Mühe drehen konnten. Er zitterte während der Fahrt nach Hause. Dort legte er sich sofort ins Bett.

Seine gesamte Konzentration lenkte er jetzt auf den Leader. Er stellte sich vor, wie der eigene Körper mit dem anderen verschmolz. Immer wieder versuchte er es, doch jedes Mal wurde er abgewiesen. Keanu verstand es nicht.

Er musste wissen, ob es an ihm lag. Deshalb dachte er sich in das Leben von Gianni hinein; es gelang auf Anhieb.

„Interessant", überlegte er, „Gianni nimmt sein Zucken überhaupt nicht wahr." Jedenfalls fühlte er es nicht. Natürlich wusste er von seiner Krankheit und konnte die unkontrollierten Bewegungen sehen, wenn er vor einem Spiegel stand oder an sich herabsah.

„Aber er vergisst seine Krankheit und wird durch die Reaktionen der anderen daran erinnert." Keanu merkte sich das.

Sein Assistent saß gerade bei Ryan in der IT-Abteilung. Sie schrieben anscheinend Codes für ein Programm.

Er überlegte, ob er in Livs Leben gehen sollte. Doch seine Scheu war zu groß.

Er probierte es mit Lori, was sich als einfach herausstellte. Seine Nachbarin schlief in einem ihrer Sessel. Er konnte ihre Träume verfolgen. Sie war eine junge Frau, hielt die Hand eines gut aussehenden Mannes und spazierte durch ein Kaufhaus. Sie probierte Parfüms aus. Danach setzte sie eine Sonnenbrille auf, die sehr stark sein musste. Lori sah den Ehrenfriedhof von Arlington in einer Nachtansicht, sah die Straßen von Manhatten sich verdüstern. Jetzt sah sie sich selbst. Nach und nach schwärzte sich ihre Kleidung, ihr Haar, ihre Haut. Lori träumte ihren Tod.

109

Mailers Körper machte es ihm heute viel schwerer als die Male zuvor. Er verhielt sich wie ein Schiff, das nicht geentert werden wollte. Wie ein Berg, der sich mit einer Eisschicht überzog, auf der seine Besteiger keinen Halt fanden. Wie ein Rodeo-Bulle, der bockte. Keanu kämpfte sich in dieses Leben hinein.

Er gab nicht auf, bündelte seine Gedanken zu einem Laser, dessen Strahl sich durch die Wand fraß. Es kostete ihn alle Energie, die er noch in sich hatte. Schließlich schaffte er es.

Gregory Mailer schien eine Gesichtsmaske zu tragen, denn seine Sicht war etwas eingeschränkt. Er trug einen Umhang mit Kapuze, genau wie der Leader, der mit ihm im Boxring des Bunkers stand. Doch diesmal war es Mailer, der redete, und Hunderte von Vermummten hörten ihm zu. Es schienen auch Frauen in der Menge zu sein, anders als bei der letzten Versammlung des Bundes.

„Morgen ist Präzision noch wichtiger", sagte Mailer gerade. Seine Stimme hatte Kraft.

„Wir setzen viele kleine Sprengkörper ein." Er blickte zu einer Gruppe, die gesondert stand.

„Jeder von euch weiß, wo er seinen abzulegen hat?"

„Wir sind informiert", lautete die Antwort. Die Sprecherin klang jung.

Mailer nickte. „Verhaltet euch wie immer, seid unauffällig. Schaut euch nicht verdächtig um, geht nicht schneller als sonst. Vor allem aber: Verlasst das Gebäude zum vereinbarten Zeitpunkt. Dabei dürft ihr noch weniger Aufsehen erregen als beim Betreten. Denkt daran."

Jetzt übernahm der Leader. Jeden Schritt bewusst setzend trat er nach vorne, bis zu den Ringseilen. Langsam ließ er seinen Blick von links nach rechts über die Menge gleiten. Heute peitschte er sie nicht auf. Ruhig und klar machte er seinen Anhängern ihre Macht bewusst.

„Sie haben Angst vor uns. Sie fürchten sich. Sie wissen nicht, wie sie gegen uns kämpfen sollen. Genau das war unsere Absicht. Verunsicherung. Wir haben jetzt Macht über sie. Und wir werden uns die gesamte Macht sichern. Dies ist unser Land, nicht ihres."

Einzelne Rufe wurden laut, doch der Leader machte ein Zeichen. Sie verstummten.

„Denkt morgen daran, wie stark ihr seid. Es wird ein Freitag, den Boston nie vergessen wird.

Zuerst haben wir die geweihte Stätte ihrer Armee geschändet.

Dann das Symbol ihres Geldes.

Jetzt zerstören wir die Heimat ihres Wissens."

Sein letzter Satz klang wie das drohende Knurren eines Wolfs.

„Morgen vernichten wir Harvard."

Keanu verließ sofort Mailers Körper und traf sich mit Ryan, Liv und Gianni. Er berichtete ihnen vom Plan, die Elite-Universität im Bostoner Vorort Cambridge zu attackieren.

„Woher hast du diese Information?", wollten sie wissen.

„Ich war im Bunker. Sie haben sich wieder dort getroffen, und der Leader hat den Namen Harvard verraten."

Ryan musterte ihn erstaunt.

„Woher wusstest du, dass sie dort sein würden?"

Keanu rang mit sich, wie viel er verraten sollte.

„Manchmal ahne ich, was passieren wird. Ich weiß es einfach. Und es stimmte bisher immer. Mehr kann ich euch dazu nicht sagen. Akzeptiert das bitte."

Gianni meldete sich zu Wort: „Ich glaube, ich muss euch auch etwas erzählen."

So erfuhren sie, dass auch er eine Gabe hatte.

„Ich bin ein Synni, also Synästhetiker."

Keanu erklärte: „Gianni kann die farbige Aura der Menschen lesen. Er hat mir damit bereits das Leben gerettet. Dir übrigens auch, Liv."

„Wie das?"

Mit vorsichtigem Stolz antwortete Gianni selbst.

„Der Bodyguard damals, bei diesem Meeting. Ich hab seine Farbe gesehen. Dass er böse ist und so."

Sein Zappeln wurde weniger, je länger Liv den jungen Mann umarmte. Sie tat es zum ersten Mal.

Keanu wählte bereits die Handynummer des Generals.

„Ich komme nach Boston, dann kann ich mir umgehend ein Bild vor Ort machen." McGrammer schien sich mit Reese Evans zu besprechen, inzwischen First Lieutenant und Leiterin seiner Personenschutz-Gruppe.

„Ich muss mich inkognito bewegen, ganz sicher observiert unser Gegner die Universität. Später treffen wir uns auf neutralem Gebiet. Wo?"

Gianni gab Keanu ein Zeichen. Er imitierte die Bewegung, mit der man sich eine Gabel in den Mund schiebt.

„Kommen Sie ins Ristorante Mora & More, Hanover Street im North End. Wir warten dort."

110

Giannis Mutter war nicht sehr gut darin, ihre Gefühle zu verbergen. Das war angenehm für Joseph C. McGrammer, der Raffaela
Mora innerhalb von Sekunden eroberte, als er gegen 19.30 Uhr
schwungvoll ihr Restaurant betrat. Doch es war schlecht für Reese
Evans, die den gesamten Abend die misstrauischen Blicke der Wirtin auf sich spürte und stets die kleinsten Portionen erhielt.

„Die Soldatin starrt uns an", wisperte Liv dem neben ihr sit-
zenden Keanu zu.

„Sie will herausbekommen, wie wir zueinander stehen", antwortete er, ohne den Blick von Evans zu wenden. Die Latina trug
einen engen Hosenanzug und spielte nachdenklich mit dem obersten Knopf ihrer Bluse.

Liv tupfte etwas Limonen-Soße von ihren Lippen und küsste
Keanu wie beiläufig auf den Mund, bevor sie ihre Gabel wieder
aufnahm und einige Farfalle aufspießte.

„Jetzt weiß sie es."

Alle hatten es gesehen, doch nur Reese Evans ärgerte sich darüber.

Sie speisten in einem Nebenraum. Nach Scaloppine al Marsala
und Doradenfilets führte der General das Wort.

„Die Armee unter dem Kommando von General Pecanally kommt heute Nacht in die Stadt. Sie bildet einen weiten äußeren Ring um Harvard."

„Warum nehmen sie nicht die Boston University oder die Tufts? Oder das Emerson College?", unterbrach ihn Evans. „In keiner Stadt der USA gibt es mehr Universitäten."

Ryan räusperte sich. „Es sind 38 in Boston selbst und mehr als 50 im Großraum. Aber nur eine ist die älteste Uni der Vereinigten Staaten. Mehr Prestige geht nicht."

„Harvard", bestätigte der General. „Kurz bevor das Hauptgebäude üblicherweise geöffnet wird, bildet die Armee morgen früh einen zweiten, inneren Ring um das Universitäts-Areal. Das Gebäude bleibt geschlossen, und das Boston Police Department durchsucht jede Person innerhalb der Absperrung. 80 Sprengstoff-Spürhunde werden im Einsatz sein, dazu Bombenentschärfungs-Roboter."

Keanu hatte die ganze Zeit nur zugehört.

„Steht Mailer unter permanenter Beobachtung?", schaltete er sich ein.

„Sobald NSA oder die Boston Police ihn gefunden haben, was bisher nicht gelang."

„Wie viele Soldaten setzt die Armee ein?"

„5000."

„Heer oder Spezialkräfte?"

„Ausschließlich das Heer. Pecanally wollte es so."

„Haben Sie Ihre Truppe auch dabei, General?"

„Nein. Mir wurden nur 50 Mann zu meinem eigenen Schutz gebilligt. Ich dürfte bei diesem Einsatz nicht vor Ort sein, aber General Pecanally hatte Schulden bei mir. Robert verdankt mir sein Leben. Jetzt sind wir quitt."

Keanu gefiel die ganze Sache nicht.

Der Leader war unberechenbar, doch die Einsatzplanung der Armee ging von einem sehr berechenbaren Gegner aus. Statt viel zu vieler Heeressoldaten wären deutlich weniger Spezialkräfte die bessere Wahl, weil sie schnell auf Überraschungen reagieren konnten und Erfahrung im Anti-Terror-Einsatz besaßen.

Und dieser General Pecanally schien ein sturer Kopf zu sein, der nur seinen eigenen Leuten vertraute. Jo McGrammer mit seinem oft bewiesenen Talent zur Improvisation wäre sicher die bessere Wahl.

Keanu hatte kein gutes Gefühl.

Er sollte Recht behalten.

Teil 7:
Die Entscheidung

111

Es war die Nacht vor der Katastrophe. Keiner von ihnen schlief gut.

General McGrammer lag in der Hanscom Air Force Base mit Reese Evans im Bett, die sich wenig Mühe gab.

Der andere General, Pecanally, ließ seine Kampfuniform von einem eifrigen Adjutanten aufbügeln und die schwarzen Schnürstiefel so auf Hochglanz polieren, als sollten sie den Gegner blenden. Währenddessen las der General bis zum frühen Morgen in der Biografie des Weltkriegs-Helden George S. Patton, der als Kommandeur viele Schlachten gewonnen hatte. Heute würde er, Robert L. Pecanally, in der Schlacht von Harvard siegen.

Gianni und Ryan verbrachten einen Großteil der Nacht damit, sich in den Zentralcomputer der Verkehrsüberwachung zu hacken, damit sie den Indianer-Mob beobachten konnten, sobald er sich formierte. Als sie es geschafft hatten, schickte Ryan eine Nachricht an Keanu und fuhr heim zu Sarah. Wie Liv und Keanu redeten sie fast die gesamte Nacht über das Leben. Denn der Tod würde heute nach Boston kommen.

Mailer schlief, leicht schnarchend, nur vier Stunden lang. Er träumte von Geronimo, dem Kriegshäuptling der Bedonkohe-Apachen.

Und der Leader? Er dachte nicht an morgen, sondern sezierte seine Vergangenheit. Vor allem die letzten Jahre. Eines der Drogenkartelle in Amerika hatte erkannt, wie wertvoll seine Fähigkeiten für sie waren. Er entwickelte technische Lösungen für den Transport ihrer Ware, auf die vor ihm niemand gekommen war. Seine Auftraggeber mussten Polizeifahndungen und Zollprüfungen kaum mehr fürchten und machten ihn reich, sehr reich.

Als er Greg Mailer kennenlernte, diesen Indianer-Freak, erfand er den Bund. Er verpasste seiner geheimen Organisation reichlich Indianer-Folklore und wendete einiges Wissen über die Psychologie der Massen an, das er bei Gustave Le Bon und George Orwell gefunden hatte: die psychische Ansteckung in der Gruppe, der Verlust jeder Kritikfähigkeit, das primitiv Barbarische.

Der Leader hatte nur noch zwei Ziele in seinem Leben. Das erste war tatsächlich, dieses Land in seine Gewalt zu bekommen. Das zweite war privater Natur. Aber es hing mit dem ersten zusammen und war eine offene Wunde, die endlich heilen sollte.

Es war noch dunkel, als Keanu sich von Livs Apartment auf den Weg nachhause machte. In 200 Meter Entfernung sah er eine grell erleuchtete Tankstelle.

„Noch ein letztes Mal", sagte er sich und fuhr in die Einfahrt hinein. Im Tankstellen-Shop kaufte er fünf Säcke voller Eiswürfel.

15 Minuten später lag er unter dem Eis in seiner Badewanne und wartete. Erst als die Kälte zu Schmerz wurde, probierte er es. Der erste Versuch missglückte, der andere Körper leistete Widerstand. Beim zweiten Mal gelang es ihm fast, und beim dritten war er endlich in Mailers Leben.

Der benutzte gerade sein verschlüsseltes Kryptophone und besprach sich mit einem Mann. Keanu erkannte die Stimme des Leaders.

„Es war eine gute Idee, Mailer, ihnen erst heute früh zu verraten, dass die Zukunft des Wissens unser Ziel sein wird", lobte er. „Möglicherweise hätte diesmal jemand geplaudert, einer aus der Studenten-Gruppe. Sagen sie denen sofort Bescheid. Alle anderen informieren Sie in einer Stunde, dass es nicht Harvard ist."

Obwohl er unter einem Eisberg lag, begann Keanu zu schwitzen.

112

Keanu kämpfte sich aus der Badewanne heraus und ging in die Dusche. Erst kalt, dann lauwarm, dann vorsichtig steigern, lautete die Regel der Eisschwimmer. Doch er hatte keine Zeit. Also gleich heiß.

Kurz darauf wählte er die Handynummer von Joseph McGrammer.

„First Lieutenant Evans."

„Bennings. Ich muss den General sprechen, sofort."

McGrammer kam aus dem Nebenraum. In der Hand hielt er einen Apfel, den er mit seinem alten Ka-Bar-Kampfmesser schälte. Seelenruhig schaffte er es, die Schale in einer einzigen langen Girlande zu lösen, die zu Boden fiel.

Evans deutete auf das Handy.

„Schalt auf Lautsprecher." Sie gehorchte, legte das Gerät auf den Tisch und ging.

„General, es ist nicht Harvard."

„Erklären Sie das, Bennings."

„Ich habe Mailer abgehört, und der Leader sagte…"

„Wie konnten Sie Mailer abhören, wenn die NSA es nicht geschafft hat?"

„Das führt jetzt zu weit, General. Aber der Leader will nicht Harvard, sondern ‚das Wissen der Zukunft' angreifen. So hat er es formuliert. Sie müssen sofort General Pecanally warnen."

„Auflegen", befahl die kalte Stimme. McGrammer spürte die Mündung einer Pistole an seinem Hinterkopf. Er drückte die rote Taste.

„Pecanally wird nichts erfahren. Auf die Knie."

Wie oft bei seinen Kampfeinsätzen hatte ihm jemand den Tod geschickt, und er hatte ihn abgewiesen? Jetzt sollte er auf so feige Art sterben?

Niemals.

Sein Gegner hatte das Messer vergessen, das der General noch immer in der Hand hielt, eng an seinen Körper gedrückt. Er veränderte den Griff.

Viel zu schnell für sein Alter warf er den Oberkörper zur Seite. Die Kugel verfehlte seinen Kopf. Im Fallen stieß er seinen gestreckten Arm so weit nach hinten, wie er konnte. Die geschwärzte Klinge versank bis zum Schaft in weichem Fleisch. Er fühlte das warme Blut über seine Faust rinnen.

Der General stemmte sich hoch und stellte sich vor seinen Gegner. Das Armee-Messer steckte im Unterleib.

„Warum, Evans?", fragte er sie enttäuscht.

In ihrem Blick war nur noch Hass.

„Für den Leader."

McGrammer alarmierte den Notarzt, der Reese Evans ins Krankenhaus brachte. „Ich hätte es merken müssen", dachte er. „Keine ehrliche Frau ist im Bett wie sie."

Er wählte die Nummer von General Pecanally.

„Was gibt es, McGrammer? Ich habe nicht viel Zeit."

„General, ändern Sie den Einsatzplan. Vermutlich ist nicht Harvard das Ziel."

Am Ende der Leitung herrschte Stille.

„Woher haben Sie das?"

„Die Quelle ist dieselbe, die Harvard genannt hat."

Pecanally war ungehalten. „Und mir nichts, dir nichts ändert sie ihre Meinung? Das überzeugt mich nicht, General. Ganz unabhängig von Ihrer Quelle ist Harvard als Ziel naheliegend. Wir können nicht drei Dutzend weitere Universitäten abdecken. Planänderung abgelehnt."

Die Leitung war tot.

Sofort läutete sein Handy, es war erneut Bennings.

„Warum haben Sie plötzlich aufgelegt?"

Der General erzählte ihm von Evans.

„Hat sie verdammt gut getarnt, ihre Nähe zum Leader", kommentierte Keanu. „Bei dem Attentat nachts auf Sie, General, hat sie sogar auf seine Leute geschossen."

„Ich wette, Sie wurde direkt danach angeworben. Wir hatten eine kleine Affäre, doch sie wollte eine richtige Beziehung, auch offiziell. Habe ich abgelehnt. Sie war massiv enttäuscht."

„Sir, haben Sie Pecanally erreicht?"

„Er setzt weiter auf Harvard. Wie ich ihn kenne, wurden bereits die Fotopunkte vor dem Gebäude festgelegt, wo er sich als Retter der berühmtesten Uni der Staaten in Szene setzen will. Eitler Idiot."

„Sind Ihre eigenen 50 Soldaten noch in der Hanscom Base?"

„Nein, bei mir hier in Boston."

„Gut. Ich glaube, ich kenne das wahre Ziel."

113

Sie blickten ihn irritiert an. Liv, Gianni und Ryan hatten sich in der Psy Company getroffen und versuchten, die Nachricht zu verarbeiten.

„Okay", fasste Ryan zusammen, „wir erfahren nicht, woher du diese Information hast. Aber wir sollen dir glauben."

Keanu nickte.

„Und du hast einen Verdacht, was ‚das Wissen der Zukunft' sein soll?"

„Ja. Die Bostoner Uni, die in aktuellen Ranglisten als die Nummer eins der Welt gilt. Die Uni, deren School of Engineering legendär ist – weil sie dort die Technik der Zukunft erforschen."

„Das Massachusetts Institute of Technology", wiederholte Liv nachdenklich. „Klingt vernünftig."

Keanu blickte auf die Uhr. „Das MIT öffnet um 9.30 Uhr, also in einer Stunde. Ich gehe hin. McGrammer kommt mit seiner halben Hundertschaft dazu. General Pecanally will in Harvard bleiben."

Es war Ryan, der es auf den Punkt brachte: „Falls du Recht hast, beschützen also 5000 Soldaten einen Ort, dem keinerlei Gefahr droht, während 52 Leute den tatsächlichen Angriff abwehren wollen. Ich komme nämlich mit."

„53", ergänzte Liv.

„54", kam von Gianni.

„Überlegt euch das gut. Denkt an New York und an die vielen Opfer."

Ihr Glück war, dass der äußere Ring von General Pecanallys Truppen auch das MIT einschloss, das keine zwei Meilen von Harvard entfernt lag. An diesem Verteidigungsring mussten die einzelnen Bund-Kämpfer aufgehalten und entwaffnet werden, bevor sie sich zur Horde formieren und mit Gewalt durch die Straßen von Boston und seines Universitäts-Vororts Cambridge trampeln konnten.

„Hier." McGrammer, der gelassen und souverän wirkte, gab Keanu und den anderen die Sprechfunkgeräte.

Sie hielten sich mit den 50 Soldaten in der Nähe des MIT-Haupteingangs versteckt, der auf der Flussseite lag und für seine große Kuppel berühmt war, den Dom. Alle anderen Eingänge hatten sie sperren lassen. Unter den Roteichen im kleinen Du Pont Court gingen sie ihren Plan noch einmal durch.

„Er kann das wirklich?", hakte der General nach.

„Ja", bestätigte Keanu und legte einen Arm um Gianni.

Vom Memorial Drive wehte der Verkehrslärm zu ihnen herüber. Aus dem feuchten Laub stieg der würzige Geruch des Herbstes auf. Die Sonne schien glücklich und zufrieden, doch sie wärmte nicht. Es war ein guter Tag zu sterben, aber es war ein noch besserer Tag, um zu leben.

Keanu blickte in die Runde ernster, konzentrierter Gesichter. Liv und Ryan beobachten, wer den Campus betrat. Gianni stand neben ihm und dem General, ruhig wie selten. Er hatte eine große Aufgabe. Darauf war er stolz.

Keanu umarmte den jungen Italiener. „Auf dich kommt es heute an." McGrammer klopfte ihm auf die Schulter. „Viel Erfolg, Kamerad."

Zwei Soldatinnen, die viel Ausrüstung bei sich trugen, machten dem General Meldung. „Ich bin froh, dass ihr da seid", begrüßte er sie. Er besprach sich fünf Minuten lang mit ihnen. Dann bestimmten die Frauen einen geschützten Platz. Dort bauten sie ein Zelt und ihre Geräte auf.

Keanu sah den General fragend an.

„Das sind meine Sprengmittel-Beseitiger. Habe sie aus Hanscom kommen lassen. Ich kenne keine besseren als Ava und Tammy. Soll Pecanally doch seine behalten."

Er winkte einen Sergeant zu sich und teilte ihn den beiden Bomben-Entschärferinnen zu.

Ein Anruf ging ein. McGrammer erfuhr, dass Reese Evans durch seinen Messerstich einen Abriss der Nierenarterie erlitten hatte. Ihre linke Niere war entfernt worden.

„Sobald sie transportfähig ist, bringt ihr sie rüber ins Medical Center nach Fort Devens. Es gilt weiterhin strenge Bewachung. Verstanden?"

9.15 Uhr. Es ging los.

114

Etwa 150 Studenten warteten auf dem grünen Rasen des Killian Court darauf, dass der Haupteingang geöffnet wurde. Mit jeder Minute wurden es mehr.

„Ryan, sieh dich nach dem Leader um", bat Keanu ihn. „Und du", wandte er sich an Liv, „versuchst, Mailer zu entdecken. Informiert mich sofort."

Er verließ die beiden zusammen mit Gianni und neun männlichen und weiblichen Soldaten, die Zivilkleidung trugen. Sie gingen nach oben zu den steinernen Säulen vor den Eingangstüren.

„Wie viele werden es sein?", fragte einer der Soldaten.

„Etwa 30", antwortete Keanu. Er erinnerte sich an die Gruppe, die beim letzten Treffen des Bundes etwas abseits gestanden hatte.

„Wir warten, bis möglichst alle da sind. Wenn wir vorher einzelne Studenten herausziehen, warnen wir die anderen."

„Was ist, wenn sie die Bomben sofort zünden?", wollte ein zweiter Soldat wissen.

„Nehmt ihnen zuerst ihre Taschen und Rucksäcke ab. Und alles, was sie in den Händen halten. Ein Risiko besteht, aber wir gehen davon aus, dass die Bomben wie in Arlington und New York erst später ferngezündet werden sollen."

Keanu blickte sich langsam um. „Deshalb müssen wir die beiden Anführer so schnell wie möglich außer Gefecht setzen."

Er wandte sich Gianni zu. „Geh jetzt langsam nach vorne. Bleib im Schatten. Versuch, sie zu finden."

Gianni spähte in die Menge der Wartenden. Sein eingeschaltetes Funkgerät verbarg er hinter dem Pfeiler. Zuerst achtete er auf Schwarz, die Aura alles Schlechten.

„Vorne links die vier Männer, die auf den Boden starren."

Einer der neun Soldaten meldete sich: „Die werde ich übernehmen, sobald der General den Befehl gibt."

Schwarz mit Rot zeigte Hass.

„Die Frau mit der grauen Strickmütze und dem großen blauen Buch in der Hand, etwa Reihe vier. Zwei Reihen hinter ihr stehen vier Männer und fünf Frauen nebeneinander, alle mit dem gleichen Buch."

„Sie gehören uns", sagten zwei Soldatinnen.

Schwarz zusammen mit Grün verriet Angst.

„Der Blonde und der Rothaarige rechts außen, ungefähr Reihe zehn, beide mit diesen bunten Umhängetaschen aus alten Lkw-Planen. Etwas weiter innen die Gruppe aus mehreren Frauen, die kein Wort reden. Zwei mit weißen Basecaps, eine mit so einer flachen, französischen Mütze."

Danach suchte er die komplett Roten, weil sie aggressiv oder nervös waren. Er fand viele.

Schließlich konzentrierte sich Gianni nicht nur auf den Eingangsbereich, sondern auf ein größeres Terrain. Er erkannte ihn. Wie bei dem Mann neben ihm verdeckte eine Kapuze das Gesicht.

„Keanu, Achtung. Da kommt Mailer. Jemand ist bei ihm."

McGrammer konnte sehr umgänglich klingen, wenn er wollte, aber dies war seine raue Befehlsstimme. „Schließt den Kreis. Wir gehen rein." Er ließ sich ein Megaphon geben.

40 Soldaten sprinteten vom Du Pont Court in den viel größeren Killian Court, die Gewehre im Anschlag. Sie bildeten einen Kordon um die Wartenden, die protestierten und schrien.

Der General gab den Studenten klare Anweisungen: „Verhalten Sie sich ruhig, und bleiben Sie genau dort stehen, wo sie jetzt sind. Ich bin General Joseph C. McGrammer. Ihnen wird nichts geschehen, wenn Sie meinen Anweisungen folgen. Bewegen Sie sich nicht."

Gianni wiederholte ständig seine Anweisungen an die neun Soldaten in Zivil, die innerhalb des Kreises die verdächtigen Studenten ergriffen und herauszerrten. Einige wehrten sich heftig. Die Hälfte der anderen Soldaten halfen beim Entwaffnen der Studenten, die sich auf den Boden legen mussten. Die übrigen Soldaten umstellten weiterhin die Menschenansammlung.

Drei wütende junge Männer versuchten, den Belagerungsring zu durchbrechen. Schlagstöcke trafen sie am Kopf, die Studenten – falls sie das wirklich waren – fielen bewusstlos ins Gras. Sie wurden gefesselt und durchsucht.

Ava und Tammy fanden das C4 in den Büchern. Als Zünder wurden kleine Sprengstifte verwendet, die den Plastiksprengstoff, den auch das Militär häufig verwendete, mit einer Druckwelle zur Explosion brachten. Es waren zwar simple Bomben, aber hochwirksam.

„Wir ziehen die Zünder vorsichtig heraus", hatte Ava beschlossen. „Dann können sie nichts mehr anrichten." Etwa 20 der grauen Stifte lagen bereits auf einem Klapptisch. Die beiden Frauen arbeiten fieberhaft. Weitere Soldaten rannten so schnell sie konnten auf ihr Zelt zu, brachten Nachschub an Rucksäcken, Taschen und einzelnen Büchern.

Es war ein 25-jähriger Sergeant, er hieß Jayden Ekman, der in vollem Lauf stolperte und zu Boden krachte. Alles, was er in Händen gehalten hatte, schlitterte von ihm weg. Jeder um ihn herum ging in Deckung, schützte den Kopf mit den Armen, wartete in Angst. Nichts geschah.

C4 war als „handhabungssicher" klassifiziert. Nicht einmal Hammerschläge konnten ihn zünden. Deshalb grinste Tammy, als sie die Szene aus dem Entschärfungs-Zelt heraus beobachtete. Und weil ihre kleine Tochter auch ständig hinfiel, wenn sie zu schnell rannte.

Dann explodierte Tammy.

115

Es detonierten alle Bomben im Zelt, die noch nicht entschärft waren. Außer Tammy zerfetzten sie auch Ava und Sergeant Jayden Ekman, der sich nach dem Sturz gerade wieder sicher gefühlt hatte. Elf weitere Kameraden ließen ihr Leben. Im Boden des Killian Court klaffte ein riesiger Krater, eine Ecke des alten Gebäudes war weggerissen, die Forschungslabore dahinter zerstört.

Liv war nicht in der Lage gewesen, es zu verhindern.

„Mailer haut ab", hatte sie Keanu zugerufen und war losgerannt. Keanu drückte gerade zwei Studenten zu Boden, die sich nach Kräften wehrten. Er konnte Liv erst folgen, nachdem ein Soldat beide mit Militär-Kabelbindern gefesselt hatte.

Liv holte rasch auf Mailer und den zweiten Mann auf, den sie noch nie gesehen hatte. Er war es, der im Rennen ein graues Kästchen hervorzog und darauf drückte. Liv spürte die Explosionen, drehte sich in ihre Richtung um. Dadurch sah sie nicht, dass Mailer unvermittelt abbog. Im Schutz einiger Bäume lauerte er keuchend auf sie. Der andere Mann rannte weiter.

Als sie an den Bäumen vorbeikam und ihr Tempo noch mehr steigerte, holte Mailer sie mit einem Schlag an die Kehle von den Beinen. Sie verlor für einen Moment das Bewusstsein, als sie schmerzhaft auf dem Rücken landete. Der Aufprall presste die

Luft aus ihren Lungen. Weil Mailer ihre Kehle zudrückte, konnte sie nicht atmen.

Der Mann war außer sich. Alle Wut über den vereitelten Anschlag ließ er an ihr aus. Seine freie Hand zerfetzte ihr T-Shirt unter der kurzen Lederjacke, riss an ihrer Hose, zerrte ihre Unterwäsche zur Seite. Sie bekam immer noch keine Luft. Liv konnte nicht schreien, nicht kämpfen. Sie wand sich und bäumte sich auf. Ihr Gesicht war nass von den Tränen. Sie hörte den Schmutz nicht, den er zu ihr sagte.

Der alte Fred saß fünf Bäume weiter vorne, verborgen in einem Erdloch, das er vor Jahren gegraben hatte. Mühsam versuchte der Obdachlose, sich aus seinem feuchten Schlafsack zu befreien, um der Frau zu helfen. Er war noch nicht nüchtern, und seine Brille steckte in seiner Jacke, deshalb sah er es nur verschwommen: Einen Schatten, der irrsinnig schnell näher kam. Der Schatten hob früh vom Boden ab, flog fast waagrecht durch die Luft, prallte gegen den bösen Mann, der weggeschleudert wurde und sich überschlug.

Fred sah schemenhaft, wie der böse Mann sich wegschleppte, fand endlich seine Brille. Sie war mehrfach geflickt, deshalb setzte er sie vorsichtig auf.

Der Schatten kniete neben der blonden Frau. Es war ein athletischer Mann, der ihm irgendwie bekannt vorkam; keine Ahnung, woher. Sein Gedächtnis hatte mehr Löcher als ein Basketball-Netz.

Der junge Mann beugte sich über die blonde Frau, nahm sie in seine Arme, strich ihr immer wieder übers Haar. „Ich bin hier", sagte er. „Sei ganz ruhig, ich bin bei dir." Vorsichtig brachte er ihre Kleidung in Ordnung und hob sie vom Boden auf. Ihr Kopf lag an seiner Schulter, sie hatte ihre Augen geschlossen.

„Mister, er ist zum Fluss runter gerannt."

Keanu blickte sich um. Es war der alte Fred, der ausschließlich vor Universitätsgebäuden um Lebensspenden bat, wie er es nannte.

„Ich weiß, wo ich ihn finde. Danke, Mister Grochinsky."

Fred war irritiert. „Woher kennen Sie meinen Namen?"

„Sie waren mein Professor an der Boston University."

Der alte Mann sah beschämt zu Boden.

Keanu trug Liv ein paar Schritte in Richtung MIT. Dann wandte er sich noch einmal dem Obdachlosen zu.

„Von niemandem an der BU habe ich so viel gelernt wie von Ihnen. Das mit Ihrer Familie tut mir leid, wir waren damals alle geschockt."

116

Ryan lief ihm entgegen, als er Keanu kommen sah. Er wollte ihm Liv abnehmen, aber Keanu trug sie bis zu dem weißen Sanitätszelt, das inzwischen aufgebaut war. Dort erklärte er einer Ärztin, dass Liv nur knapp einer Vergewaltigung entgangen war.

„Ich kümmere mich sofort um sie. Sollte es nötig sein, bringen wir sie ins Mount Auburn Hospital."

„Ich komme nach", versprach Keanu und küsste Liv vorsichtig auf die Stirn. Ihr Blick ließ etwas in ihm zerbrechen. Er ging ins Leere. Liv war sehr weit weg.

Gemeinsam mit Ryan suchte er den General. Er stand am Rand des Bombenkraters und war sichtlich in Rage.

„Wenn Sie mich fragen, ist Ihr korrekter Dienstgrad ,Armleuchter'." Er schmiss das Funkgerät ins Gras.

Pecanally, erzählte er, habe sich viel zu lange geweigert, Verstärkung zu schicken. Begründung: Die Aktion beim MIT sei nur ein Ablenkungsmanöver. Der Hauptschlag werde bei ihm in Harvard stattfinden.

„Wo natürlich überhaupt nichts geschehen ist", bemerkte McGrammer wütend.

„Das Einzige, was er mit seinen 5000 Mann geleistet hat, ist die Festnahme von 174 Bund-Mitgliedern, die sich durch ihre Waffen verraten haben. Ein paar von ihnen haben noch zu schießen versucht, aber bei so einer Übermacht war das zwecklos."

„Tote?", fragte Ryan.

„Weniger als 20, nur auf Seiten des Gegners. Und hier? Ich habe 14 meiner besten Soldaten verloren."

Zornig warf er einen Blick in den Krater. Die Stelle, wo die zwei Sprengmeisterinnen schon so viele Bücherbomben entschärft hatten, als die letzten vier oder fünf vom Leader gezündet wurden.

„Die zwei mutigsten Frauen, mit denen ich je zusammenarbeiten durfte, mussten sterben. Dafür wird dieser Leader bezahlen."

„Deshalb sind wir hier, General." Keanu zeigte auf sich und Ryan.

„Wir gehen jetzt zu ihm und beenden das Ganze. Kommen Sie mit?"

„Sie kennen die Antwort. Wir nehmen meinen Jeep. Sind Sie bewaffnet?"

Keanu zeigte ihm seine SIG Sauer. Ryan zog zwei kleine, elektronische Geräte aus seiner Jacke. „Nur damit."

„Können Sie schießen?"

„Kann ich."

„Dann nehmen Sie die hier." McGrammer reichte ihm eine Beretta M9, die frühere Dienstwaffe der US-Armee, dazu ein Ersatzmagazin.

Sie lotsten den General, der jedes Tempolimit ignorierte, zum Copp's Hill Friedhof. Keanu zweifelte nicht daran, dass Mailer und der Leader im Bunker waren. Als sie aus dem olivfarbenen Jeep stiegen, hatte eine alte Harley vor ihnen eine Fehlzündung. Es klang wie ein Schuss.

Das südliche Eingangstor an der Snow Hill Street war nur angelehnt. Sie schlichen nach hinten, zu dem Grabmal der italienischen Familie. Hinter der Gedenktafel drückten sie auf die zwei

runden Steine und gingen durch die erste Tür, die sich soeben geöffnet hatte. An der zweiten legte Ryan seinen Mikrocontroller auf
das Display. Code ermitteln, automatisch senden, fertig.

Sie nahmen die Treppe nach unten. Im Bunker gab es diesmal
keine Trommeln, keine Fackeln, kein grelles Licht über dem Boxring. Nur die Notbeleuchtung war an. Einfache Holzstühle standen in engen Reihen hintereinander. Ansonsten schien der riesige
Raum leer zu sein.

Doch alle Drei spürten es. Sie waren nicht allein.

Der General gab ihnen Handzeichen: Wir verteilen uns. Keanu
nach links, Ryan nach rechts, er selbst nach vorne.

Keanu bewegte sich vorsichtig, seine Waffe in beiden Händen.
Als er den alten Boxring erreicht hatte, blieb er stehen und lauschte. Nichts. Langsam ging er weiter, spähte um die Ecke.

Er hörte das Zischen zu spät. Der Pfeil bohrte sich in seine
linke Schulter und blieb stecken. Keanu wurde schwarz vor Augen.

117

Mailer ärgerte sich, dass Bennings nicht vor Schmerz schrie. Die beiden anderen Männer würden reagieren und dadurch ihre Position verraten. Er wusste, welche Frage den Getroffenen jetzt am meisten beschäftigte.

War der Pfeil vergiftet?

Dafür hatte er keine Zeit gehabt, leider. Mailer bewegte sich hinter dem schwarzen Theatervorhang entlang, der die gesamte Wand hinter dem Boxring bedeckte. Er hing in einzelnen Bahnen von der Decke. Durch die schmalen Lücken zwischen ihnen konnte er mit dem Bogen schießen.

Er hörte, wie Bennings die anderen warnte: „Nicht reden. Nicht bewegen. Pfeilbeschuss von vorne. Ein Treffer, Zustand okay."

Das obere Ende seines Bogens berührte für einen Moment das Innere des Vorhangs, als Mailer sich nach rechts bewegte. Zwei Kugeln schlugen knapp neben ihm in die Wand. Der Lärm war ohrenbetäubend. Sein Herz raste. In kurzen Seitschritten ging er nach rechts, um Bennings in sein Blickfeld zu bekommen.

Vier weitere Kugeln, dicht beieinander. Wäre er stehen geblieben, hätten sie ihn in die Brust getroffen.

Mailer merkte, dass er zu hastig atmete. Er schwitzte. Dazu kam der Schmerz. Sicher waren Rippen gebrochen, als Bennings mit den Beinen voraus auf ihn gesprungen war, um die Sigmarsson zu befreien.

Ihm kam eine Idee. Er drehte den Kopf so weit, dass sein Mund die Wand berührte. Wenn er jetzt redete, müsste die Wand den Schall so weit verteilen, dass sein Standpunkt nicht auszumachen war.

„Bennings", rief er. „Bei meinem ersten Versuch vor ein paar Jahren hat sich Ihre blonde Nutte viel stärker gewehrt als heute. Ich glaub, sie mag mich inzwischen."

Er wusste, dass Charakter wie Bennings nur auf eine Art reagieren konnten, emotionale Aktion. Mailer wartete mit eingelegtem Pfeil auf den Augenblick, in dem sein Sicherheits-Chef sich aufrichtete, um zu feuern.

Nichts geschah.

Mailer fluchte innerlich, spähte in den Bunker hinein. Er nahm eine Bewegung in den vorderen Stuhlreihen wahr. Bennings versuchte, auf dem Boden robbend, von ihm wegzukommen.

Er straffte die Sehne, ging in die Rückenspannung, visierte nach dem Ausatmen, löste die Sehnenhand und schickte den Pfeil auf seinen Weg. Er blieb in einem Stuhlbein neben Bennings Fuß stecken und federte nach.

Schüsse fielen. Sie zerfetzten den Vorhang. Mailer sprang auf den Boden, ächzte wegen seiner Rippen und kroch zur Seite. Bennings hatte ihn gesehen und sprintete, dem Schein der Notbeleuchtung stets ausweichend, ebenfalls in diese Richtung.

„Er gehört mir", rief er den anderen zu.

„Arroganter Mistkerl", dachte Mailer. „Ich töte dich, nicht umgekehrt."

Durch das Kommando hatte Bennings seine ungefähre Position preisgegeben. Mailer spannte den Bogen, hielt ihn eng am Körper. Wie alle seine Pfeile hatte auch dieser keine Widerhaken.

Er hörte Bennings in seine Richtung losrennen. Mailer schnellte von der Wand weg und schoss sofort.

Er traf Bennings in den rechten Arm. Vor Schmerz ließ er die Pistole fallen, spurtete aber weiter auf ihn zu. Sein Blick war fürchterlich. Mailer versuchte, den nächsten Pfeil einzulegen, aber etwas zwang ihn, weiterhin auf diesen Rasenden zu sehen. Bennings zog sich, trotz seiner verletzten Schulter, mit der linken Hand den Pfeil aus dem Arm. Wie er früher im Kampftraining die geschmiedeten Ninjasterne in höchster Geschwindigkeit auf Holzscheiben geworfen hatte, schleuderte er ihn in Mailers Brustkorb. Die Spitze drang auf Höhe des Herzens ein. Mailer sah geschockt an sich herab, der Bogen fiel ihm aus der Hand.

„Ich kann atmen", dachte er überrascht. „Mein Herz schlägt. Der Pfeil ist nicht durchgekommen." Er grinste Bennings höhnisch an, der jetzt direkt vor ihm stand, die Arme voller Blut.

„Keanu, nicht", sagte Ryan Winger, der im Dunkeln zu ihm gekommen war.

„Doch."

Bennings sah ihm ohne zu blinzeln in die Augen. „Grüße von Liv" sagte er, während seine flache Hand den Pfeil tiefer und tiefer in Mailer hineindrückte. Bis er nicht mehr atmen konnte. Bis sein Herz nicht mehr schlug.

118

Der General zog Keanu auf einen Stuhl, um dessen Wunden zu inspizieren.

„Er hat bekommen, was er verdiente. Sie hätten ihn vielleicht noch fragen sollen, wo der Leader steckt."

Der riesige Scheinwerfer über dem Boxring ging an.

„Ich bin hier."

Wie bei ihrer ersten Begegnung trug er den roten Boxermantel samt Kapuze und schwarzer Maske, die sein gesamtes Gesicht verdeckte. Er hielt etwas Kleines in der Hand, Ryan erkannte es und griff unauffällig in seine Jackentasche.

McGrammer zog seine Waffe und bewegte sich auf die kleine Holztreppe am Boxring zu. Es waren fünf Stufen. Er ließ den Mann nicht aus den Augen, als er langsam hochstieg.

Stufe eins. Der Leader stand reglos da, beobachtete ihn durch die Sehschlitze seiner Maske.

Stufe zwei. Der Leader hob eine Hand.

Stufe drei. Der Leader stieg von etwas herab, auf dem er gestanden hatte.

Stufe vier. McGrammer sah die Bücher. Und den Fernzünder.

Stufe fünf. „Bleiben Sie stehen, General."

Er wies mit dem Kopf auf die Bücher. „Ich hatte noch ein paar übrig. Genug für das alles hier. Legen Sie Ihre Waffe auf den Boden."

Joseph McGrammer gehorchte widerwillig.

Keanu beschlich ein Gefühl, das er schwer einordnen konnte. Es lag an der Art, wie dieser Leader sich anhörte, wenn seine Stimme nicht durch Mikrofon und Lautsprecher verändert wurde. Keanu dachte noch darüber nach, als der General ein einziges Wort sagte.

„Warum?"

Der Leader ging einen Schritt auf McGrammer zu. „Das fragen Sie? Ein General will wissen, weshalb Macht anziehend ist? Sie haben Macht über Tausende von Soldaten, Sie schützen die Macht der Regierenden. General, Sie wissen alles über Macht. Hören Sie auf, überflüssige Fragen zu stellen."

„Dann stelle ich eine andere. Wofür?"

„Damit die Indianer endlich ihr…"

„Hören Sie auf mit diesem Blödsinn", herrschte McGrammer ihn an. „Ich wette meine sämtlichen Orden darauf, dass in Ihnen kein Tropfen indianischen Blutes zu finden ist. Dass ziemlich wenig Indianer in Ihrem Bund sind. Dass Sie nur dem Abschaum, den Sie um sich scharen, den Mantel einer ehrenvollen Legende umhängen wollen. Den echten Indianern, die unseren Respekt wirklich verdient haben, spucken Sie damit ins Gesicht."

Der Leader konnte seine Wut nicht verbergen. Er kam noch einen Schritt auf den General zu.

„Meine Frau ist eine Lakota", stieß er hervor. „Sie wird stolz sein, wenn ich mit dem Bund dafür sorge, dass ihr Volk herrscht. Sie wird mich wieder…" Er merkte, dass er zu viel verriet.

„Nein, wird Sie nicht, Leader." Das Wort „Leader" spuckte Keanu aus, als wäre es von Schimmel befallen.

Er wusste endlich, wer dieser Mann war. Ein armseliges Monster.

Der General stellte seine dritte Frage.

„Wer sind Sie?"

Zögernd streifte der Leader die rote Kapuze vom Kopf. Dabei fixierte er nicht den General, sondern Keanu. Als Nächstes nahm er die Maske ab.

„Ich bin Thomas Bennings. Sein Vater."

119

Ryan und der General blickten zu Keanu, dessen Aussehen die Verwandtschaft nicht verriet.

„Du warst Mailers Dirigent, von Anfang an." Sein Gesicht zeigte Abscheu. Sein Vater nickte.

„Du hast auch den Bodyguard von Gardoni benutzt. Damals, als der Konzernchef bei uns war."

Wieder nickte Thomas Bennings.

„Du wolltest mir das Attentat auf Gardoni unterschieben. Ich sollte zusammen mit ihm erschossen werden. Verstorben im Einsatz, richtig?"

„Keanu, ich wollte nur…"

Kalte Stimme, Buchstaben aus Eis: „Kein Wort mehr."

Er fasste sich an die Schulter. Der Schmerz wurde unerträglich, doch er straffte sich ein letzten Mal.

„Du wolltest Carly zurück. Aber du hast gewusst, dass ich das immer verhindern würde. Du hast meine Mutter geschlagen. Ich hätte dir damals nicht nur die Hände brechen sollen."

Thomas Bennings blickte auf seine Finger – und den Fernzünder. In sein Gesicht kehrte die Gemeinheit zurück.

„Dann beenden wir es eben so."

Der Leader reagierte sofort, als sich McGrammer nach seiner Waffe bückte.

„Keine Bewegung. Sonst fliegt hier alles in die Luft."

„Wird es nicht", sagte Ryan seelenruhig. „Nehmen Sie Ihre Waffe, General."

„Ich werde drücken", drohte der Leader erneut.

„Ja, das werden Sie", antwortete Ryan. „Aber es wird nichts geschehen."

Der General nahm seine Beretta auf.

Der Leader drückte den Auslöseknopf, wieder und wieder. Bis ihn der Griff der schwarzen Militärpistole mit brutaler Wucht traf.

Der General wartete geduldig, bis er wieder zu sich kam. McGrammer wollte, dass er es nicht nur spürte, sondern auch mit ansah. Er stellte sich über ihn und schoss ihm ins rechte Knie.

„Für Ava."

Er zerschoss das linke Knie.

„Für Tammy."

Es würde die Bomben-Entschärferinnen nicht wieder lebendig machen. Aber das war er ihnen schuldig.

Der Leader, fand McGrammer, hätte zwölf weitere Kugeln verdient. Eine für jeden gestorbenen Soldaten aus seiner Truppe. Doch das hätte er nicht überlebt.

Nach seiner Verurteilung – das Urteil musste „lebenslänglich" lauten – dürfte er in ein Hochsicherheits-Gefängnis gebracht werden. Es würde General Joseph C. McGrammer sein, der alle Mithäftlinge mit einer Armee-Vergangenheit darüber informierte, dass der Neue den Soldatenfriedhof in Arlington entehrt hatte.

120

Nummer 330 war weder das größte noch das schönste Zimmer im Mount Auburn Krankenhaus. Aber es war das einzige, in dem der Verwaltungsdirektor einen zusätzlichen Kleiderschrank für die Patientin montieren ließ, als sie ihn darum bat. Er hatte darüber hinaus erlaubt, dass auch der Patient in Nummer 330 unterkam. Der Mann, der wie ein Schauspieler aussah.

Es wurde also eng in dem Einzelzimmer, was umso mehr auffiel, als es der meistfrequentierte Raum dieses Hospitals war. Den ganzen Tag über kamen Besucher. Nur in der Nacht war Ruhe, was nicht ganz stimmte.

Auf Station M2 war es ein offenes Geheimnis, dass die Patienten Sigmarsson und Bennings etwas verband, das sie liebevoll pflegten. Schwester Lara hatte es als Erste entdeckt, als sie in der Nachtschicht den Schulterverband des Mannes kontrollieren wollte. Unverrichteter Dinge und beeindruckt war sie zu ihren Kolleginnen zurückgekehrt.

„Wusstet ihr, dass man es auch so machen kann?"

Ryan und Sarah waren die ersten Besucher. Während die beiden Frauen sich besprachen, wandte sich Keanu an Ryan.

„Wie konntest du sicher sein, dass die Bomben nicht hochgehen werden?"

Ryan hatte die Frage erwartet und das Gerät mitgebracht. „Ich hatte diesen Störsender dabei. Für den Fall, dass wir Überwachungskameras ärgern müssen."

Als nächstes kam McGrammer. Er brachte einen Brief mit, der ein berühmtes Wappen trug.

„Ich habe auch einen bekommen. Sie will uns gemeinsam im Weißen Haus empfangen, sobald Sie beide gesund sind. Liv, Sie werden ein atemberaubendes Kleid brauchen."

„Mein erster Gedanke", lachte die Patientin. Sie hatte den kernigen General sofort ins Herz geschlossen. Es ging ihr viel besser, seit Keanu bei ihr war – und Mailer tot.

Lori Primmer legte einen großen Auftritt hin, als der General gerade gehen wollte. Keanus fast 70 Jahre alte Nachbarin rauschte mit mehreren Einkaufstaschen in das beengte Zimmer und rief: „Um Himmels Willen, gibt es in diesem Etablissement denn keine Suite?"

Sie verteilte die Geschenke. Kaum hatte Keanu ihr den stattlichen Mann als Joseph C. McGrammer vorgestellt, sagte Lori: „General, eigentlich bevorzuge ich jüngere Männer. Aber Sie könnten mir gefallen. Haben Sie am Wochenende schon etwas vor?" Sie gab ihm ihre Adresse.

„So, und jetzt möchte ich diese entzückende Lady näher kennenlernen." Sie setzte sich auf den einzigen Stuhl an Livs Bett. „Nennen Sie mich Lori. Sie gehören ja jetzt zur Familie."

Gianni war nicht allein, als er die Tür öffnete. Er brachte seine Eltern mit, Raffaela und Massimo. Außerdem mehrere Speisenwärmer aus Edelstahl, die sie vor dem Zimmer abstellten. Ihr Inhalt konnte Keanu, Liv und das Personal von Station M2 mehrere Tage lang ernähren.

Für Liv hatte Gianni den teuersten Blumenstrauß dabei, den er im Lieferverzeichnis des Online-Floristen finden konnte, dessen Server er gestern Nacht gehackt hatte.

Selbst die Großaktionärin der Psy Company, Alexandra Reyes, schaute kurz vorbei.

„Ich bin auf dem Weg zum Flughafen, sorry."

Bevor sie aufbrach, beugte sie sich zu Liv herunter und flüsterte ihr ins Ohr: „Die Firma braucht eine neue Geschäftsführung. Ich glaube, wir müssen die Psy Company ohnehin neu denken. Aber jetzt komm erst mal wieder auf die Beine."

Und weg war sie.

Die letzte Besucherin erschien in der Nacht. Sie wollte zu Keanu. Nur zu ihm.

121

Die alte Indianerin holte ihn aus der Tiefe seines Schlafes nahe an die Oberfläche. In jenen Zwischenzustand, in dem er offen für ihre Botschaften war und sie seine Gedanken empfing.

„Du hast in allem richtig gehandelt, das habe ich auch deiner Mutter zugetragen."

„Ich möchte sie bald sehen. Ist sie traurig?"

„Nicht wegen ihm, nein. Aber er ist dein Vater, vergiss nicht."

„Warum gelang es mir nicht, in sein Leben zu gehen?"

„Weil du von seinem Blut bist. Es ist uns nicht erlaubt."

„Von Gott?"

„Ja. Wenn du ihn so nennst."

Er überlegte seine letzte Frage sorgfältig.

„Kann ich in Gottes Leben?"

Danksagung

Alle sagen, Schreiben sei ein einsames Geschäft. Für mich nicht, denn die Figuren dieses Buches haben oft mit mir geredet, auf ihre Art. Der größte Quassler war natürlich Keanu.

Dann sind da noch die Menschen, deren Hilfe und Interesse ich mir immer sicher sein konnte. Ihnen danke ich besonders:

Lisa Dolch, die zu meiner ersten Lektorin wurde. Es war eine wunderbare Zusammenarbeit.

Meinem Freund Harald Hamprecht für sein nie nachlassendes Interesse an meiner Arbeit und für seine professionelle Unterstützung, die so wertvoll wie beeindruckend war.

Der Zehnder-Familie, die sehr früh meine ersten Seiten gelesen hat, besonders dem Münchner Arzt Dr. Philipp Zehnder für seine Beratung in den medizinischen Fragen des Romans.

Marion, Herbert, Lea und Enni Wetzel sowie Jörg Pertschy und meinen Schwimmfreunden vom See, die als Testleser sehr inspirierend waren.

Manfred Neher und Elke Walther für ihre Begleitung.

Meinen Eltern für ihre Reaktion auf meine Ankündigung, einen Roman zu schreiben: „Oh je, es gibt doch schon so viele Bücher." Sie war mir ein steter Ansporn.

Jörg Leonhardt, Thilo Marcel Thelen, Jochen Baumgarten, Sara Dietrich, Thorsten Lüdtke, Christoph Peters und dem Sportpsychologen Markus Flemming für ihre Unterstützung, Offenheit und die wertvollen Hinweise über die Luftfahrtbranche.

Hans-Jörg Götzl für seinen Rat in Belangen der Physik.

Holger Karsten Schmidt, einem meiner Lieblingsautoren, für seine klugen Antworten auf meine Fragen.

Dem PR-Profi Axel Mörer und seiner Bonner Agentur S-Press medien für die erstklassige Medienarbeit.

Und besonders Lars Hütz und seinem Team der Düsseldorfer Agentur 4H DIGITAL, die mich professionell, kreativ und sympathisch durch dieses Projekt geführt haben.

Vor allem danke ich Heidi, meiner Frau. Für einfach alles.

Dieses Buch enthält viele Informationen über die Geschichte der indigenen Völker. Ich habe unzählige Artikel und Bücher zu diesem Thema gelesen. Zwei Werke möchte ich mit großem Dank erwähnen, denn ihre Autoren haben Herausragendes für das Verständnis der amerikanischen Ureinwohner geleistet: „Die ersten Amerikaner" von Thomas Jeier und „Die verlorenen Welten" von Aram Mattioli.

Der Autor freut sich über jede Rezension, die Sie auf
amazon.de zu diesem Buch verfassen.

Kontakt per E-Mail: <u>autor@ralphalex.de</u>
Besuchen Sie die Website: www.ralphalex.de

Printed in Poland
by Amazon Fulfillment
Poland Sp. z o.o., Wrocław

16739256R00223